MARGIT RUILE

DER ZWILLINGS CODE

Loewe

FSC
www.fsc.org
MIX
Papier aus verantwortungsvollen Quellen
FSC® C014496

ISBN 978-3-7432-0324-2
1. Auflage 2021

Redaktion: Susanne Bertels
Umschlaggestaltung: Michael Dietrich
Umschlagfotos: ©Sergey Bessudow shutterstock.com,
©Nik Merkulov shutterstock.com
Printed in Germany

www.loewe-verlag.de

Für Christoph und seine Sammlung alter Dinge

TEIL EINS
Doppel B

1

Der Tag begann mit einem Klopfen. Drei kurze Schläge an der Haustür, gefolgt von einer kurzen Pause und dann wieder drei Schlägen, die diesmal schon ungeduldiger klangen. Vincent wachte davon auf, zog sich die Bettdecke über den Kopf, blieb noch eine Weile still liegen und hoffte, dass das Geräusch einfach von selbst verschwinden würde oder dass zumindest sein Vater aufstehen und die Tür öffnen würde, wobei Letzteres eigentlich ziemlich unwahrscheinlich war.

Nach einer Weile verließ er fluchend die warme Höhle seiner Bettdecke und ging barfuß die Treppe hinunter. Als er die Haustür öffnete, stand eine alte Frau vor ihm. Sie musste irgendwas zwischen sechzig und achtzig sein, so genau konnte er das nicht schätzen. Jedenfalls hatte sie weiße Haare, die zu einem komischen Turm hochgesteckt waren, und trug einen lila Mantel, der sich grell von den grauen Häusern im Hintergrund abhob. Um sie herum schwirrten kleine Schneeflocken. Es war zwar bereits Mitte März, aber es schneite immer noch, wenn auch hinter den Häusern eine kalte Sonne hervorblitzte.

»Bist du Vincent?«, fragte sie. Ihre Stimme war tief und ein bisschen kratzig.

Vincent nickte. Seine Zehen zogen sich über dem kalten Steinboden zusammen. Die Frau umgab etwas Geheimnisvolles, als käme sie aus einer anderen Welt. Nun, wahrscheinlich war sie nur aus einem anderen Stadtviertel. Aus einem, wo die Menschen wohlhabender waren als hier. Sie sah aus wie jemand mit einem A-Punktestand. Ihr langer pinkfarbener Seidenschal flatterte im kalten Wind und vor sich hielt sie ein großes Paket, als würde sie es umarmen. Vincent bemerkte den irritierten Ausdruck in ihrem Gesicht und ihm wurde schlagartig bewusst, dass er nur in Shorts und einem schlabbrigen T-Shirt vor ihr stand.

»Delia schickt mich«, sagte sie förmlich.

Vincent beschloss, sich zusammenzureißen. »Sie haben einen Auftrag?«, fragte er und richtete sich auf. Warum mussten die Leute auch am Samstag in aller Herrgottsfrühe aufkreuzen?

Die Frau deutete mit dem Kopf auf das Paket vor sich.

»Ich hoffe, du arbeitest auch samstags.«

»Ich arbeite immer.«

»Keine Schule?«

Vincent konnte nicht verhindern, dass er rot wurde. »Dafür ist mein Punktestand zu schlecht.«

»Verstehe«, sagte die Frau und musterte ihn lange.

Vincent vermied es, sie anzusehen, und starrte stattdessen auf das Paket. Es war eigentlich mehr eine quadratische Schachtel, mit einem Deckel, der sie oben schloss. Die Schachtel sah teuer aus. Reflektierendes Papier und so. Wie ein teures

Geschenk. Wenn die Frau deswegen hier war, dann konnte er einiges dafür verlangen.

»Mir ist übrigens kalt.«

»Oh. Ja. Entschuldigung!« Er kratzte sich am Kopf. »Kommen Sie rein!«

Die alte Frau brachte Kälte und ein paar verirrte Schneeflocken in die Diele und Vincent war froh, endlich die Tür hinter ihr schließen zu können. Er wollte ihr das Paket abnehmen, damit sie den Mantel ausziehen konnte, doch sie schüttelte nur den Kopf und legte es behutsam auf einen Hocker im Flur. Vincent stellte sich hinter sie, nahm ihr den Mantel ab – oh, er hatte Erfahrung mit Kunden! – und fand noch einen winzigen freien Haken an der mit Mänteln und Jacken zugehängten Garderobe. Sie standen beide im Halbdunkeln und Vincent bedauerte plötzlich, dass er vergessen hatte, die kaputten Birnen in den Lampen über ihm auszutauschen. Es sah so … unprofessionell aus. Eigentlich sah alles hier verdammt unprofessionell aus. Er räusperte sich. »Wenn Sie einen Moment warten würden …« Dann lief er schnell nach oben, schlüpfte in seine Jeans und ein halbwegs sauberes Sweatshirt und zog Socken über seine eiskalten Füße. Die Frau musterte ihn, als er die Treppenstufen wieder herunterkam. Sie hatte ihr Paket wieder in der Hand und drückte es an sich, als ob sie es vor ihm schützen müsste.

»Man sagte mir, du wärst so was wie ein Experte.«

»Ja. Äh, das stimmt.«

»Du siehst so jung aus.«

»Ich werde bald achtzehn.«

»Aha.« Sie schwieg und sah auf ihr Paket. »Und – du machst das schon lange?«

»Seit ich denken kann«, antwortete Vincent. Nun, das

stimmte nicht ganz, aber es klang ganz gut. Er nahm ihr behutsam das Paket ab. »Sie können mir jetzt in meine Werkstatt folgen!«, fügte er hinzu. Also das klang doch nun halbwegs professionell und es machte sicher den miesen Auftritt an der Tür vorhin wieder wett! Sie gingen durch den langen engen Flur, wobei Vincent mit einem Bein schnell die Tür zur unaufgeräumten Küche zukickte, und betraten schließlich einen abgedunkelten Raum rechts am Ende des Ganges. Vincent balancierte das Paket in einer Hand und warf mit der anderen ein paar Kabel von einem Stuhl, der neben dem Eingang stand, um ihn der Frau anzubieten. Dann ging er zum Fenster und zog die Jalousien hoch. Es wurde furchtbar hell, Staubteilchen schwebten durch die sonnendurchwebte Luft und ließen sich dann auf den Schrauben und Hämmern, den Ersatzteilen, Tierhaaren und Gelenken nieder. Die Frau blickte sich beeindruckt um, während Vincent mit einer schnellen Bewegung eine geöffnete Vogeldrohne zur Seite wischte. Unter ihr kam eine zerkratzte Arbeitsplatte zum Vorschein, auf die er das Paket stellte.

Die alte Frau setzte sich, sah von der Schachtel zu Vincent und wieder zurück.

»Und du wirst nichts hiervon weitererzählen?«

»Ich unterhalte mich nie über meine Arbeit«, erklärte Vincent. *Stimmte nun auch nicht ganz, aber was soll's.*

»Ich will vor allem, dass Copypet nichts davon erfährt.«

»Darauf können Sie sich verlassen«, sagte Vincent. Natürlich konnte sie das.

Schließlich machte er hier günstig eine Arbeit, die dort ein paar Hundert Ether kosten würde. Mindestens. »Wenn Sie mich nicht bei Copypet verraten, werde ich auch nichts über Sie erzählen.«

Die Frau lehnte sich zurück. »Gut.«

Sie schwiegen beide und Vincent spürte ein Kribbeln an seinen Schläfen. Er hatte schon alle möglichen Leute hier gehabt, aber noch nie jemanden, der seine Verschwiegenheit eingefordert hatte. Bislang war es immer er gewesen, der seine Sozialpunkte aufs Spiel gesetzt hatte. Was auch immer in dieser Schachtel war, es musste etwas sehr Besonderes sein. Ein Sondermodell? Ausschussware? Eine Betaversion?

Nach einer schweigenden Ewigkeit hob die alte Frau den Deckel der Schachtel und zog aus dem Inneren einen länglichen Gegenstand, der in blau schillerndes Seidenpapier gewickelt war, das sie nun mit einem leisen Rascheln entfernte. Vincent hielt den Atem an. Es war eigentlich das, was er gedacht hatte. Nein, es war sogar *besser*. Es war eine Katze. Genauer eine Angorakatze, rotbraun-weiß gestreift. Ein unglaubliches Exemplar mit perfekten Schnurrhaaren und fein modellierten spitzen Ohren. Unglaublich echt.

»Das ist eine 303«, flüsterte er.

Die alte Frau warf ihm einen kurzen Blick zu. Vincent streckte unwillkürlich seine Hand aus. »Darf ich?«

»Nur zu!«

Er strich der Katze über das Fell. Es war sehr weich, lang. Man munkelte, dass sie nachgezüchtete Katzenhaare dafür nahmen und dass jedes Haar einzeln eingesetzt wurde.

»Hast du so eine schon einmal gesehen?«

Vincent schüttelte den Kopf. »Nein, so eine noch nicht.«

Die Frau stellte die Katze auf den Tisch und drückte lange auf einen Knopf hinter den Ohren. Die Katze zuckte und dann erhob sie sich. Sie drehte ihren Kopf zu Vincent und starrte ihn an, ihre Pupillen wurden kleiner und er spiegelte sich in ihren Bernsteinaugen. Die Schnurrhaare zitterten leicht und ihr Fell hob und senkte sich, als würde sie atmen. Er legte ihr die Hand auf den Rücken. Sie hatte sogar Körpertemperatur. Die Katze starrte ihn an und miaute, dann entzog sie sich ihm und lief zu der Frau, die ihr langsam und zärtlich über das Fell fuhr.

»Sie ist unglaublich«, sagte Vincent.

Die Frau lächelte, strich der Katze über den Kopf, die sich unter der Berührung leicht duckte und anfing zu schnurren. Die Frau fasste in das Fell hinter dem Ohr, drückte leicht und die Katze fror mitten in der Bewegung ein. Ihre linke Pfote blieb in der Luft hängen, sie sah nun aus wie eine dieser chinesischen Winkekatzen, die sie nebenan im China-Shop verkauften. Nur natürlich viel, viel echter.

»Und was hat sie?«, fragte Vincent.

»Ich möchte nur, dass du einen kleinen mechanischen Fehler korrigierst.«

Vincent sah sie an. Ein kleiner mechanischer Fehler. Nun, das klang nicht besonders dramatisch.

»Was verlangst du denn normalerweise für so was?«

»Das kommt ganz drauf an, wie lange ich brauche«, antwortete Vincent vorsichtig.

»Ich würde lieber einen Pauschalpreis machen«, sagte die Frau.

»Hmm.« Vincent starrte auf die Katze, taxierte die Schachtel und dann die Frau, die mit ihren schwarzen Lederhandschuhen und in einem teuren Hosenanzug vor ihm saß. »Vierzig Ether.« Als er die Zahl nannte, wurde ihm kurz schwindelig. Es war das Doppelte von dem, was er sonst nahm. Auch bei komplizierten Sachen.

»Vierzig Ether geht in Ordnung.« Die Frau zuckte nicht einmal mit der Wimper.

Vincent biss sich auf die Lippe, um sein breites Grinsen zu

verbergen, das von einem jäh aufwallenden Triumphgefühl ausgelöst wurde. Doch in seine Freude mischte sich plötzlich ein merkwürdiges Gefühl. Irgendetwas stimmte nicht. Nein, wenn er genau darüber nachdachte, dann stimmte wirklich etwas nicht.

»Wie alt ist sie eigentlich?«, fragte er und deutete auf die mechanische Katze.

»Sie ist ein 2057er-Modell vom Herbst.«

»Herbst 2057? Das ist ja noch nicht mal sechs Monate her.«

»Richtig.«

»Aber wieso kommen Sie dann zu mir? Sie hat mindestens noch zwei Jahre Garantie und Copypet würde es Ihnen umsonst reparieren.« Im selben Moment verfluchte er sich, dass er das gesagt hatte. Wieso musste er so ehrlich sein? Lebt wohl, schöne Ether-Dollars!

Ein Schatten zog sich über das Gesicht der Frau. »Ich fürchte, sie würden zwar den Fehler beheben, aber sie mir dann wegnehmen.«

»Wieso wegnehmen?«

Sie blickte ihn lange an. »Siehst du. Genau deswegen bin ich hier.«

»Ich verstehe nicht«, sagte Vincent langsam.

Die Frau sah ihn an und streifte dann ihre langen schwarzen Handschuhe ab.

Vincent zuckte zurück. Auf ihrem Unterarm und ihren Händen zeichneten sich rote Kratzer ab. Manche waren rot und schienen frisch zu sein, dann gab es welche, die schon ganz vernarbt waren.

»Ist das von ihr?«, fragte Vincent.

Die Frau nickte.

Er sah sie kurz verwirrt an. »Sie hat Krallen?«

»Nach was sieht es aus?«

Er starrte auf die Katze, die auf dem Tisch lag, und untersuchte ihre Pfoten.

»Ich kann nichts sehen.«

»Sie sind in der Mechanik verborgen. Aber sie kann sie ausfahren.«

»Wieso sollte Copypet ein Modell mit Krallen auf den Markt bringen, das die Besitzer kratzt?«

Die alte Frau schob die Schultern hoch. »Ich kann sie nicht fragen, denn ich habe sie nicht von Copypet.«

»Sie haben sie von jemand anderem gekauft?«

»Es gibt da einen Laden. In der Sophienstraße.«

»Aber …« Vincent zögerte. »Ist das legal?«

Die Frau lächelte. »Genauso legal wie dein kleiner Reparaturbetrieb.«

Sie sahen sich an. »Dann war sie so etwas wie ein Sondermodell?«, fragte Vincent.

Die Frau beugte sich vor. »Ich lasse sie mir nicht wegnehmen, verstehst du? Sie ist meine Katze.«

»Aber es ist nicht normal, dass sie kratzt«, wandte Vincent ein.

»Was normal ist und was nicht, ist mir egal. Ich will nur, dass du das reparierst. Entferne einfach die Krallen! Kannst du das?«

»Genau kann ich das erst sagen, wenn ich in ihr Inneres gesehen habe«, sagte Vincent vorsichtig. Er blickte in ihr Gesicht, auf dem sich wieder der Zweifel breitmachte.

»Ich werde mich bald darum kümmern«, sagte er schnell.

»Was ist bald?«, fragte die Frau.

»Keine Ahnung.« Vincent ließ seinen Blick zu dem verdrahteten Meerschweinchen wandern, das geöffnet neben ihm im

Regal lag. »Wenn alles gut geht, dann kann ich Samstag nächster Woche damit anfangen. Dann ist sie Ende übernächster Woche fertig.«

»Ende übernächster Woche?« Die alte Frau seufzte. »Das ist eine lange Zeit.« Sie öffnete ihre Handtasche, ein winziges kleines Ding mit funkelnden Nieten, und zog eine Geldbörse heraus, in der sie herumkramte, um dann endlich einen Schein auf den Tisch zu legen. »Vielleicht kannst du es ja doch schneller möglich machen.«

Vincent starrte auf das Papier vor sich. Es war tatsächlich ein Geldschein!

Ein alter Hunderteuroschein.

»Du kannst ihn in der Zentralbank eintauschen«, sagte die Frau, als hätte sie seine Gedanken gelesen. »Er ist immer noch einiges wert.«

»Ich weiß«, sagte Vincent, ohne den Blick von dem Schein zu wenden. »Man bekommt einen Wert zu Ether von 10:1.«

»Möglich«, sagte die alte Frau. »Du wirst sie mir bald vorbeibringen, nicht wahr?«

Vincent konnte sich ihrem Blick nicht entziehen. »Dieser Schein, ist das jetzt so was wie eine Anzahlung?«

Die Frau lächelte leise und zog noch etwas aus der Handtasche. Es war eine lila Visitenkarte, die sie vor Vincent auf den Tisch heftete und die darauf genauso leuchtete wie vorher ihr Mantel vor den grauen Häuserzeilen.

»Das ist keine Anzahlung. Das ist ein Geschenk.«

Vincents Herz klopfte. Wann hatte er zum letzten Mal ein Geschenk erhalten? Es war so lange her, dass er sich nicht mehr daran erinnern konnte. Heute war ein guter Tag, definitiv. Ein sehr guter Tag!

Er begleitete die alte Frau zur Tür, half ihr in den Mantel

und öffnete die Haustür. Da drang ein kalter Wind in die Diele und ließ ein graues Papier hochfliegen und langsam wieder zu Boden segeln. »Ich glaube, das hier ist für dich!« Die Frau schob das Papier mit der Spitze ihrer lila Stiefel zu Vincent hin. Der sah verwirrt nach unten. Tatsächlich da lag ein Brief. Ein graues unscheinbares Kuvert. War es vorhin auch schon da gewesen? Vincent bückte sich und hob den Brief auf. Er knisterte in seiner Hand.

»Es muss ziemlich eilig sein, wenn sie es am Samstag zustellen«, bemerkte die alte Frau.

»Mmm. Ja, wahrscheinlich«, murmelte Vincent. Die alte Frau hatte recht. Einen Brief zu bekommen war schon seltsam. Einen Brief am Samstagmorgen zu bekommen, noch sehr viel seltsamer.

»Wie auch immer.« Die alte Frau sah Vincent an. »Ich werde dich bald sehen, nicht wahr?«

»Darauf können Sie sich verlassen«, antwortete Vincent. Sie nickten sich zum Abschied zu. Nachdem er die Tür geschlossen hatte, sah Vincent auf den Brief. Natürlich. Er war an seinen Vater adressiert. Vincent überlegte kurz, ob er ihn zu den anderen ungeöffneten grauen Briefen unter der Garderobe legen sollte, doch dann entschied er sich anders und nahm ihn mit in die Werkstatt.

2

Als Vincent die Werkstatt betrat, hatte er den Brief schon fast wieder vergessen. Hier roch es nun leicht nach Lavendel. Selbst die Katze, die mit ihren langen seidigen Haaren auf dem Tisch lag, verströmte diesen Geruch, der irgendwie auch gut zu der lila Visitenkarte passte, die die Frau ihm hinterlassen hatte. *Alina Sartorius.* Der Name stand darauf in einer altmodisch geschwungenen Schrift, mit Initialen, die die anderen Buchstaben überragten wie aufziehende Wolken. Vincent drehte die Karte in seinen Händen. Er hatte schon öfter merkwürdige Kunden gehabt, aber diese Alina Sartorius war schon sehr besonders. Jedenfalls hatte sie ihm Geld gegeben, viel Geld sogar, einen Hunderteuroschein, den er sorgfältig zusammenfaltete und in seine Hosentasche steckte. Er würde gut zu seiner Sammlung alter Dinge passen, von denen er einige unter dem Tisch in seiner Werkstatt hortete. Sie umfasste eine silberne Taschenuhr sowie eine chinesische Trickbox mit aufwendigen Intarsienarbeiten, nicht größer als eine Zigarrenkiste. Der Deckel zeigte eine schwarz-weiß gestreifte Schlange, die sich selbst in den Schwanz biss. Ferner eine Reiseschreibmaschine namens Erika mit einem ausgeleierten Farbband, die einen unbeschreiblichen Krach machte, wenn man darauf schrieb, ein altes und zerlesenes Exemplar von *Der Meister und Margarita*, das ihm einmal seine Mutter geschenkt hatte, einen braunen Plattenspieler mit einem Plexiglasdeckel und dazu zwei Schallplatten. Die eine stammte von einer Band aus dem letzten Jahrhundert, die sich *Rolling Stones* nannte. Auf dem Cover streckte sich ihm eine rote Zunge entgegen. Auf der anderen war etwas Klassisches zu hören. Ein Violinkonzert oder so. Der Schein passte gut dazu. Ein Geschenk! Das war ungewöhnlich großzügig, was gar nicht zu jemandem passte, der so aussah wie sie. Außerdem hatte sie ihm ihre Katze dagelassen. Eine K303! Er hatte schon einiges über sie gelesen. Ihr Gang wurde durch die mehr als dreihundert Hebelverbindungen so geschmeidig, sie hatte mehr als zweihundert unterschiedliche Lautäußerungen – ihr Miauen und Schnurren klang daher völlig echt – und ihr standen mehr als fünfhundert Ausdrucksmöglichkeiten zur Verfügung. Außerdem war sie so programmiert, dass sie immer mehr von ihrem Besitzer lernte und sich auf ihn einstellen konnte. Sie war der perfekte Katzenersatz für jemand, der Katzen liebte. Allerdings war das mit den Pfoten schon merkwürdig. Ob die alte Frau sich nur wichtigmachen wollte? Vincent nahm eine Pfote in die Hand. Sie war vollkommen weich und unauffällig, so wie er es bei den anderen, billigeren Exemplaren schon gesehen hatte. Er beugte sich über das künstliche Haustier und suchte in dem langen Fell nach den Schrauben. Es gab genau drei davon. Er drehte die Schrauben erst mit dem Schraubenzieher und dann mit der Hand aus dem Gewinde. Sie funkelten rötlich in der Sonne, als er sie in einen umgedrehten Dosendeckel legte, damit sie nicht vom Tisch rollten. Wahrscheinlich waren sie aus Platin. Dann öffnete er behutsam den Brustkorb der Angorakatze und legte die Platte mit den Haaren zur Seite. Er pfiff leise durch die Zähne, als er die Verdrahtungen vor sich sah. Alles vom Feinsten! Wie er diese Mechanik liebte! Gespannte Federn und Hebel. Er mochte das leise Klicken von Schaltern, das Klappern von Ketten. Sie führten ihn in eine Welt und eine Zeit, die weit vor seiner Geburt lag. Es war eine Welt der Dinge, die man anfassen konnte. Schon als Kind hatte er die silberne Taschenuhr bewundert, die er von seinem Großvater geerbt hatte. Die Zahnräder hinter dem Uhrglas hatten ineinandergegriffen. Morgens ließen sie den Mond und die Sterne unter den Zeigern verschwinden und kurz darauf die Sonne aufgehen. Als ob es die Zeiger wären, die die Mechanik des ganzen Himmels antrieben. Nachdem er mühelos die Uhr einmal auseinandergebaut und dann wieder zusammengesetzt hatte, begriff er, dass er etwas konnte, was sonst niemand konnte. Er sah sich einen mechanischen Gegenstand an und verstand, wie er funktionierte. Er konnte ihn reparieren. Er war ein Zauberer, der diese Dinge wieder zum Leben erweckte. So – wie *jetzt*! Er griff in den Nacken der Katze und schaltete sie ein. Es gab ein kleines metallisches Klicken. Die geöffnete Katze schlug die Augen auf und starrte ihn aus großen bernsteinfarbenen Augen an. In diesem Moment hörte er ein Miauen unter sich.

»Behemoth?«

Der Kater strich ihm um die Beine. Er war pechschwarz, so wie der andere Kater, von dem er seinen Namen hatte. Behemoth, der Teufelskater aus *Der Meister und Margarita*, dem Lieblingsbuch seiner Mutter. Sie hatte den Kater so genannt, als er zu ihnen kam, ein junges, täppisches Kätzchen, das gut zu Vincent gepasst hatte, als der ein Kind war, und das mit ihm zusammen groß geworden war. Jetzt war Vincent allerdings erst knapp erwachsen, während Behemoth schon auf das Ende seines Lebens zuging, was ein bisschen ungerecht war, wenn Vincent genau darüber nachdachte.

»Du bekommst gleich was zu fressen, versprochen!« Er hob Behemoth hoch und setzte ihn auf den Tisch neben die künstliche Katze. Trotz seines Namens hatte der Kater nichts Teuflisches. Er war eher ein wenig faul und übergewichtig.

»Und wie findest du sie?«

Der Kater fauchte die Angorakatze an, machte einen Buckel und streckte seine Pfote aus. Vincent musste lachen. Es war fast immer so. Grundsätzlich mochte Behemoth mechanische Tiere lieber, je unähnlicher sie ihm waren. Insekten und ihre Drähte liebte er, doch mit allen Säugetieren hatte er seine Schwierigkeiten, vor allem mit Hamstern und Hasen. Besonders aber hasste er künstliche Katzen. Kein Wunder, dachte Vincent, auch er selbst fühlte sich in der Gegenwart von künstlichen Menschen unwohl. Ihm lief immer noch ein Schauer über den Rücken, wenn er so einen *Twin* erkannte, vor allem wenn er täuschend echt war. Sie bekamen sie mittlerweile fast so gut hin wie die Haustiere.

»Ganz ruhig, Behemoth!« Vincent zog behutsam den Kater weg und setzte ihn auf den Boden. »Wir werden sie nicht behalten, keine Angst! Ich werde sie ein bisschen verbessern und dann zurückgeben.«

Behemoth miaute und sah Vincent fragend an. Der seufzte und ging zu einem Regal, das sich rechts neben dem Fenster befand und aus dem er eine Büchse hervorzog. Er öffnete sie mit einem Schraubenzieher und füllte das Fleisch in einen

Napf, der in der Ecke stand. Das Verfallsdatum auf der Büchse war vor ein paar Jahren abgelaufen, aber Behemoth schien das Futter immer noch zu bekommen. Es gab keine Katzennahrung mehr, seitdem es kaum noch Katzen gab. Also keine echten Katzen. Behemoth war eines der letzten seltenen Exemplare.

»Dich müsste man auch mal umprogrammieren, dann frisst du nicht so viel!«, sagte Vincent leise. »Hast du gesehen? Sie hat mir einen Hunderteuroschein dagelassen! Einen *Schein*! Verrückt, was?«

Während Behemoth sich mit einem fröhlichen Schlabbern über die Fleischstücke hermachte, beugte sich Vincent über die Katze und verfolgte die Kabel und die Verdrahtung, die sich nach unten zog. Dann sah er die Krallen. Sie waren unter einer Platte verborgen, die mit vier winzigen Schrauben am Pfotengelenk verbunden war. Die beiden äußeren Schrauben hatten einen Torx-Kopf, der aussah wie ein Stern mit sechs abgerundeten Zähnen, die beiden Schrauben in der Mitte jedoch hatten neun Zähne. Neun! Es gab keine Torx-Schraubenzieher mit neun Zähnen. Nirgendwo. Klar, sie wollten nicht, dass Leute wie er an ihren Tieren herumschraubten. Wahrscheinlich wollte Copypet verhindern, dass jemand die Platte öffnete, der nicht zu ihnen gehörte. Aber wenn er die Platte nicht öffnete, konnte er die Krallen nicht ziehen. Er nahm einen seiner anderen Schraubenzieher und versuchte, die Platte aufzustemmen. »Verdammt!« Er hatte es stattdessen geschafft, die Krallen auszufahren, und eine davon hatte seinen Daumen erwischt. Ein Blutstropfen lief ihm über den Finger, den er schnell in den Mund steckte. Er biss auf die Haut, um den Schmerz zu unterdrücken.

»War das ein neuer Auftrag?«

Vincent drehte sich um. Paul, sein Vater, stand hinter ihm in der Tür. Er trug seinen zerknitterten Malerkittel über einem alten T-Shirt. Seine Haare waren ungekämmt und an seinen Händen Farbflecken. Vincent konnte nicht recht sagen, ob er seinem Vater ähnlich war, denn wenn man beide zusammen auf Fotografien sah, würde man nicht vermuten, dass sie Vater und Sohn waren. Sein Vater war groß und seine Haut wurde schnell braun, wenn er in die Sonne ging. Seine Augen lagen tief in den Höhlen, er hatte schwarze krause Haare, durch die sich ein paar Silberfäden zogen, und dunkle Augen. Vincent dagegen war ganz das Kontrastprogramm: helle Haut, rote Haare, graugrüne Augen. Genau wie seine Mutter – so wurde es ihm zumindest immer gesagt. Wurde allerdings aus dem starren Bild ein bewegtes, aus dem Foto ein Film, dann konnte man sehr wohl eine Ähnlichkeit zwischen den beiden entdecken. Vincent und sein Vater hatten die gleiche Art zu laufen, die Schulter hochzuziehen und das gleiche, fast schüchterne Lachen. Sein Vater kam näher. Er roch nach Terpentin. Ja, es war Terpentin und nicht Alkohol, wie Vincent erleichtert feststellte. Er beugte sich mit Vincent über die Katze und die zeigte ihm die Krallen.

»Die sieht wahnsinnig echt aus.«

»Es ist ein 303er-Katzenmodell von letztem Jahr.«

»Ist … das was Besonderes?«

Vincent nickte. »Es gibt zurzeit nichts Besseres. Eigentlich unterscheidet sie nicht mehr viel von Behemoth.«

Der Kater unter ihm miaute, als er seinen Namen hörte.

»Wie Behemoth, bis auf die Abschaltfunktion.« Paul lächelte leise. Er hielt Abstand zu der Katze und zu Vincent, fast so, als wäre Vincent ein Magier, der die Fähigkeit hatte, tote Materie zu erwecken. Die leise Bewunderung, die aus dieser Geste sprach, freute und ärgerte Vincent zugleich. Er zog noch einmal an seinem Daumen, spürte den metallischen Blutgeschmack auf seiner Zunge und sah sich die Wunde an. Es war ein gerader messerscharfer Kratzer, der relativ tief war und seine Haut sauber spaltete.

»Brauchst du ein Pflaster?«, fragte sein Vater.

»Nein, geht schon, es blutet nicht mehr.«

»Und was hat sie?«, fragte Paul.

»Mhmm. Ich muss was an der Mechanik verändern. Die alte Frau, der sie gehört, möchte, dass ich die Krallen ziehe.«

»Ist das schwierig?«

»Eigentlich nicht«, Vincent seufzte. »Aber jetzt komme ich nicht weiter.«

»Wieso?« Paul sah die Katze prüfend an.

»Mir fehlt ein Schraubenzieher.«

»Was für ein Schraubenzieher?«

»Eine bestimmte Art von Torx-Schraubenzieher. Mit neun Zähnen statt mit sechs. Ich werde mal in den Laden gehen, wo sie die Katze herhat.«

»Gute Idee«, murmelte Paul ohne großes Interesse. Sein Blick fiel auf die Visitenkarte.

»Ist das von ihr?«, fragte er.

»Mhmmhmm.«

»Sehr … lila!« Paul tippte mit dem Finger auf die Karte und hielt seine Hand in vielleicht zwanzig Zentimeter in der Luft darüber. Ein Hologramm erschien, das eine efeuumrankte Villa mit roten Fensterläden zeigte. Eine große, runde Treppe führte zu einer mit aufwendigem Schnitzwerk verzierten Eichentür.

»Nicht schlecht, oder? Würde mir auch gefallen.«

Er hob die Hand ein wenig höher und die Villa wurde kleiner, man konnte nun die Straße erkennen, andere kleine Villen und Seitenstraßen. Er hob sie noch höher und eine Miniaturausgabe der Stadt wurde sichtbar.

»Akazienweg. Steinhausen. Gute Gegend, wenn du mich fragst.«

»Mhmm«, sagte Vincent.

»Und was wirst du verlangen?«, fragte ihn Paul und schloss die Hand. Das Hologramm verschwand.

»Vierzig Ether.«

Paul musterte ihn überrascht. »Das ist gut. Das heißt, wir haben Geld bis Juni. Bis dahin habe ich sicher auch noch ein, zwei Bilder verkauft. Vielleicht könnten wir mal in den Urlaub fahren!«

Vincent sah seinen Vater an. Er würde keine Bilder verkaufen und auch nicht in den Urlaub fahren und sie beide wussten das. Er fasste in seine Hosentasche und spürte dort den Geldschein. Eigentlich sollte er noch von dem Geldschein erzählen. Andererseits ... Würde er ihn überhaupt einlösen? Vielleicht würde er ihn auch einfach behalten. Er mochte ihn nicht hergeben. Warum, das konnte er selbst nicht genau sagen.

»Sie ist ziemlich weit gefahren, um dir die Katze vorbeizubringen«, bemerkte Paul, der immer noch ganz in die Visitenkarte vertieft war. »Das könnte uns ganz neue Möglichkeiten eröffnen!«

Vincent konnte nicht sagen, warum, aber das *uns* störte ihn.

»Ein neues Viertel. Ein neuer Markt!«, fuhr Paul fort. Vincent sah ihn an. Seine Augen waren gerötet, wahrscheinlich hatte er wieder die halbe Nacht in seinem Atelier verbracht und so getan, als würde er malen. Das Schlimmste war, dass er vermutlich wirklich nur so getan hatte.

Vincents Vater legte die Visitenkarte direkt unter Vincents Nase. »Wenn du da bist, tu mir einen Gefallen, ja! Schau auf die Wände! Vielleicht braucht sie Bilder.«

»Aber ...«

»Nimm zur Sicherheit meinen Katalog mit. Zeig ihr die Sachen. Ich werde was zusammenstellen. Eine kleine Auswahl. Du weißt, ich kann alles malen. Zur Not sogar Katzenbilder.«

Vincent seufzte. »Kannst du sie nicht einfach digitalisieren und ihr schicken?«

»Du weißt, dass das nicht das Gleiche ist. Man muss sie anfassen können. Ich meine, richtig anfassen.«

Vincent hasste diesen flehenden Blick aus den Augen seines Vaters. Er wünschte, Paul müsste nicht darüber nachdenken, Katzenbilder für reiche Leute zu malen. Er wünschte, er wäre ein echter Künstler und würde irgendwelche unverständlichen abstrakten Bilder malen, die dann in teuren Galerien ausgestellt werden würden. Er wünschte, er selbst bekäme Stipendien und müsste nicht an den Geldschein in seiner Hosentasche denken, als handle es sich dabei um einen Rettungsanker. Er wünschte, ach, er wünschte sich, seine Mutter wäre hier und würde seinem Vater all das sagen.

»Also, gehst du?«, fragte Paul.

Vincent seufzte und strich Behemoth über seinen schwarzen Pelz. »Erst mal muss ich diesen Schraubenzieher finden.«

3

Während sein Vater begann, Katzenbilder zu malen, machte sich Vincent noch am gleichen Nachmittag zu dem Laden in der Sophienstraße auf. Er war schon lange nicht mehr in der Gegend gewesen und wunderte sich über die vielen neu gebauten schicken Hochhäuser. Vor einigen Jahren war hier noch C-Gebiet. Jetzt sah alles nach einem blitzblanken Doppel A aus. Die bunten Läden mit den zusammengewürfelten Plastiksandalen, den Kunstblumen und den billigen Reisetaschen waren verschwunden. Nur noch eine bröckelige Mauer, auf die jemand vor langer Zeit *The City is not for sale* gesprüht hatte, erinnerte daran. Dahinter schimmerte die neue Fassade des Bahnhofs, ein Glasquader, der so aussah wie ein gestrandetes Raumschiff. Es war sauber, gespenstisch still und so farblos wie in all den anderen reichen Vierteln der Stadt. Vincent ließ seine Hand über die hohen schwarzen Stangen des Eisenzauns gleiten, dessen Spitzen sich wehrhaft wie Speere in die Luft streckten. Dahinter zitterten sauber geschnittene kugelige Buchsbäume im Wind, und die letzten vertrockneten Blätter, die nicht schon im Herbst von den Laubbläsern eingefangen worden waren, wehten über die leere Straße. Die Häuser hinter den Eisenstangen waren neu gebaut, machten aber auf alt und ehrwürdig, mit hohen Fenstern, Klinkerverputz, großen Eingängen und Foyers, in denen uniformierte Rezeptionisten saßen, die Vincent misstrauisch musterten. Eigentlich gehörte er nicht hierher. Leute mit einem C-Punktestand sollten sich nicht in A-Gebieten herumtreiben. Er verlangsamte seine Schritte und schlenderte fast, um sich nicht verdächtig zu machen. An einem mit Holz verkleideten Brunnen bog er links von der Hauptstraße ab und gelangte in die Sophienstraße. Die Straße zog sich, was an den breiten Häusern lag. Es gab 2 a–f, dann eine Nummer 4 mit insgesamt drei Eingängen. Schließlich befand er sich vor der Nummer 6. Das Haus stand als einziges nicht in der geraden Reihe, sondern war tiefer eingerückt. An der Tür hing ein Schild in Leuchtbuchstaben, auf dem *geschlossen* stand. Er sah durch die Scheibe hindurch und sog einmal kurz die Luft ein. Tatsächlich! Es war ein Copypet-Laden! Allerdings – und das sah er auf den zweiten Blick: Es waren gebrauchte Tiere, die hier verkauft wurden. Im Schaufenster standen Wildtiere. Sie waren, nachdem sie in der Wirklichkeit fast völlig ausgestorben waren, im letzten Sommer das neue Ding. Hinter dem großen, täuschend echten Wolf im Vordergrund, der zum Glück ausgeschaltet war, befanden sich noch andere Tiere, die weniger echt als irgendwie verrückt und künstlich aussahen: Alligatoren mit silbrig schimmernder Haut, kleine pinkfarbene Mäuse, die durch brennende Reifen sprangen, und winzige Einhörner, die regenbogenfarbigen Rauch aus ihren Nüstern stießen. Und da – hinter diesen seltsamen Kreaturen – sah er ein Mädchen. Das heißt, er sah zunächst ihr rotes Kleid, das sie zwischen den Tieren aufleuchten ließ. Sie saß auf einem Stuhl hinter dem Verkaufstresen, die dunklen Haare fielen ihr so ins Gesicht, dass man sie kaum erkennen konnte, und sie war in ein Buch vertieft. Vincent musste zweimal hinblicken. Es war tatsächlich ein Buch, eines mit einem richtigen Umschlag und Seiten, kein Reader. Sehr altmodisch und sehr modern, was irgendwie zu ihr zu passen schien. Vincent klopfte an die Scheibe, das Mädchen sah auf, war einen Moment verwirrt, so als müsste sie aus der Welt des Buchs erst wieder zurück in die echte Welt finden, und starrte dann auf Vincent. Sie legte eilig das Buch auf den Tresen und beeilte sich, ihm aufzusperren.

»Kann ich dir irgendwie helfen?«

Vincent blinzelte und sah sie an. Sie war nur unwesentlich kleiner als er und wahrscheinlich genauso alt, ihre Füße steckten in großen klobigen Stiefeln, das leuchtende rote Kleid reichte ihr über die Knie. Eine riesige schwarz umränderte Brille zog alle Aufmerksamkeit auf sich und in ihren schwarzen Locken ringelte sich eine irritierende weiße Strähne. Nein, sie war nicht hübsch, nicht so, wie man jemanden gleich hübsch findet, aber sie nahm Vincent sofort gefangen. Etwas Wildes, Unberechenbares ging von ihr aus. Und sie hatte diese großartigen Mundwinkel, die sich nach oben zogen, so als würde sie jeden Moment lachen. Vincent fuhr sich über seine Haare und spürte plötzlich, wie eine merkwürdige Verlegenheit ihn überkam. »Ich komme wegen einer Katze«, sagte er und räusperte sich. Wie zum Teufel sollte er anfangen, ohne zu verraten, dass er illegalerweise an den Tieren herumschraubte? »Also ein K303-Modell und … ich wollte fragen …«

»Wir verkaufen keine K303«, sagte sie schnell. Sie hatte helle Augen hinter den dicken Brillengläsern.

»Nicht?« Ihr Blick hatte ihn völlig aus dem Konzept gebracht. »Meine Kundin hat aber gesagt, dass sie sie von hier hat.«

Das Mädchen biss sich auf die Lippe und musterte ihn nachdenklich, so als ob sie überlegte, ob sie ihm trauen könnte. Dann sah sie sich kurz um und winkte Vincent zu sich in den Laden. »Komm rein!«

Vincent stolperte über die Schwelle und sah sich staunend um. Der Raum war vollgestopft mit Kunsttieren. Die Regale gingen bis zur Decke und in jeder Abteilung quietschte, flatterte, fiepte und piepste es. Vögel und Insekten befanden sich in den höheren Stockwerken, darunter kleinere Säugetiere wie Hamster und Eichhörnchen, und schließlich am Boden, in großen Abteilungen, Katzen, Hunde und Wölfe. Selbst ein Aquarium fehlte nicht. Mehrere gläserne Quallen fungierten als Lampen und sendeten ein geheimnisvolles grünblaues Licht aus, das durch die Sauerstoffblasen bewegte Muster an den Wänden zeichnete. Vincent beobachtete einen Schwarm goldener Fische. Sie stoben auseinander und wieder zusammen, wie ein genau choreografiertes Ballett. Er legte die Hand auf das Wasser und manche der Fische stupsten mit ihren Nasen an die Oberfläche.

»Vorsicht!«, rief das Mädchen plötzlich. »Sie können beißen.«

»Beißen?«

Sie schob sanft seine Hand von der Wasseroberfläche. »Ja, das sind welche mit Sonderfunktion.«

»So wie bei der K303?«, fragte Vincent. »Ich weiß, dass sie Krallen hat.«

»Nicht alle davon haben Krallen«, sagte das Mädchen ausweichend.

»Aber die, die ihr verkauft?«

Sie zögerte. »Eigentlich gab es nur eine davon.«

Vincent schüttelte den Kopf. »Warum hat Copypet ein Tier entwickelt, das seinen Besitzer verletzen kann?«

Sie steckte sich die weiße Strähne hinter die Ohren »Nun. Das haben wir öfter. Seit es kaum noch echte Tiere gibt, wird immer mehr danach gefragt. Nach einem wirklich wilden Tier. Wölfe, Füchse, Krokodile. Geht gerade ausgezeichnet. Ersatztiere mit ein bisschen Gefahr.«

»*Ein bisschen Gefahr* ist gut!«, murmelte Vincent.

Sie sah ihn verwundert an. »Wie meinst du das?«

»Meine Kundin. Sie hatte richtig tiefe Kratzerspuren. Die Krallen waren mindestens drei Zentimeter lang.«

»Wir …« Sie musterte ihn unbehaglich. »Eigentlich war es nur ein Versuchsmodell und noch nicht fertig.«

»Ach so. Darf man das denn verkaufen?«

»Bist du etwa von Copypet?«, fragte sie schnell.

»Nein, wie kommst du darauf?«

Sie starrte ihn an. »Du stellst so komische Fragen.«

Vincent zögerte. Wenn er nun die Wahrheit sagte, dann brachte er sich in Gefahr. Wer weiß, wem sie das alles erzählen würde? Schließlich, warum wusste er nicht, beschloss er, ihr zu trauen. Da war etwas in ihrem Blick, irgendetwas, von dem er das Gefühl hatte, er könnte ihr alles sagen.

»Ich soll bei dieser K303 die Krallen ziehen. Aber mir fehlt ein Schraubenzieher. Für eine Torx-Schraube.«

»Du schraubst an ihnen herum?« Sie lächelte ihn spöttisch an. »Das ist aber auch nicht legal.«

»Nein, ist es nicht.«

»Wenn es rauskommt, dann kannst du einen ganzen Buchstaben fallen.«

Vincent blinzelte. »Ist das jetzt eine Drohung?«

»Keine Angst.« Sie lachte. »Ich verrate nichts.«

»Das wäre auch keine gute Idee«, sagte Vincent. »Ich meine, ich will nicht noch weiter fallen.«

»Wieso? Was hast du denn?« Sie sah neugierig aus.

Vincent wurde ganz gegen seinen Willen rot.

»Entschuldige«, sagte sie schnell. »Das war jetzt indiskret, oder?«

Vincent holte tief Luft. »Doppel C«, sagte er und sah sie direkt an. Es würde sie schockieren, ganz sicher. Die Leute waren immer schockiert, wenn er seinen Punktestand nannte. Vor allem, wenn sie einen besseren hatten, was eigentlich auf fast alle zutraf. Das Mädchen vor ihm hatte sicher ein A, schließlich war das hier A-Gegend und mit etwas anderem als A bekäme man sicher hier keinen Laden. A-Leute wollten mit einem wie ihm nichts zu tun haben. Komischerweise machte es ihm sogar einen grimmigen Spaß, seinen Punktestand zu verraten und sie zu provozieren.

Das Mädchen sah ihn jedoch völlig unbekümmert an. »Dann würde ich dir aber ein Upgrade empfehlen.«

»Ein Upgrade?«, fragte Vincent verwirrt. Hatte er sich verhört?

Sie sah ihn mit einem herausfordernden Funkeln in den Augen an. »Man kann nicht nur an den Tieren ein bisschen herumschrauben.«

Es folgte ein langer Moment der Stille, der mit einem langen Seufzer endete. »Ach ja, der Schraubenzieher … Darum bist du gekommen, richtig?«

»Genau«, murmelte Vincent. Er fühlte sich ein bisschen

schwindelig. Den Punktestand manipulieren! So was hatte noch niemand vorgeschlagen. Es klang wie etwas Unerhörtes, etwas wirklich Verbotenes. Etwas, was man nicht einmal zu denken wagte. Er hatte sich sicher verhört. Oder irgendwas völlig falsch verstanden. Das Mädchen tat so, als wäre nichts geschehen, schob eine schmale Leiter vor das riesige Holzregal an der Wand und kletterte neben der Abteilung für Reptilien hinauf. Auf der oberen Etage befanden sich mehrere schmale Schubladen, von denen sie nun eine aufzog. »Einen Torx, sagtest du?«

Vincent nickte.

»Wie viel Zähne?«

»Neun.«

Sie kramte in der Schublade herum und förderte einen winzigen, rötlich glänzenden Schraubenzieher zutage, mit dem sie wieder die Leiter hinunterkletterte.

»Mit dem müsste es klappen!« Sie drückte ihn Vincent in die Hand.

Vincent fuhr sich über die Haare. »Und was bin ich dir schuldig?«

Sie lächelte ihn an. »Ich schenke ihn dir!«

»Einfach so?«

»Einfach so. Das heißt …vielleicht brauche ich einmal eine Gegenleistung.«

»Eine Gegenleistung?«

»Irgendwann. Mal sehen«, sagte das Mädchen. Sie sah zu ihm hoch. Ihre weiße Strähne leuchtete im Gegenlicht. Für einen kurzen Moment hatte Vincent das Gefühl, als habe er sie schon einmal gesehen, diese weiße Strähne. Aber das lag in einer fernen Vergangenheit und war verschlossen wie eine Tür, zu der er keinen Schlüssel hatte. Er steckte den Schraubenzieher in seine Manteltasche, grüßte kurz und verlegen und verließ den Laden. Eine Glocke bimmelte leise, als er die Tür schloss. Draußen schien die Sonne über die blank geputzten Häuser. Sie kam Vincent plötzlich heller und freundlicher vor als zuvor.

4

Die Reparatur der Katze war in zwei Tagen erledigt. Vincent hatte mit dem neuen Werkzeug die Schrauben entfernt, die Krallen gezogen und den Mechanismus überflüssig gemacht und trotzdem funktionierte die Katze noch einwandfrei. Auftrag erfüllt. Dafür hatte er jedoch das Meerschweinchen des kleinen Mädchens vom Hochhaus gegenüber liegen lassen, was ihm ein ziemlich schlechtes Gewissen bereitete.

Es war ein kalter und windiger Märzmorgen, als er zu Alina Sartorius' Villa im Akazienweg fuhr. Das Gebäude war tatsächlich groß, mit einer breiten Treppe und roten Fensterläden. Allerdings sah es in echt bei Weitem nicht so mondän aus wie auf dem Hologramm der Visitenkarte. Eine Sache, die eigentlich ständig passierte. Die Dinge in der Realität waren fast nie so wie in den Hologrammen. Eigentlich waren sie auch nie so wie auf TwinEarth, einem Programm, das jeder nutzte und bei dem die ganze Welt nachgebildet war. Dort gab es immer Lücken, Sachen, die vergessen worden waren, oder Häuser, die in Wirklichkeit gar nicht existierten. Dieses hier jedenfalls war schief und hatte eigenartig runde Fenster, die aussahen wie Augen. Im Vorgarten standen traurige braune Stängel von abgestorbenen Pflanzen herum und Moos zog sich über die Steintreppe, die zu der Eingangstür mit den Schnitzereien führte. Das Haus war von grünem Efeu umrankt, der aus der Nähe betrachtet allerdings aussah, als wollte er das Haus erwürgen. Die Ranken schlangen sich um die Regenrinne, wuchsen vor den vergitterten Fenstern und bewahrten die alten Dachziegel vor dem Abrutschen. Vincent stellte sein Fahrrad an den Holzzaun, der rings um das Haus führte und dessen Latten schon an einigen Stellen verfault und eingebrochen waren, sodass er es aufgab, seine Absperrkette darumzuschlingen. Er legte sie nur um sein Hinterrad und überlegte sich, ob dort, wo es stand, das Fahrrad auf einen der Lastwagen aufgeladen würde, die manchmal durch die Straßen fuhren und nicht befestigte Fahrräder mitnahmen, kam aber dann zu dem Schluss, dass das eher in seinem Viertel der Fall war und nicht hier. Hier gab es Villen hinter Eisenzäunen und überall Überwachungskameras, die geschickt in die altmodischen gusseisernen Straßenlaternen eingebaut waren.

Er nahm das Paket vom Gepäckständer und zog darunter die riesige Mappe seines Vaters hervor. Darin befanden sich Pauls Bilder, eine ganze Auswahl davon, realistische und welche, die eher abstrakt aussahen. Dreiecke und Vierecke mit Katzenaugen, die er bis spät in die Nacht auf samtblauen Hintergrund gepinselt hatte. Es waren wilde, intensive Bilder, über die er seit dem Besuch der alten Frau ständig sprach und die nach und nach ein Eigenleben bekamen. Sie waren *unser Auftrag* und waren für *unsere Kundin*. Vincent war froh, dass sein Vater seit Langem überhaupt wieder malte, und so hatte er die

Mappe dann doch, ohne weiter zu protestieren, mitgenommen. Sie war riesig und schwer auf dem Gepäckträger zu transportieren und Vincent hatte keine Ahnung, ob und wann er die Bilder anpreisen sollte. Er hatte nur den glücklichen Ausdruck auf dem Gesicht seines Vaters im Kopf, als er ihm sagte, die Bilder würden ihm gefallen.

Die Haustür, vor der er nun stand, war auch in der Wirklichkeit mit Schnitzereien verziert und zeigte ein Planetensystem. Die Sonne hatte Strahlen in Form von kleinen züngelnden Flammen und sah aus wie eine Kindersonne, oder nein … eher wie eine, die er von alten Bildern kannte, aus der Zeit, zu der man noch glaubte, sie würde sich um die Erde drehen. Vincent verfluchte, dass er vergessen hatte, Handschuhe anzuziehen, seine Hände waren eiskalt und sein Finger schmerzte fast, als er auf den Klingelknopf drückte. Über sich hörte er ein leichtes Surren, und als er hinsah, starrte er in eine Kamera, die über ihm angebracht war und auf ihn zoomte. Er hob das Paket hoch wie eine Trophäe und wartete ein paar Augenblicke, dann sprang mit einem leichten Klicken die Tür auf.

»Sind Sie Vincent?«, fragte ein älterer Herr, der hinter der Planetentür auftauchte. Vincent bejahte und schüttelte ihm die Hand, was den Mann anscheinend verwirrte. Er fing sich schnell, lächelte kurz und bat Vincent, ihm in die *Orangerie* zu folgen. Sie gingen den Gang entlang und dann durch ein paar dunkle Zimmer, bis sie schließlich eine Art Gewächshaus erreichten, das ungewöhnlich hoch gebaut war und mindestens bis zum Dachfirst des Hauses reichte. Es war sehr alt, mit grün oxidierten Eisenfassungen um die Scheiben, die nicht glatt waren, sondern Einschließungen hatten, als wären ab und zu Luftblasen in sie eingedrungen und für immer konserviert worden. Riesige Blumentöpfe, aus denen exotische Pflanzen herausschossen, standen an den Fenstern. Vincent konnte riesige Farne erkennen und eine Palme, die bis unter das Glasdach reichte. Es war hier wärmer als draußen, aber doch nicht so warm wie in einer Wohnung. Im milchigen Licht, das durch die großen Fenster schien, stand Alina Sartorius neben einem Tisch, auf dem eine Teekanne auf einem Stövchen und eine Tasse standen. Sie trug ein auffälliges Blumenkleid, das gut zu dem Gewächshaus passte. Schmetterlinge gaukelten um sie herum, einer war gelb, Vincent hatte noch nie einen solchen gesehen und er fragte sich, ob er echt war. Copypet machte nämlich auch Insekten, wenn auch wenige. Einmal hatte er selbst eine sehr kunstvolle Spinne in seiner Werkstatt gehabt, deren acht Beine sich ineinander verheddert hatten wie die Fäden eines blechernen Wollknäuels. Die alte Frau trat aus dem grünen Zwielicht und bedankte sich förmlich bei dem Mann, der sich mit einem kurzen Nicken verabschiedete, sodass Vincent klar wurde, dass es wohl nicht ihr Ehemann, sondern eher so etwas wie ein Diener sein musste.

»Ich habe dich erwartet«, sagte sie, nachdem der Diener gegangen war. Sie trug ihre Haare offen und das Licht schien hindurch, was ihr einen seltsam schwebenden Ausdruck verlieh. Vincent stellte die Schachtel auf einem Stuhl neben dem runden Mosaiktischchen ab und legte etwas verlegen die Bildermappe darüber. Mist, jetzt hatte er vergessen, auf die Wände zu sehen! Er konnte nicht sagen, ob Bilder daran hingen oder nicht. Jedenfalls waren hier keine Bilder. Nur grüne Pflanzen und Glasscheiben, durch die man auf den Garten nach draußen auf kahle Bäume sehen konnte.

»Ich freue mich, dass du hier bist!« Die Frau war fast eine Spur zu freundlich und vertraut, sodass Vincent gar nicht wusste, was er erwidern sollte.

»Ja, äh. Danke. Also …« Vincent räusperte sich. »Ihre Katze … sie funktioniert wieder so wie vorher.« Er löste die Schnur vom Papier, nahm den Deckel ab und zog die Katze heraus. Er hatte sie wieder in das raschelnde blaue Seidenpapier gehüllt und dann sorgfältig in Papier eingepackt. Es waren alte Zeitungen, die er bei seinem Vater gefunden hatte und mit denen er die Schachtel so ausgestopft hatte, dass die Mechanik bei der Fahrt über das Pflaster nicht Schaden nehmen konnte. Jetzt hatte er sie auf dem Arm und drückte lange auf den Knopf hinter ihrem Ohr. Sie brauchte zwei, drei Sekunden zum Rebooten, dann erwachte sie aus ihrer Starre. Vincent spürte, wie die künstliche Wärme in ihren Körper zurückkehrte und das mechanische Herz anfing zu klopfen. Die Angorakatze hob den Kopf, spitzte die Ohren und sah sich um. Als sie die alte Frau erkannte, sprang sie über den Tisch und streifte dabei die Teekanne, die gefährlich auf dem Stövchen wackelte. Alina Sartorius lächelte, als die Katze auf ihrem Schoß landete. »Ich danke dir!«

»Eine Sache ist merkwürdig«, begann Vincent und fuhr sich über die Haare. »Ihre Augen …, also sie haben keine Verbindung zum Internet.«

Die alte Frau sah ihn kurz an. »Haben sie das?«

»Wenn Sie wollen, könnte ich das ändern.«

Die alte Frau lächelte. »Ich glaube, das wird nicht nötig sein.«

Sie strich der Katze über das lange Fell und nahm dann die rechte vordere Pfote in die Hand und betrachtete sie genauer. »Hast du sie alle erwischt?«

Vincent fasste in seine Jackentasche und holte ein Säckchen heraus, das er langsam öffnete und dessen Inhalt er auf die Mosaikplatte des Steintischs legte. »Hier. Alle gezogen.« Zwischen ihnen lagen achtzehn Katzenkrallen mit einem Schraubgewinde am Ende. »Fünf von den Vorderpfoten und jeweils vier an den Hinterpfoten.«

»Gut! Sehr gut!« Die Frau nahm einen der Stifte. Sie waren aus braunem Horn und gebogen wie ein Widerhaken. »Ich schulde dir viel«, sagte sie.

»Äh, ja«, bemerkte Vincent. »Wir hatten vierzig Ether ausgemacht.«

Alina Sartorius lächelte. »Du findest deinen Umschlag dort drüben!«

»Sie wollen es nicht überweisen?«, fragte Vincent und hörte die Enttäuschung in seiner Stimme.

»Ich bevorzuge Geld, das man anfassen kann.«

Vincent sah sich um und entdeckte auf einem Metallschrank unter einem Blumentopf eingeklemmt ein lavendelfarbenes Briefkuvert. Er zog es unter der Pflanze hervor und fand darin zu seiner Verwunderung zwei grüne Scheine.

»Das sind mehr als zweitausend Ether!«, entfuhr es ihm.

»Nun …« Alina Sartorius zog eine Augenbraue hoch.

»Okay, dann!« Er steckte die beiden Scheine schnell in die Hosentasche. Zweitausend Ether. Sein Herz klopfte, oh wie es klopfte! »Dann will ich Sie nicht länger aufhalten …« *Zumindest nicht so lange, dass sie es sich anders überlegt …*

»Einen Moment noch …«, sagte die Frau. *Mist!*

»Möchtest du vielleicht noch einen Schluck Tee, bevor du fährst? Er ist noch heiß.« Sie deutete auf die Teekanne auf dem Stövchen vor sich, und als sie Vincents verwirrten Blick auffing, sagte sie: »Ich würde dir gerne eine Frage stellen.«

»Eine Frage?«

»Nur kurz. Wenn du noch etwas Zeit hast …« Die Frau sah ihn mit ihren durchdringenden blauen Augen an. Vincent dachte an den Heimweg, sein Rad und daran, dass er keine Handschuhe dabeihatte. Vielleicht könnte er sich hier noch ein bisschen aufwärmen? Draußen hatte es bereits wieder zu schneien begonnen. Oder … er könnte vielleicht die Katzenbilder seines Vaters zeigen. Aber wie? Elende Bilder!

»Okay«, sagte er schließlich und zog die Mappe zu sich her.

Alina stand auf und zog eine Tasse aus dem Schrank, von dem Vincent den Umschlag geholt hatte, und schenkte ihm Tee ein. Der Tee war goldbraun und dampfte ihm entgegen, als er die Tasse ansetzte. Er hatte noch nie einen solchen Tee getrunken. Er schmeckte anders als das Pulver, das sein Vater und er immer verwendeten. Er schmeckte nach Pflanzen. Er wusste nicht, ob er den Geschmack nun gut finden sollte oder nicht, er war leicht bitter und so gar nicht süß, wie er das kannte.

»Du hast gesagt, dass du bald achtzehn wirst. An welchem Tag bist du geboren?«, fragte die alte Frau unvermittelt.

»8. September 2040«, antwortete Vincent.

»Noch ein halbes Jahr, dann bist du erwachsen!«

Vincent antwortete nicht. Er fühlte sich aus verschiedenen Gründen schon lange erwachsen, schon sehr lange, aber das konnte er ihr nicht sagen.

»Kennst du deinen Geburtsort?«

»Klar. Ich bin in der Maistraße geboren. Hier in München.«

»Und den genauen Zeitpunkt?«

»Ich glaube, es war um sieben Uhr abends.«

»Bist du dir sicher?«

Er zuckte mit den Schultern. »Ich bin mir ziemlich sicher, dass es sieben Uhr war. Meine Mutter sagte mir einmal, dass sie die Uhr schlagen gehört hat. Gleich nachdem sie … nachdem ich da war.«

»Die Uhrzeit ist wichtig. Du könntest sicherheitshalber noch einmal deine Mutter fragen«, schlug die Frau vor.

»Meine Mutter ist tot.«

»Oh.«

Die alte Frau sah ihn lange schweigend an, dann nahm sie einen Schluck Tee. Die Tasse klirrte leicht, als sie sie zurück auf den Unterteller stellte. Es war hauchdünnes Porzellan mit roten goldumrandeten Drachen, die sich gegenseitig über das Tassenrund jagten.

»Was ist geschehen?«, fragte Alina nach einer sehr langen Zeit des Schweigens. Vincent starrte sie an. Es war selten, dass ihm jemand, der ihn nicht kannte, diese Frage stellte. Die meisten Leute murmelten etwas Bedauerndes und wechselten dann ganz schnell das Thema.

»Es war ein Unfall«, sagte er knapp.

»Ein Verkehrsunfall?«

»Nein.« Vincent wand sich. »Sie ist bei einem Flugzeugabsturz ums Leben gekommen.«

»Das tut mir leid«, sagte Alina und sah kurz weg.

»Es ist schon acht Jahre her«, sagte Vincent, wie um sie zu beruhigen.

Er räusperte sich und trank noch einmal von seinem Tee. Dieser zweite Schluck war sogar noch besser als der erste. Als er die Tasse wieder auf den Mosaiktisch stellte, meinte er aber, zu viel getrunken zu haben, denn er fühlte sich plötzlich ganz hibbelig. Am liebsten wäre er aufgestanden und zwischen den geheimnisvollen Pflanzen herumgelaufen.

»Hat man die Ursache für den Absturz herausgefunden?«, fragte Alina.

Vincent räusperte sich. »Es … es war so etwas wie ein Softwareproblem. Die Sensoren haben falsche Daten übermittelt und die Maschine konnte von den Piloten nicht mehr gesteuert werden.«

»Ich glaube, ich habe davon gehört.« Es war kein Mitleid in ihrem Blick, was Vincent wunderte und was er aber zu seiner eigenen Überraschung ganz angenehm empfand. Er hatte in seinem Leben schon zu viel Mitleid gesehen, was meistens bewirkte, dass er sich noch schlechter fühlte.

»Und du bist dann bei deinem Vater aufgewachsen?«, fragte sie schließlich.

»Seitdem sind wir zu zweit, ja.«

Die alte Frau blickte ihn nachdenklich an. »Hast du ein Andenken an deine Mutter? Etwas, damit du dich an sie erinnern kannst?«

»Ich weiß nicht«, murmelte Vincent. Für einen Moment dachte er an seine Sammlung alter Dinge, das Buch, die Trickbox, die Schallplatten. Aber das war sicher nicht das, was Alina meinte. Er schüttelte den Kopf. »Nicht dass ich wüsste«, sagte er. »Ich habe nichts geerbt. Eher im Gegenteil, als sie starb, gab es niemanden mehr, der das Geld verdiente.« Er räusperte sich. »Mein Vater ist nämlich Künstler, also Maler.«

»Verstehe«, sagte Alina. »Dann hatte deine Mutter einen guten Beruf?«

»Sie war Programmiererin.«

Die alte Frau schwieg und musterte Vincent noch eine Weile. Er wusste nicht, was in ihrem Kopf vorging, er konnte es nicht einmal erraten. Sie schien etwas zu überlegen, einen Gedanken hin und her zu werfen.

»Möchtest du etwas über dich selbst erfahren?«, fragte sie ihn dann plötzlich.

Vincent starrte sie an. »Wie meinen Sie das?«

»So wie ich es gesagt habe.«

Vincent sah ihr zu, wie sie langsam aufstand und zu einem Tisch unter der Palme hinüberging. Was sie wohl von ihm wollte? Vielleicht war sie einfach ein bisschen verrückt? Er zuckte mit den Schhultern. »Gut«, stimmte er schließlich zu.

»Du wirst es nicht bereuen!« Sie lächelte ihn kurz an und schob den Tisch nach vorne, was ein leichtes Quietschen auf dem Steinboden verursachte. Dann holte sie aus dem Schrank ein großes mechanisches Gebilde und stellte es behutsam auf die Tischplatte. Neugierig trat Vincent näher. Es war eine Maschine, bei der mehrere verschieden große Kugeln auf konzentrischen Ringen um eine große goldene Kugel kreisten. Vincent starrte fasziniert darauf und brauchte eine Weile, bis er begriff, was er da vor sich hatte. »Das Sonnensystem!«

Alina nickte. »Ein sogenanntes Orrery. Benannt nach dem Earl Orrery, für den diese Planetenmaschine das erste Mal gebaut wurde. Es war irgendwann im neunzehnten Jahrhundert.«

»Ist das so alt?«, entfuhr es Vincent.

Die alte Frau schüttelte den Kopf. »Nein, das ist ein Nachbau.« Vincent ging in die Knie, bis sein Kopf auf einer Höhe mit den Planeten war. Er gab der Erde einen kleinen Schubs. Sie war über eine Metallstange mit einem Zahnrad verbunden, das ein noch größeres Rad antrieb, das um die Sonne lief. Alina Sartorius gab etwas in ein System ein, das so ähnlich aussah wie ein Zahlenschloss. »8. September 2040, richtig?«

»Richtig.«

Sie schob langsam die Vier vor die Null. »Sieben Uhr abends«, murmelte sie und drehte an den Zahlen. Schließlich legte sie einen kleinen Hebel um. Das Orrery begann zu surren und die Planeten setzten sich in Bewegung. Es war alles ziemlich gut gemacht. Die Erde drehte sich sogar und um sie herum zog der Mond seine Bahnen. Ein bisschen erinnerte es Vincent an das Uhrwerk seines Großvaters. Schließlich stand das Modell still.

»Ah!«, rief Alina und klatschte in die Hände. »Was für eine Konstellation! Sieh es dir an!«

Vincent ging um das Modell herum. Merkur, Venus, Mars, Jupiter und Saturn standen in einer schnurgeraden Reihe mit der Erde. Er ging zu Saturn und sah, wie die Planeten hintereinander verschwanden. Als wären sie Kugeln, die nacheinander aus einer Pistole Richtung Sonne abgefeuert wurden. »Ich weiß das«, sagte er langsam und räusperte sich. »Meine Mutter hat mir erzählt, dass alle Planeten in einer Reihe standen, als ich geboren wurde.«

»Sie glaubte an Astrologie?«

Vincent schüttelte den Kopf. »Nein, ganz sicher nicht.« Er zuckte mit den Schultern. »Ich glaube … sie fand es einfach irgendwie verrückt.«

»Verrückt … ja, das ist es.«

Sie starrten beide auf das Orrery.

»Und … Sie glauben, dass das etwas zu bedeuten hat?«, fragte er schließlich. Es war ein Gedanke, der ihm gegen seinen Willen eingefallen war.

»Ja, das glaube ich.« Sie ging zur Erde und nahm sie vorsichtig in die Hand. »So wie die Dinge stehen, gibt es eine Aufgabe für dich.«

»Und was soll das sein?«

Alina sah ihn an. »Das musst du schon selbst herausfinden.«

»Aha«, sagte Vincent. Er mochte es nicht zugeben, aber die schnurgerade Reihung der Planeten beeindruckte ihn. Alina lächelte ihn kurz an, so als könnte sie seine Gedanken lesen.

»Ich an deiner Stelle würde mir diese Konstellation genau merken. Du könntest damit den Lauf der Welt ändern.«

»Wie meinen Sie das?«

Sie lehnte sich zurück. »Genau so, wie ich es sage.«

Der Tee dampfte aus der Tasse vor ihm und draußen vor den lang gezogenen Fenstern fielen kleine Schneeflocken in den kahlen Garten. Den Lauf der Welt ändern! Sie war ganz sicher verrückt. Und es war höchste Zeit abzuhauen. Er räusperte sich kurz und es gelang ihm, seinen Blick von dem Orrery wegzureißen. »Also dann!«, sagte er und stand auf. »Ich muss jetzt leider wirklich los. Hat mich ... sehr gefreut!«

Alina Sartorius sah kurz hoch. »Vergiss deine Mappe nicht!«

»Oh ... nein, ganz bestimmt nicht.« Er nahm die Mappe in die Hand. Sie fühlte sich ungewöhnlich schwer an. »Sie können mich ja wieder kontaktieren, wenn Sie ein Problem haben.« Er deutete auf die Katze, die sich auf dem Korbsessel neben dem Orrery zusammengerollt hatte.

Alina nickte ihm kurz zu und drehte sich dann von ihm weg, um einen der Schmetterlinge auf ihrer ausgestreckten Hand landen zu lassen.

Nach einer Weile sah sie so aus, als hätte sie Vincent vollkommen vergessen. Der stand auf der Türschwelle und begriff, dass das Gespräch zu Ende war. Er machte eine kurze, ungelenke Abschiedsgeste, drehte sich um und beeilte sich, so schnell wie möglich Alina Sartorius und ihre seltsame Villa zu verlassen.

5

Die alte Villa war schon längst hinter den kahlen Bäumen verschwunden, als Vincent sein Rad die steile Straße rings um den neuen Friedensengel hinabrollen ließ. Schneeflocken flogen in sein Gesicht und brannten auf seinen Wangen. Was für ein merkwürdiges Gespräch das gewesen war! Eine Reihung von Planeten zu seiner Geburt, ein paar Millionen Kilometer weit weg, sollte sein Leben beeinflusst haben? Das war genauso wahrscheinlich wie Kristalle, von denen geheimnisvolle Schwingungen ausgingen, kleine Zuckerkügelchen gegen Krankheiten oder zufällig gemischte Karten, aus denen man sein Schicksal herauslesen konnte. Sein Vater hatte einmal eine Freundin gehabt, Kassandra? War es Kassandra? – Wie auch immer, es war sicher nicht ihr richtiger Name. – Eine Frau jedenfalls mit geflochtenen roten Zöpfen und bunten Batiktüchern, die ihm die Karten gelegt hatte und behauptete, aus den bunten vergilbten Bildern seine Zukunft sehen zu können. Sie verdunkelte dazu die Küche und zündete Räucherstäbchen an, die irgendwelche Geister vertreiben sollten und noch Tage nach ihrem Verschwinden die Luft verpesteten. Also die Räucherstäbchen, nicht die Geister. Er hatte versucht, ihr zu sagen, dass er das für einen ausgemachten Blödsinn hielt und dass es nach der Wahrscheinlichkeitsrechnung immer eine gewisse Chance gab, dass die Dinge, die sie ihm prophezeite, eintreffen würden – umso mehr, wenn sie so vage waren, wie sie sie verkündete. Geld und Liebe oder so. Aber sie erwiderte ihm damals, dass er noch zu jung sei, um das zu verstehen. Zu jung! Ernsthaft? Er war zumindest nicht zu jung, um eines zu verstehen: Es hatte keinen Sinn, mit solchen Leuten zu diskutieren. Sie würden immer alles so hinbiegen, dass jeder noch so haarsträubende Unsinn am Ende weise und vernünftig klingen würde. Nein, mit ihnen war nicht zu diskutieren. Sie lebten in einer Art Paralleluniversum, aus dem sie nicht rauszulocken waren. Am Schluss hatte man nur Kopfschmerzen und man war kein bisschen weiter.

Neben ihm reihte sich eine lange Schlange von Autos, manche mit Fahrer, manche ohne. Eine Blechlawine, an der sein Fahrrad vorbeisurrte. Als er unten über die Isarbrücke rollte, erkannte er den Grund für den Stau. Ein selbstfahrendes Auto hatte einen Motorradfahrer angefahren. Drei Polizeidrohnen kreisten über ihm. Vincent schob seine klammen Hände auf die Bremshebel. Jetzt bloß nicht mit dem Fahrradreifen über den weißen Seitenstreifen kommen! Würden ihn die Drohnen erwischen, dann würde es ihn wieder Punkte kosten. Noch mehr. Vincent sah zu dem Motorradfahrer hinüber, der auf dem Boden lag. Ein schwarzer Helm, schwarze Lederkluft, er sah recht schmächtig aus, vermutlich war er noch gar nicht alt. Hatten sie bei dem Zusammenstoß jemand anderen für ihn verschont? Wer die besseren Sozialpunkte hatte, war nämlich klar im Vorteil. Vielleicht war der Motorradfahrer eine C-Seele wie er selbst und der andere hatte Doppel B? Für jemand wie Vincent war es gefährlicher als für andere, Rad zu fahren. Der Algorithmus der autonomen Autos war so programmiert, dass das Auto denjenigen in den Unfall verwickelte, der die niedrigeren Sozialpunkte hatte. Es war eine komplizierte Rechnung, die sich aus dem Alter und dem Nutzen für die Gesellschaft ergab. Eigentlich konnte kein Mensch mehr diese Sozialpunkte ausrechnen, sondern nur noch ein Algorithmus. Und dieser Algorithmus ließ sich nicht mehr in die Karten schauen. Es war irgendwie Schicksal. Daumen rauf, Daumen runter. Ein bisschen – und dieser Gedanke stieg plötzlich in Vincent auf und verwirrte ihn –, ein bisschen waren diese Algorithmen so wie dieser Planetenkram – sofern man an ihn glaubte. Man konnte sie kaum sehen, aber sie bestimmten auf eine Weise, die keiner richtig verstand, das Schicksal.

Wie gut, dass er nun diese beiden Scheine in seiner Hosentasche hatte! Sie gaben ihm plötzlich ein beruhigendes Gefühl. Eine Sicherheit, die er sonst nie verspürte. Er würde sie behalten. Vielleicht bekam er bald mehr. Vielleicht hatte Alina Sartorius wieder ein Problem und würde sich nicht zu Copypet trauen. Er würde auch das Geld nicht für Wünsche raushauen. Oh nein, er würde es sparen. Eines Tages, wenn er sie zum Überleben brauchte, würde er die Scheine eintauschen. Dieses Geld war nun seine Lebensversicherung.

Dieser Gedanke fühlte sich gut an. Er hatte etwas Geld und war gewappnet für alles, was da kommen konnte. Es fühlte sich ein bisschen an wie Sicherheit. Wie eine freundlich wärmende zweite Haut.

Er ließ sein Rad auslaufen, sah noch einmal nach hinten. Die Drohnen flogen tiefer und vor ihm rauschte ein Krankenwagen vorbei. Rechts lag der Englische Garten und die Leute lehnten sich an das Geländer am Eisbach, um dort den Surfern zuzusehen, die auch bei Schneetreiben versuchten, sich auf der Welle zu halten. Daneben waren große Leinwände zu sehen, auf denen man Kriminelle zeigte. Verlorene D-Seelen. Diesmal starrten ein Mann mit langem rotem Bart und verzweifeltem Blick und eine verhärmt aussehende Frau von den Monitoren. Was sie wohl verbrochen hatten?

Vincent blieb an der Ampel einer Kreuzung stehen. Die Schneeflocken fielen nun gleichmäßig und ein seltsames Gefühl kroch in ihm hoch. So als ob etwas dran wäre, an dem, was Alina ihm gesagt hatte. Als ob es wirklich eine Aufgabe für ihn geben würde. Irgendetwas Großes, das da in der Zukunft auf ihn wartete. Er schüttelte unwillig den Kopf. Das war natürlich Blödsinn. Flocken schmolzen auf seinem Mantel und hinterließen kleine dunkle Punkte.

Hinter ihm klingelte es ungeduldig. Er hatte geträumt und stand immer noch an der Ampel, obwohl sie schon längst Grün anzeigte. Dann, als würde er aus einem Traum erwachen, drehte er sein Rad und fuhr nach Hause.

***

Das Haus, in dem Vincent mit seinem Vater wohnte, unterschied sich in vieler Hinsicht von Alina Sartorius' Villa. Es war klein und geduckt mit niedrigen Zimmern und einem Bad, das den Namen nicht verdiente. Das Badezimmer hing wie ein Würfel zwischen dem Erdgeschoss und dem oberen Stockwerk. Ein Würfel, der ab und zu leckte, denn aus einem Rohr tropfte nach dem Duschen Wasser direkt auf die Treppe. Das Problem wurde mit einem Eimer behoben, der unter dem

Rohr stand und auf den man aufpassen musste, wenn man nachts auf die Toilette stolperte, die sich im unteren Stockwerk neben dem Laden befand. Der Laden war mit Abstand der hellste und größte Raum im Haus. Früher wurden hier Lebensmittel verkauft, jetzt nutzte ihn Vincents Vater als Atelier. Vom Atelier ging es in einen Gang, von dem ein ehemaliger Vorratsraum abzweigte, in dem Vincent sich seine Werkstatt eingerichtet hatte, daneben war die Küche. Die Wände waren fleckig, die Fenster klemmten und bis auf die Bilder in dem Atelier gab es nirgendwo Farben oder Stoffe, die nicht ausgeblichen waren. Geldmangel hatte für Vincent daher immer etwas Farbloses, wie wenn Geld die Farben heller strahlen ließ und Geldmangel die Farbe aus allem herauszog und es blass und kraftlos zurückließ. Er bremste sein Fahrrad neben der Eingangstür, die zugleich die alte Ladentür war. Auf dem Bürgersteig stand ein großes schwarzes Auto. Es sah aus wie eilig geparkt. Vincent hatte es noch nie gesehen. Er schloss gerade sein Fahrrad an den eisernen eingemauerten Ring neben dem Fenster, als die Tür mit Schwung aufgerissen wurde. Zwei Männer verabschiedeten sich von Paul und sahen dann noch eine Weile auf das Haus, bevor sie in dem dunklen Auto verschwanden und eilig wegfuhren.

Vincent nahm die Bildermappe von dem Gepäckträger und sah seinen Vater an. Er hatte dunkle Schatten unter den Augen.

»Wer war das?«, fragte er und sah dem Auto hinterher. Es sah für diese Gegend viel zu teuer aus.

»Niemand«, murmelte Paul und drehte sich kurz weg. »Nichts Wichtiges.«

Vincent sah ihn unbehaglich an. Doch sein Vater versuchte sich schon an einem schwachen Lächeln, was ihm auch halbwegs gelang. »Und wie war's bei dir?«

»Ziemlich seltsam«, erklärte Vincent und überreichte ihm die Mappe. »Sie wollte wissen, wann ich Geburtstag habe.« Er ging ins Haus, nahm seinen Mantel ab und hängte ihn an die Garderobe.

»Wozu das denn?«, fragte Paul, der dicht hinter ihm stand.

»Keine Ahnung. Sie macht Astrologie oder so was. Und sie wollte wissen, ob mir Laura etwas hinterlassen hat.« Vincent schluckte. Wenn er mit seinem Vater über seine Mutter sprach, was nicht oft vorkam, dann benutzten sie ihren Vornamen. Es war leichter. Warum, konnte er nicht sagen.

Paul blickte ihn verwirrt an. »Hinterlassen? Meinte sie Geld?«

»Keine Ahnung!« Vincent zuckte mit den Schultern und ging den Gang entlang zu seiner Werkstatt.

»Und sonst?« Paul wog im Gehen die Mappe in seinem Arm ab und Vincent bemerkte, wie er die Ungeduld in seiner Stimme zu bezähmen versuchte. »Also sonst … hattest du Erfolg?«

Vincent kickte die Tür zu seiner Werkstatt auf und wich seinem Blick aus. Er hatte kein einziges dieser Bilder verkauft. Er konnte noch nicht einmal berichten, wie es in der Wohnung aussah, denn außer dem Wintergarten hatte er ja fast nichts gesehen. Zugleich dachte er an die Tage zuvor, in denen sein Vater ununterbrochen in seinem Ladenatelier gestanden und Katzen gemalt hatte. Plötzlich wurde klar, dass er seinen Vater nicht enttäuschen konnte. »Sie wollte das große haben«, sagte er nach langem Zögern.

Paul stand in der Tür und schnappte nach Luft. »Das rote, echt? Wirklich?«

Vincent fuhr sich verlegen über die Stirn. Das rote war das einzige Bild gewesen, das nicht in die Mappe gepasst hatte und das er hier in der Werkstatt hatte liegen lassen. »Doch, ja. Sie sagte, … es hätte ein …« Er holte kurz Luft. »… ein unglaubliches Potenzial.«

»Ja!« Paul ballte die Hand zu einer Faust … Er zögerte kurz und starrte Vincent an. »Und was hast du bekommen?«

Vincent schluckte. Daran hatte er nicht gedacht. »Sie …«, begann er langsam.

Dann fielen ihm die beiden Scheine in seiner Hosentasche ein. »Das hier.«

Er kramte in seiner Tasche und schaffte es, nur einen der beiden Scheine herauszuziehen. »Das hat sie mir dafür gegeben.« Das war's mit der Lebensversicherung! Verflucht!

»Ein Hunderteuroschein!« Paul drückte Vincent kurz an sich. Vincent ließ die Umarmung über sich ergehen, bis Paul ihn wieder losließ und mit beiden Händen ein wenig von sich weghielt.

»Und braucht sie noch mehr Bilder? Ich meine, du hast doch auf ihre Wände gesehen?«

»Es war sehr dunkel.«

»Du hättest das tun müssen! Wirklich. Dann wüsste ich jetzt, was ich ihr noch anbieten könnte.«

Vincent spürte, wie sein Mund trocken wurde. »Was meinst du mit *noch anbieten*?«

Paul legte ihm die Hand auf die Schulter. »Sie will bestimmt noch weitere Bilder. Aber mach dir keine Sorgen. Ich werde das nächste Mal persönlich hinfahren.«

»Nein«, entfuhr es Vincent.

Sein Vater zog die Stirn in Falten. »Was hast du denn?«

»Ich? Nichts. Ich meine nur, wir … wir sollten da vielleicht nicht so nerven.«

»Nerven?« Paul legte die Stirn in Falten. »Vielleicht hast du recht. Ja ja. Sie soll nicht den Eindruck bekommen, wir hätten es nötig. Es muss eher so auf sie wirken, als ob es etwas Besonderes wäre, dass sie sie kaufen darf.« Er wandte sich von Vincent ab. »Ist jetzt doch noch ein guter Tag geworden«, murmelte er.

Vincent sah ihn an und hoffte, dass er das rote Bild unter dem Tisch nicht bemerken würde. Da fiel sein Blick auf den grauen Brief, den er auf die Werkbank gelegt hatte. Ein merkwürdiges Gefühl kroch in Vincent hoch, zusammen mit dem Wunsch, den Brief ungeöffnet schnell verschwinden zu lassen und so zu tun, als hätte er nie existiert. Aber das war natürlich Blödsinn. »Da liegt übrigens noch ein Brief. Kam am Samstag an. Lag im Gang unter der Tür. Hab vergessen, ihn dir zu geben …«

Vincents Vater folgte seinem Blick, und als er schließlich auch den Brief sah, geschah etwas Merkwürdiges. Ein Ruck ging durch seinen Körper und er setzte sich auf den einzigen freien Stuhl im Raum. Die Schatten unter seinen Augen waren plötzlich größer geworden.

»Du musst dir keine Sorgen machen«, sagte er. »Sie haben mir gesagt, sie werden das noch mal prüfen.«

»Was prüfen?«, fragte Vincent langsam.

»Na ja. Die Sache mit dem Haus.«

Vincent blinzelte. »Was für eine Sache?«

Paul sah ihn an und eine winzige Erleichterung schlich sich in seinen Blick. »Du hast ihn nicht aufgemacht?«, fragte er vorsichtig.

Vincent schüttelte den Kopf. »Natürlich nicht. Er ist ja an *dich* adressiert.«

Sein Vater zog die Schultern hoch. Er hatte den Kopf gesenkt und starrte auf den schmutzigen Boden. Behemoth schlüpfte in den Raum. Der Kater sah sich um und linste dann fragend zu Vincent. Der hob ihn hoch und begann ihn zu kraulen. Das weiche Fell des Katers hatte etwas Tröstliches und Vincent hatte das jähe Gefühl, dass er auch bald etwas Tröstliches brauchen würde. »Also, was ist nun mit dem Haus?«, fragte er.

»Ich bin mir sicher, es ist einfach nur ein Versehen. Ich meine, es muss ein Versehen sein. Genau darüber habe ich gerade mit den beiden von der Stadt gesprochen.«

»Sie waren von der Stadt?«

»Von der Wohnraumverwaltung«, präzisierte Paul.

»Und was war das für ein Versehen?«, fragte Vincent alarmiert.

Paul schwieg, dann zog er die Schultern hoch. »Wir sollen angeblich hier raus«, sagte er schließlich.

»Was?« Vincent starrte ihn an. Er musste sich verhört haben. Sicher hatte er sich verhört!

»Sie … also … sie wollen es abreißen.«

Vincent spürte, wie sein Herz hart gegen die Rippen klopfte.

»Wann?«, fragte er tonlos.

»In zwei Wochen.«

Vincents Vater fuhr sich nervös durch die Haare. Er sah hoch und in seinem Blick lag etwas Verzweifeltes, aber auch so, als wollte er um Verzeihung bitten. »Es kann nicht sein, verstehst du! Uns gehört das Haus. Sie können es uns nicht einfach wegnehmen!«

»Und was wirst du tun?«

»Wir warten erst mal ab.«

»Das heißt, wir machen nichts?«, fragte Vincent. Er fühlte sich wie betäubt.

Sein Vater schüttelte den Kopf. »Wir machen nichts. Das ist

die beste Strategie. Wir warten ab und es wird sich aufklären. Ich habe schon mit ihnen gesprochen.«

»Aber …«

Paul hob abwehrend die Hand. »Nur keine schlafenden Hunde wecken!«

»Trotzdem musst du was tun!«, rief Vincent. »Irgendwas!«

Sein Vater baute sich vor ihm auf. »Ich habe gesagt, wir machen jetzt erst mal nichts! Ich habe mit ihnen gesprochen und sie sind wieder abgezogen und jetzt ist alles okay!« Er schrie fast. »Es ist alles in Ordnung!«

Dann lief er aus dem Zimmer und schlug die Tür hinter sich zu. Vincent sah ihm hinterher. Die Tür schwang noch in den Angeln und der Brief lag auf der Werkbank und plötzlich war es merkwürdig still.

6

Vincent schloss die Augen, in der Hoffnung, der Brief würde durch irgendeinen geschickten Trick verschwinden oder die letzten zehn Minuten würden sich irgendwie von selbst löschen. Aber als er sie öffnete, war er immer noch da. Alles war wie vorher. Behemoth lag in seinem Arm und schnurrte. Die Wintersonne schien durch das Fenster. Die Tierköpfe starrten ihn vom Regal aus an. Verrückterweise sah nun sogar alles viel schöner aus als vorher. Staubteilchen glitzerten in der Luft. Die silbernen Schrauben des Meerschweinchens auf dem Tisch funkelten in der Sonne. Seine Werkstatt war warm und gemütlich und draußen vor dem beschlagenen Fenster tosten kalte Winde. Vielleicht hatte sein Vater ja recht. Es war einfach nicht möglich. Keiner konnte seine Werkstatt abreißen. Oder den Laden, in dem sein Vater malte … Es war kein großes Haus und es war nicht schön. Zumindest nicht so, wie man sich *schön* vorstellte. Wahrscheinlich hätten es die allermeisten anderen Menschen als hässlich empfunden. Und trotzdem, es war sein Zuhause. Hier war er aufgewachsen, hier war seine Werkstatt, hier war sein ganzes Leben. Der Kater schnurrte unter ihm. Vincents Herz zog sich zusammen. Und Behemoth? Wohin sollte Behemoth?

Er ließ den Kater auf den Boden springen, nahm den Brief, schlitzte das Kuvert mit dem Schraubenzieher auf und entfaltete eine dicht beschriebene Seite. Rechteckige Buchstaben, die erst vor seinen Augen verschwammen und sich dann zusammensetzten und einen Sinn ergaben. *Räumungsaufforderung.* Tatsächlich … Nur noch zwei Wochen! Darunter eine Mailadresse, eine Postadresse und eine Telefonnummer. Der Brief klang nicht so, als ob man sich keine Sorgen machen müsste. Ganz im Gegenteil. Vincent holte sein Handy aus der Tasche, rollte es auf und legte es auf den Tisch. Dann sprach er laut die Nummer der Wohnraumverwaltung und wartete. Nach ein paar Sekunden wurde er von einer metallisch klingenden Stimme begrüßt und in eine Warteschleife gesetzt. Die Musik war schauderhaft, etwas mit Flötentönen, die wohl beruhigend wirken sollten, aber nach mehrmaligem Abspielen immer schriller wirkten. Nachdem ihm klar wurde, dass er noch eine längere Zeit in der Warteschleife verbringen musste, begann er wieder an dem Meerschweinchen zu schrauben. Schließlich, gerade in dem Augenblick, in dem er nicht mehr daran dachte, unterbrach eine metallisch klingende Stimme die Musik. Ihr plötzliches Auftauchen erschreckte Vincent so, dass ihm die Schrauben klirrend auf den Boden fielen.

»Ja, hallo!« Er krabbelte wieder nach oben, nahm das Handy und stieß sich dabei den Kopf an der Tischplatte.

»Vincent Karg?«, fragte die Stimme. Es war eine Frau, die so klang wie eine Frau, aber Vincent war sich nicht sicher.

»Ja«, antwortete er hastig. »Ich rufe Sie an, weil ich …«

»Wegen des Hauses können Sie morgen zwischen 11:27 Uhr und 11:37 Uhr vorbeikommen, Zimmer 2506.«

Während sich Vincent noch wunderte, woher die Stimme seinen Namen und sein Anliegen kannte, hatte die Person am anderen Ende der Leitung schon aufgelegt.

***

Nie hätte Vincent gedacht, dass das Amt für Wohnraumwirtschaft von innen so riesig sein würde. Außen tarnte es sich mit einem kleinen, unscheinbar wirkenden Eingang, der sich in einem alten Gebäude gegenüber des Isartors befand. War man aber erst einmal an dem schlecht gelaunten Pförtner vorbeigekommen, erwartete einen ein dunkles Labyrinth mit endlosen Gängen, die alle in Sackgassen mündeten. Das Zimmer 2506 war zwar im zweiten Stock, befand sich aber nicht, wie Vincent zuerst vermutet hatte, zwischen 2505 und 2507, sondern lag völlig woanders am Ende eines Parallelganges auf der anderen Seite des Gebäudes. Nachdem er einmal nach unten und dann wieder hochgelaufen war, hatte er es schließlich geschafft. Außer Atem und zwei Minuten zu spät. Sein Name blinkte nervös flackernd über einer weißen Tür, die sich mit einem leichten Summen zur Seite schob und ihn einließ. Vor ihm saß eine Frau mit feinen blau-lila Haaren, die nach allen Seiten hin abstanden, und einem silbernen Oberteil, das zwischen Grün und Rot schillerte, je nachdem, wie sie sich drehte.

»Setzen Sie sich!« Sie winkte ihn herein und bot ihm mit einer einladenden Geste den blauen Stahlrohrstuhl an, der sich ihr gegenüber auf der anderen Seite des Schreibtischs befand. Sie sah sehr freundlich aus und Vincent schöpfte Hoffnung.

Dann fiel sein Blick auf die Seriennummer, die auf einem Schild rechts neben ihrer Schulter stand. »Oh«, entfuhr es ihm, als er sich auf dem Stuhl niederließ.

»Sie sehen enttäuscht aus«, stellte die Sachbearbeiterin fest.

»Ich …« Vincent räusperte sich und konnte kaum verhindern, dass er rot wurde. »Nun, ich hatte gehofft, mit einem Menschen sprechen zu können.«

»Sie werden kaum einen Unterschied bemerken.« Die Frau starrte ihn mit einem merkwürdigen Blick an. Vincent schluckte. Natürlich war sie ein Twin. Ihr Lächeln war zu weit und ihre Zähne zu makellos. Und ihre Augen … Sie musste zu einer Reihe aus dem letzten Jahr gehören. Die rechte Pupille lag weiter vom Mittelpunkt entfernt als die linke, sodass es so aussah, als würde die Frau schielen. Vincent hatte davon gelesen, aber noch nie ein solches Exemplar gesehen. Es lag wohl daran, dass sich beim Fokussieren auf einen Gegenstand die beiden Augäpfel nicht in einer Linie befanden, sondern geringfügig voneinander abwichen. Ob sie wohl aufstehen konnte? Eigentlich konnte man bei ihr die Beine auch einfach weglassen.

Die Sachbearbeiterin bemerkte, dass Vincent sie musterte. »Die menschlichen Kollegen wurden vor drei Jahren alle ausgetauscht. Das heißt fast alle. Es gibt noch ein paar mit alten Verträgen, denen man nicht kündigen konnte.«

»Na gut, dann also …« Vincent zog seine Umhängetasche näher zu sich heran. »Also. Ich wollte mit Ihnen wegen meines Zuhauses sprechen.« Er hatte *Zuhause* extra betont und hoffte, dass sie es bemerkte.

»Ich weiß.« Die Sachbearbeiterin bekam einen nach innen gekehrten Blick und verglich sein Gesicht mit der Datenbank. Im Gegensatz zu den letzten Menschen, die noch in ihren Büros arbeiteten, hatte sie auch keinen Computer vor sich. Sie *war* der Computer! »Schopenhauerstraße 13, Paul und Vincent Karg.«

»Richtig!« Er holte aus seiner Tasche die gesammelten Briefe hervor. Es war ein ganzer Packen zumeist ungeöffneter Briefe, der schwer in seiner Hand lag. »Hier steht, dass wir in zwei Wochen geräumt werden«, Vincent legte ihr den letztdatierten Brief auf den Tisch, »… und ich denke, dass sich das nur um ein Versehen handeln kann.« Er machte eine Pause und schluckte. *Versehen*. Ja, das klang ganz gut. Überhaupt … Bis jetzt war eigentlich alles gut gelaufen.

Die Augen der Sachbearbeiterin scannten das Schriftstück, was zu einer ungewöhnlich langen Pause führte. »Ein Versehen?«

»Es ist unser Haus«, begann Vincent. »Es gehört uns, verstehen Sie? Unser *Zuhause*«, fügte er noch einmal hinzu. Sie sah ihn aufmerksam an und Vincent hielt für einen Moment die Luft an. Sie wirkte eigentlich ganz freundlich. Vielleicht war sie schon eine Weiterentwicklung und konnte tatsächlich etwas empfinden. Nein, sie sah ganz ungerührt aus und lächelte ihn mit ihrem leichten Silberblick weiter an.

»Laut Gesetz vom 23.4.2055 gehören die Grundstücke aller Bürger mit einem schlechteren Punktestand als einem Doppel B jetzt der Stadt.«

Neben Vincent begann ein Drucker ein Blatt Papier auszuspucken.

»Darunter fällt auch Ihr Haus.«

Vincent räusperte sich. Er nahm das Papier aus dem Drucker und starrte darauf. Darauf wiederholte sich genau das, was sie gesagt hatte.

»Und wir können nichts dagegen tun?«

Die Twin-Sachbearbeiterin schüttelte den Kopf. »Die Möglichkeit des Einspruchs ergibt sich erst bei einem B-Stand. Sie haben beide, wenn ich das recht sehe, ein einfaches C.«

»Ich habe ein Doppel C«, korrigierte sie Vincent.

»Nicht mehr«, antwortete sie ihm.

Vincent schüttelte irritiert den Kopf. Wozu sollte er darüber streiten? »Aber uns gehört das Haus«, setzte er an. »Es gehört uns schon seit Generationen.«

»1911«, sagte die Frau und zog eine dünne Augenbraue hoch. Es sah sehr echt aus, so als würde sie wirklich darüber erstaunt sein.

»Sehen Sie«, setzte Vincent an und versuchte, seiner Stimme einen logischen und vernünftigen Klang zu geben, obwohl er innerlich aufgewühlt war. »Das Haus gehört uns seit fast hundertfünfzig Jahren und nun wollen Sie uns einfach rauswerfen?«

Die Sachbearbeiterin setzte ein höfliches Lächeln auf. »Sie müssen das verstehen. Es ist das letzte Einzelhaus in dieser Lage. Wenn wir es abreißen, können wir ein Hochhaus mit mindestens zwanzig Wohneinheiten dort bauen.«

»Und bekommen wir dann eine Wohnung in dem Haus?«

Sie blinzelte ihn an, den Blick nach innen gekehrt. »Die anvisierten Wohnungen sind für Mieter mit maximal Doppel B freigegeben. Das ganze Viertel soll ein Upgrade bekommen.«

Vincent zuckte zusammen. Wo hatte er das Wort *Upgrade* das letzte Mal gehört?

»Für unsere C-Mitbürger ist dann kein Platz mehr«, fuhr die Sachbearbeiterin unerschütterlich fort.

»Und wo sollen dann die C-Mitbürger hin?«

»Sie können unten einen Termin bei der Wohnraumberatung vereinbaren.«

»Aber wir leben schon immer dort!«

»Sie können nicht verlangen, dass Sie Ihr ganzes Leben in der Innenstadt verbringen dürfen«, sagte sie streng. »Das ist mit Ihrem Punktestand unrealistisch.«

»Okay«, murmelte Vincent wütend. »Okay.«

»Der Termin ist in zwei Wochen. Bis dahin sollten Sie es geräumt haben.«

Sie lächelte unverbindlich. »Sie können natürlich alles mitnehmen, was sich darin befindet.«

»Na, vielen Dank!«

»Gern geschehen«, erwiderte die Frau, ohne die Ironie zu bemerken.

»Es geht mir nicht ums Mitnehmen«, rief Vincent und stand auf. »Es ist unser Zuhause, das abgerissen werden soll. Unsere Existenz. Wir arbeiten dort. Also … Mein Vater hat sein Atelier dort.«

Die Twin-Frau lächelte. »Und er hat seit dreiundzwanzig Monaten keine Bilder verkauft.«

Vincent schwieg. Er bemerkte, dass seine Finger schmerzten. Er hatte sie die ganze Zeit über zu Fäusten geballt.

»Es tut mir leid«, sagte die Sachbearbeiterin und sah zu ihm hoch.

»Es tut Ihnen gar nicht leid. Sie sind nur ein Twin«, entfuhr es Vincent. Die Frau sah ihn kurz an, stellte ihre Linsen scharf und für einen winzigen Moment fühlte Vincent sich durchleuchtet.

»Sie wollen also die Wohnung behalten?«, fragte sie ihn nach einer Weile, die so aussah, als hätte sie etwas überlegt.

Vincent nickte.

Sie nickte auch. Das war wahrscheinlich so einprogrammiert.

»Gut! Es gibt eigentlich nur einen Weg. Sie brauchen einen

B-Status. Wenn Sie einen B-Status hätten, könnten Sie Einspruch einlegen.«

»Aber wie soll ich in weniger als zwei Wochen auf einen B-Status kommen?« Ich meine, … das ist einfach nicht möglich!«

»Darauf kann ich Ihnen keine Antwort geben. Sie könnten aber einen Termin mit einem Sesamberater vereinbaren.«

»Kein Sesamberater der Welt kann mich in zwei Wochen auf ein B bringen! Das wissen Sie doch. Das ist nicht fair.«

»Ob die Sozialpunkte fair sind oder nicht, kann ich nicht sagen. Ich muss mich nur an sie halten.« Die Twin-Frau seufzte, was sich tatsächlich wie eine menschliche Regung anhörte. »Im Übrigen ist jetzt 11:28 Uhr. Ihr Termin ist beendet.« Sie lächelte ihn strahlend an. »Ich habe mich gefreut, Sie kennenzulernen. Sie können draußen hinterlassen, wie zufrieden Sie mit dem Gespräch waren.«

Sie drückte auf einen Knopf und der Summer erklang. Die Tür hinter Vincent schob sich zur Seite und Vincent stolperte hinaus. Sein Herz klopfte heftig, als er neben der Tür auf der Skala von eins bis zehn grimmig auf die Eins drückte.

Wenig später stand er wieder auf der Straße. Der Verkehr toste um ihn herum und es war kalt. Die Straße wirkte plötzlich feindlich und eisig. Vincent bemerkte die Kameras auf den Häusern und die leeren Autos. Dann zog er sein Handy unter der Jacke hervor, um seinen Punktestand zu checken. Sein Herz klopfte hart gegen seine Brust. Tatsächlich. Er war von einem Doppel C auf ein einfaches C gefallen. Nur noch eine Winzigkeit von zweihundertfünfundvierzig Punkten trennte ihn von D. Langsam steckte er sein Handy zurück. Was sollte er nur tun? Dann griff er noch tiefer in die Tasche und entdeckte dort den Schraubenzieher.

7

Ungefähr eine halbe Stunde später stand er ein zweites Mal vor dem Laden in der Sophienstraße. Diesmal war er offenbar geöffnet, denn schon von Weitem konnte Vincent Leuchtbuchstaben entdecken, deren elektrisches Blau sich in der Schaufensterscheibe spiegelte und die einen Schriftzug ergaben, der so aussah, als hätte ihn jemand mit der Hand gemalt: *Stephens E-Shop*. Ob das Mädchen wieder da war? Ob sie es ernst meinte damit, dass es einen Weg gab, die Sozialpunkte zu manipulieren? Wie sehr er hoffte, sie zwischen den wilden Tieren zu entdecken! Etwas hinter dem Ladentisch bewegte sich und Vincents Herz machte einen kleinen Sprung. Doch dann sank es in einer riesigen Enttäuschung. Statt des Mädchens stand da ein Mann mit einem schwarzen zerknitterten Hemd und dunklen langen Haaren, die er hinten zu einem Pferdeschwanz gebunden hatte. Vincent schätzte, dass er ungefähr so alt sein musste wie sein Vater. Er hatte ihn wohl zu lange angestarrt, denn plötzlich merkte der Mann auf und blickte ihn durch die

Scheibe hindurch an. Vincent biss sich auf die Lippe. Nun, da der Mann ihn gesehen hatte, konnte er schlecht wieder gehen. Er drückte die Klinke und öffnete die Tür. Auf der Schwelle stieg ihm der vertraute Geruch verschmorter Leitungen in die Nase. Im Laden herrschte der übliche Radau, den mehrere Hundert eingeschaltete Tiere veranstalteten. Dem Mann mit dem Pferdeschwanz schien das nichts auszumachen. Er stopfte gerade kleine, brillantbesetzte Schnecken in würfelförmige Geschenkschachteln, faltete sie geschickt zu und wollte dabei anscheinend nicht gestört werden. Jedenfalls brauchte er eine ganze Weile, bis er hochsah und sich ein knappes Lächeln abrang. »Kann ich dir irgendwie helfen?« Es war genau der gleiche Satz, mit dem ihn das Mädchen auch begrüßt hatte. Vincent zog den Schraubenzieher aus seiner Jackentasche. »Ich wollte nur etwas zurückbringen.«

Der Mann sah ihn überrascht an. »Einen Schraubenzieher?«

»Ich war schon mal hier und ein Mädchen hat ihn mir geliehen.«

»Das war Zarah.« Der Mann musterte Vincent von oben bis unten. »Meine Tochter«, fügte er dann kühl hinzu.

Vincents Herz flog. Sie hieß also Zarah! Es war schön, ihren Namen zu kennen, auch wenn er es schade fand, dass er ihn von ihrem finster dreinblickenden Vater erfahren hatte. Der Mann fixierte den Schraubenzieher in Vincents Händen. »Der is' für Torx-Schrauben«, brummte er und warf Vincent einen misstrauischen Blick zu.

»Ich musste eine Katze reparieren. Ist so ein Hobby von mir«, fügte Vincent eilig hinzu.

»Mhmm, ein Hobby.« Der Ausdruck des Mannes hinter dem Ladentisch war undurchdringlich.

»Sind Sie Stephen? Stand draußen über dem Schaufenster.«

»Der Laden gehört mir, ja.« Der Mann blickte ihn argwöhnisch an. »Wenn du wegen der Katze kommst … Ich kann sie nicht wieder zurücknehmen. Keine Gewährleistung bei gebrauchten Tieren, verstanden?«

Vincent räusperte sich. »Ich habe gedacht, dass Sie mir vielleicht mit etwas ganz anderem helfen können.«

Stephen zog die dunklen Brauen zusammen. »Helfen? Wobei?«

Vincent zögerte. Konnte er diesem Stephen vertrauen? Aber was hatte er für eine Wahl? »Bei meinem Punktestand«, sagte er leise.

Plötzlich lag eine gespannte Stille in der Luft. Sogar einige der Tiere schienen plötzlich verstummt zu sein. Vincent spürte die Blicke eines Papageienpaars hinter seinem Rücken und von einer Stange weit oben beäugte ihn eine winzige Eule. Stephen musterte Vincent, dann lief er quer durch den Laden, um sorgfältig die Tür abzusperren. Er legte den Schlüssel neben die Kasse und bedeutete Vincent mit einer kurzen Kopfbewegung, ihm nach hinten zu folgen. Über einen schmalen Flur gelangten sie in ein Zimmer, das von dem Laden mit speckigen bunten Schnüren abgetrennt war, die Vincent beim Durchgehen unangenehm streiften. Der Raum war klein, mit einer riesigen Vitrine voller silbergrauer Falter und einem Mäusekäfig auf dem Boden, in dem sich phosphoreszierende Nager an den Gitterstäben kratzten. Stephen drückte auf einen Schalter an dem Käfig und die Mäuse froren mitten in der Bewegung ein. »Wer hat dir gesagt, dass du deswegen hierherkommen sollst?«

Vincent schluckte. »Ihre Tochter, also, Zarah sagte, … ich dachte … Sie könnten vielleicht etwas tun.«

»Ich weiß nicht, wie sie auf diese Idee kommt«, presste Stephen hervor.

»Aber Sie wissen, wie es geht?«, fragte Vincent leise.

»Ich hab das schon lange nicht mehr gemacht. Es ist viel zu riskant geworden.«

»Ich habe Geld!«

»So viel kannst du mir gar nicht geben.«

Vincent schnappte nach Luft. »Tausend Ether? Oder ich könnte hier arbeiten, umsonst.«

Stephen hob abwehrend die Arme. »Du kannst mir alles Mögliche anbieten, es ändert nichts. Ich habe das früher gemacht, als es noch ging, aber jetzt ist es nicht mehr so einfach.«

Vincent sank das Herz. »Und wie ging es früher?«, fragte er leise.

Stephen schüttelte unwillig den Kopf. »Es gab Listen mit Dingen, die man tun konnte und die eine unverhältnismäßig hohe Punktzahl brachten. Wenn man das miteinander kombinierte, dann kam man schnell ein paar Buchstaben höher.«

»Und jetzt?«, fragte Vincent.

»Schwer zu sagen. Der Algorithmus hat sich geändert. Er entscheidet immer mehr Dinge selbst. Wie ein eigenes Wesen.«

»Ein Wesen?«, fragte Vincent verwirrt.

Stephen verschränkte die Arme. »Jedenfalls ist es fast unmöglich.«

»Fast?«, fragte Vincent und witterte eine winzige Chance. »Dann kann man es doch versuchen?«

Stephen sah ihn abschätzend an. »Wozu willst du das überhaupt? Damit du einen besseren Studienplatz bekommst? Ich kann diese Leute nicht leiden, die von einem A auf ein Doppel A kommen wollen.«

Vincent sah zu Boden. »Sie wollen unser Haus abreißen.«

»Und was hat das mit dem Punktestand zu tun?«

»Ab einem Doppel B könnte ich Einspruch einlegen.«

»Und was hast du jetzt?«

»C. Gerade noch.«

Stephen schwieg und die Sekunden verstrichen. Über ihnen surrte ein riesiger Ventilator und wirbelte den Staub von einer Ecke des Zimmers in die andere.

»Dann wird der Vermieter euch rauswerfen?«

»Wir haben keinen Vermieter. Das Haus gehört uns.«

»Und sie wollen es trotzdem abreißen?!« Stephens Augen verengten sich zu kleinen Schlitzen. »Wie lange hast du Zeit?«

»Nicht mal zwei Wochen.«

»Das ist fast aussichtslos.«

Vincent senkte den Blick. »Ich weiß.«

»Warst du schon auf dem Amt?«

»Gerade eben. Sie haben aber gesagt, dass sie das ganze Viertel upgraden wollen.«

»Das ganze Viertel!« Stephen lachte kurz trocken auf. »Diese elenden Idioten!« Er sah eine Weile schweigend auf Vincent, dann schien sich etwas in seinem Inneren zu rühren. Er kratzte sich an seinen Bartstoppeln, ging dann langsam zu einem wuchtigen Sekretär und kippte die Schreibtischplatte herunter. »Okay. Ich schaue mir das mal an.«

»Danke! Ich danke Ihnen sehr!«, rief Vincent aus tiefstem Herzen.

Stephen drehte sich zu ihm um und warf ihm einen strengen Blick zu. »Nur mal nachsehen, hast du verstanden? Ich verspreche nichts!«

Vincents Herz klopfte, als er sah, wie Stephen ein altes Laptop aus den dunklen Tiefen des Sekretärs fischte. Der silberne

Rahmen war zerschrammt und er wischte den Staub von der Oberfläche, bevor er ihn aufklappte.

»Wenn du mir deinen Namen sagst, kann ich den Punktestand einsehen.«

»Ich dachte, das wäre geheim«, entfuhr es Vincent.

Stephens Mundwinkel verzog sich zu einem schiefen Grinsen. »Ist es auch. Also?«

»Vincent Karg.«

Stephens Finger, die über der Tastatur schwebten, begannen plötzlich zu zittern. »Vincent?«, fragte er leise, ohne Vincent anzublicken. »Vincent Karg?«

Vincent nickte stumm und sah zu seiner Verwunderung, wie eine seltsame Veränderung mit Stephen vorging. Sein Gesicht wurde bleich und die Augen wirkten eingefallen. Noch immer vermied er es, Vincent anzublicken. »Ich habe dich nicht gleich erkannt«, murmelte er schließlich. »Kein Wunder.«

Vincent schluckte. »Wir sind uns schon mal begegnet?«

Stephen war in seinen Bewegungen so eingefroren wie die Mäuse, die er vorhin abgeschaltet hatte. Dann hob er langsam den Kopf und musterte Vincent aus seinen Augenwinkeln. »Wieso zum Teufel bist du hier?«, brach es schließlich aus ihm heraus. »Ich habe hier nichts für dich, und wenn du etwas suchst, dann mach das woanders!«

Vincent fuhr sich nervös über die Stirn. »Ich weiß nicht, was Sie meinen.«

Stephen musterte ihn. Seine dunklen Augen huschten über Vincent, als würde er versuchen, in ihm zu lesen.

Vincent blinzelte. »Ehrlich, ich habe Sie noch nie zuvor gesehen. Ich kenne Sie nicht.«

Stephen ließ die angespannten Schultern sinken. »Nun«, murmelte er. »Wie auch immer. Ich kenne *dich* jedenfalls.«

Vincent starrte ihn an. Es verstrichen ein paar Sekunden, in denen sich Stephen nicht rührte. »Du warst noch ein Kind«, flüsterte er schließlich. »Deine Mutter kam zu mir, weil … weil sie etwas kaufen wollte.« Er hob die flache Hand ungefähr eineinhalb Meter über dem Boden. »Du warst vielleicht so groß. Es war damals, als sie bei UTwin gearbeitet hat.«

»Was ist UTwin?«

Stephen zuckte zusammen. »Natürlich. Natürlich weißt du das nicht …« Er schluckte. »Eine Firma. Es gibt sie schon lange nicht mehr.«

Vincent schüttelte den Kopf. »Sie müssen sich irren. Sie hat für keine Firma gearbeitet. Sie war in einem Uni-Institut und dort in der Forschung. Sie hat daran gearbeitet, Gedanken in Bilder umzuformen.«

»Wenn du das sagst«, brummte Stephen. »Dann habe ich mich getäuscht. Ich meine, es ist lange her. Schließlich …« Er sah sich um, so als ob er fürchtete, dass noch jemand im Laden sei. Und tatsächlich – plötzlich war es Vincent, als hätte sie jemand beobachtet. Ein Schatten, der hinter dem Vorhang aus Perlenschnüren hinter dem Ladentisch auftauchte und schnell wieder verschwand. »Schließlich waren wir fast so was wie befreundet.«

»Dann wissen Sie, dass sie tot ist?«, fragte Vincent.

Stephen ließ ein, zwei Sekunden verstreichen. »Hör zu! Ich weiß, dass das alles schlimm für dich gewesen sein muss. Ich kann dir nur sagen, dass es mir wirklich leidtut. Wirklich leid, verstehst du?« Er sah ihn an mit einer Mischung aus Abwehr und noch einem anderen Gefühl, das sich auf seinem knochigen Gesicht abzeichnete. Vincent brauchte eine Weile, bis er begriff, was es war: Angst.

»Und können Sie mir jetzt helfen?«, fragte er vorsichtig.

Stephen klappte ganz langsam das Laptop wieder zu.

»Ich fürchte, nein«, sagte er leise.

»Wieso nicht?«

Stephens Blick wanderte in dem Zimmer umher, als versuchte er, irgendwo ein Schlupfloch zu finden. »Du musst dir jemand anderen suchen.«

Vincents Herz klopfte. Er war seinem Ziel schon so nahe gewesen und nun verschwand es wieder in unerreichbare Ferne. »Aber vorhin wollten Sie noch was tun!«

»Da wusste ich auch noch nicht, wer du bist. Das ändert jetzt alles, verstehst du?«

Vincent hatte plötzlich das Gefühl, in ein sehr tiefes Loch zu fallen. »Nein, ich verstehe gar nichts.«

Stephen zog seine dichten Augenbrauen zusammen, was ihm etwas Wildes verlieh. »Hast du dich eigentlich nie gewundert, wie es kommt, dass du so einen miesen Punktestand hast?«

Vincent zuckte mit den Schultern. »Ja, natürlich. Das heißt, ich weiß nicht. Es war einfach so. Immer schon.«

Stephen sah ihn lange an. »Du startest mit dem Punktestand deiner Eltern. Und da hattest du wirklich schlechte Karten.«

Vincents Mund fühlte sich trocken an.

»Du wirst niemals etwas Besseres als ein C haben«, erklärte Stephen. »So etwas wie ein B ist wegen deiner Mutter eigentlich gar nicht möglich. Jeder, der mit ihr zu tun hatte, wurde heruntergestuft. Von Anfang an.«

Vincent starrte ihn an und spürte einen jähen, schmerzhaften Stich, als hätte ihm jemand etwas Spitzes in den Magen gebohrt. »Aber warum? Was hat sie getan?«

Stephen sah so aus wie jemand, der sich plötzlich in einer Ecke befand und nicht wusste, wie er wieder herauskommen sollte. »Glaub mir, wenn du es bis jetzt noch nicht weißt, dann ist es auch besser, wenn man nicht daran rührt. Es ist lange her.«

Vincent spürte, wie eine heiße Wut in ihm aufstieg. »Sagen Sie mir endlich, was los ist!«

Stephen schüttelte den Kopf. »Es ist wie der Schlamm am Grund eines klaren Weihers«, flüsterte er. »Keinem tut es gut, wenn der Schlamm aufgewühlt wird.«

»Was für Schlamm?«

»Deine Mutter ist tot und die Welt ist so, wie sie ist. Wir können nichts tun.«

Stephen lief um den Sekretär herum und stellte sich dicht vor Vincent. »Und es wäre besser, wir würden uns in Zukunft nicht mehr begegnen!«

Sie sahen sich an. Vincent entdeckte silberne Strähnen in Stephens dunklem Zopf. Stephen zitterte noch leicht, er sah müde aus, aber auch zu allem entschlossen. Vincent würde nichts mehr von ihm erfahren, so viel war klar.

Langsam, ohne den Blick von Stephen zu wenden, legte er den Schraubenzieher auf den Tisch, dann drehte er sich grußlos um und lief zum Ausgang. Die Glocke bimmelte schrill, nachdem er die Tür hinter sich zugeschlagen hatte.

8

Die nächsten Tage beschäftigte Vincent vor allem eine Frage: Wo war ihm Stephen schon einmal begegnet? Alles, woran er sich erinnern konnte, war ein kurzes Bild, ein winziger festgehaltener Augenblick – nicht mehr als ein Schnappschuss. Stephen, der seiner Mutter in einem dunklen Raum etwas überreichte. Und doch war er sich unsicher. War das nun eine Erinnerung, die er sich einbildete, weil Stephen gesagt hatte, dass sie sich schon einmal begegnet waren? Oder war sie tatsächlich echt? Vincent bedauerte es zum ersten Mal, dass keine Bilder seiner Kindheit existierten, die seiner Erinnerung auf die Sprünge helfen konnten. Paul hatte alle Abbildungen von Laura vernichtet. Es gab kein Fotoalbum, in dem Vincent hätte herumblättern können. Keine Fotodatei, durch die man sich durchklicken konnte, keine Wandertage, Familienfeiern. Nichts. Denn auf den Bildern, die vor dem Tod seiner Mutter aufgenommen worden waren, war sie zu sehen gewesen, und es tat zu weh, sie zu sehen. Und auf denen danach war sie nicht zu sehen, was eigentlich noch schlimmer war. Hatte Stephen recht? War es möglich, dass er den schlechten Punktestand von ihr geerbt hatte? Sosehr sich Vincent auch gegen den Gedanken sträubte, so sehr erschien er ihm auch logisch. Es würde erklären, warum er keine Schule besuchen durfte und warum sein Vater fast nie ein Bild verkaufte. Es würde erklären, warum sie so wenige Freunde hatten und die Nachbarn sie mieden.

Er gab den Namen der Firma, bei der seine Mutter angeblich gearbeitet hatte, in die Suchmaschine ein. *UTwin* in allen Schreibweisen. Doch nur kurz nach der ersten Suchanfrage war sein Punktestand um weitere fünfzig Punkte gesunken. Bei der zweiten fiel die Zahl um ganze hundert Punkte! Vincent zuckte zurück, als hätte er sich verbrannt. Wenn er weiter nach UTwin suchte, würde er früher oder später mit einem Punktestand unter fünfhundert auf einer der Leinwände am Eisbach landen.

Nur noch zehn Tage. Die Uhr lief unerbittlich. Gerade als Vincent überlegte, wieder zu dem Amt für Wohnraumverwaltung zu gehen und sich dort an den letzten Menschen zu wenden, bekam er unerwarteten Besuch.

Es war genau zwei Tage nach der seltsamen Begegnung in Stephens E-Shop, als er gerade von einer Auslieferung nach Hause zurückkehrte und auf dem Gang seinem Vater in die Arme lief. »Bin in einer Stunde wieder da«, murmelte Paul und streifte sich seine Jacke über. Im Hintergrund lief vertraute Musik. Vincent stutzte. »Hast du etwa meine Platte aufgelegt?«

Paul schüttelte den Kopf. »Ich nicht, aber da ist jemand in der Werkstatt. Ich hab sie reingelassen. Ich hoffe, das ist okay.«

Vincent zuckte mit den Schultern. »Wer ist es denn?«

»Ein Mädchen. Sarah oder so. Ich hab ihr gesagt, sie soll am besten dort auf dich warten.«

»Zarah?«, fragte Vincent vorsichtig.

»Mhmmhmm. Glaub schon«, sagte sein Vater und nickte ihm abwesend zu, während er seine Mütze aufsetzte und das Haus verließ.

Im Hintergrund war Klavierspiel zu hören, das sich erst wie Jahrmarktsgeklimper anhörte, bis die Bässe einsetzten und der Gesang folgte. Ja, es waren die Rolling Stones. Eine seiner beiden Schallplatten, die mit der herausgestreckten Zunge. Vincent hängte seinen Mantel auf den Haken und folgte den Tönen über den Gang. Die Tür zu seiner Werkstatt stand einen Spalt weit offen und tatsächlich: Da saß Zarah auf seinem Stuhl neben der Werkbank, hatte den Plattenspieler vor sich und den Kopf schräg gelegt. Zwischen ihren langen schwarzen Locken, die auf die Tischplatte fielen, ringelte sich eine einzelne irritierende weiße Strähne. Sie bemerkte ihn nicht, dazu war sie zu sehr in die Musik versunken oder schien die Schallplatte zu beobachten, die sich immer im Kreis drehte. She's a Rainbow, drang aus dem Lautsprecher in der Ecke. Was zum Teufel machte sie da nur? Vincent drückte die Tür auf, und als sie ihn immer noch nicht bemerkte, ließ er seine Tasche vor ihr auf den Tisch fallen. Sie fuhr hoch wie von der Tarantel gestochen. »Entschuldige! Ich habe mir nur angesehen, wie dieser Plattenspieler funktioniert.«

Vincent blinzelte und sah sie an. Diesmal trug sie enge rote Jeans und war in eine Jacke gehüllt, die gesprenkelt war mit hellblauen und silbernen Punkten. »She comes in colors everywhere …«, sangen die Stones.

»Ist irre, dass es einfach so funktioniert. Mit der Nadel«, erklärte sie.

»Ja«, sagte Vincent. »Ist ein Plattenspieler.«

»Ich weiß.« Sie lächelte auf eine ganz eigene Art. Es sah so aus, als ob sie sich über ihn lustig machte. Nicht auf eine böse Art. Nein, eher als hätte sie ihn erkannt. Es war jedenfalls ein Lächeln, das ihn völlig verwirrte.

»Ich meinte damit, du solltest vielleicht die Nadel austauschen«, erklärte sie.

Vincent fuhr sich über die Stirn. »Findest du?«

»Ja, ich hab sie mir vorher angesehen. Sie ist total alt und zerkratzt dir das Vinyl.«

»Du hast den Tonkopf abgeschraubt?«, fragte Vincent. Er musste fast schreien, um die Musik zu übertönen.

»Ist schon wieder drauf. Keine Angst, ich hab das schon öfter gemacht – ich hab selber so einen.«

»Einen Opal?«

»Nein, einen Swift.«

»Okay«, sagte Vincent. Ein Swift war viel besser als ein Opal. Viel teurer. Und er wusste selbst, dass er die Nadel austauschen sollte. Aber er konnte sie sich einfach nicht leisten. Bisher zumindest nicht. Und auch in Zukunft nicht, wenn er genau darüber nachdachte. Er drückte den Hebel nach vorne und nahm den Tonarm behutsam von der Platte. Der Song verstummte und in Vincents Werkstatt war es plötzlich merkwürdig still. Das Mädchen räusperte sich, was nun plötzlich ziemlich laut klang. »Ich bin übrigens Zarah! Wie Sarah, aber mit Z.«

»Ich weiß. Hat mir dein Vater schon gesagt.«

Sie zuckte unmerklich zusammen.

»Ich hab den Schraubenzieher zurückgebracht«, erklärte er.

»Du hättest ihn ruhig behalten können.«

Vincent zuckte mit den Schultern. »Na ja.« Er räusperte sich. »Ich heiße Vincent, falls du meinen Namen wissen willst.«

Sie lächelte. »Freut mich, dich kennenzulernen.«

Vincent nahm ihre Hand und bemerkte, dass sie einen erstaunlich festen Händedruck hatte.

»Dein Vater meinte, ich könnte hier auf dich warten. Das hat ein bisschen gedauert und dann habe ich deinen Plattenspieler gesehen.«

»Okay. Das ist schon in Ordnung«, sagte Vincent und überlegte sich im gleichen Moment, ob er es wirklich in Ordnung fand.

»Hab ich mir gedacht«, sagte sie unbekümmert. Ihre weiße Strähne leuchtete im Gegenlicht.

»Bist du wegen etwas Bestimmtem hier?«, fragte Vincent nach einer kurzen Pause und ärgerte sich im gleichen Moment darüber. Oh, was für eine bescheuerte Frage! Etwas Bestimmtes! Wozu sollte sie sonst hier sein?

Sie sah ihn wieder mit diesem irritierenden Lächeln an, das sie auch vorhin hatte. »Ja, das kann man so sagen. Ich brauche deine Hilfe!« Sie drehte sich um und klatschte zweimal kurz in die Hände. In diesem Moment erhob sich etwas vom Boden, das dort wohl schon die ganze Zeit gelegen hatte. Zwei durchsichtige Flügelpaare schwirrten in der Luft und umkreisten Zarah und Vincent nur ein paar Zentimeter über ihren Köpfen. Die Flügel trugen einen länglichen, zylinderförmigen Körper, der blau-grün schimmerte. Vincent starrte fasziniert darauf. Eine Libelle! Natürlich viel zu groß für eine echte Libelle – sie hatte ungefähr die Größe einer Hand –, war aber dafür täuschend echt nachgebaut. Nachdem sie eine elegante Runde in der Werkstatt geflogen war, landete sie mit einem samtenen Surren auf Zarahs rechter Schulter. Dort saß sie nun, als ob sie mit ihr verwachsen wäre. Ihre schillernden Flügel umspielten die schwarzen Locken, das irisierende Blau fand sich wieder in den Sprenkeln auf Zarahs Jacke. Selbst Zarahs Augen spiegelten die Farbe wider. Ein schimmerndes tiefes Grün, das je nach Lichteinwirkung zu einem hellen Blau wechseln konnte.

»Alles in Ordnung?«, fragte Zarah plötzlich.

Da wurde sich Vincent bewusst, dass er sie wohl eine Spur zu lange angestarrt hatte. »Ich habe das Gefühl, diese Libelle schon einmal gesehen zu haben«, sagte er entschuldigend.

»Es gibt ein paar Exemplare davon, ja«, sagte Zarah. Sie steckte sich die weiße Strähne hinter die Ohren. »Willst du mal halten?«

»Gerne«, sagte Vincent und streckte die Hand aus, woraufhin das mechanische Insekt nach einem kurzen Flug auf seiner Handfläche landete. Er spürte vier Insektenbeine aus Draht, die federleichte Abdrücke auf seiner Haut hinterließen. Die schillernden Facettenaugen bestanden aus unzähligen winzigen Prismen, in denen er tausendfach sein eigenes Spiegelbild sehen konnte. Vincent. Tausendmal Vincent. Er holte Luft. »Und was hat sie?«, fragte er.

»Der rechte Flügel hier, er ist kaputt. Seitdem fliegt sie manchmal in die falsche Richtung.« Zarah war ungewöhnlich nahe und Vincent spürte für einen Augenblick sein Herz schneller schlagen. Sie roch nach Schnee und nach Winter. Er wagte nicht hochzublicken, sondern zwang sich, sich ganz auf den schimmernden Libellenflügel in seiner Hand zu konzentrieren. Das war schließlich ein Gebiet, auf dem er sich sicher fühlte. Aus welchem Material der irisierende Überzug war, der über ein filigranes Gerüst aus silbernen Adern gezogen war? Er musste leicht sein und doch stabil. Doch hier, an einer

Stelle, war die hauchdünne Folie eingerissen und die goldenen Drähte darunter lagen blank. »Sie muss mit etwas kollidiert sein«, sagte er schließlich.

Zarah sah Vincent hinter ihren dicken Brillengläsern aufmerksam an. »Das glaube ich auch. Seitdem ist sie so merkwürdig.«

»Was meinst du mit merkwürdig?«

»Ich kann ihr nicht mehr sagen, wohin sie fliegen soll. Sie fliegt so, als ob sie ihren eigenen Willen hätte.«

»Mhmm.« Vincent sah sie zweifelnd an. »Softwareschäden kann ich leider nicht beheben.«

»Du programmierst nicht?«

»Nein, ich mache nur den mechanischen Teil. Ich hasse Programmieren.«

Sie sah ihn für einen Moment überrascht an. So als wäre sie für einen Moment ganz aus dem Konzept gebracht, doch dann hatte sie sich schnell wieder gefangen. Während ihr Blick in der Werkstatt herumschweifte, ganz so, als würde sie etwas Bestimmtes suchen, musste Vincent wieder daran denken, dass er sie schon einmal vor vielen Jahren gesehen hatte. Es musste lange her sein und zu der Zeit sah sie allerdings anders aus. Aber wie anders?

»Wenn du sie hierlässt, dann kann ich den Flügel reparieren«, schlug er vor.

»Okay«, sagte sie. »Dann machen wir es so. Wann wirst du denn fertig sein?«

»Eine Woche?«

»Ja, gut.« Sie nahm ihre Umhängetasche und sah sich unschlüssig um. Dann fiel ihr Blick auf das Bild, das Vincent unter den Tisch gelegt hatte. »Was ist das? Das sieht irgendwie interessant aus!«

»Äh, ja.« Vincent kratzte sich am Kopf. Es war das Ölbild, das nun angeblich Alina Sartorius gekauft hatte. Zarah bückte sich und zog es unter dem Werktisch hervor und starrte darauf.

»Das ist ja eine Katze!«, rief sie nach einer Weile aus. »Erst dachte ich nur, dass wären wirre Linien.« Vincent trat neben sie und betrachtete das Durcheinander aus Strichen und Formen.

»Wenn man sich darauf konzentriert, dann sieht es genau aus wie die K303.« Sie entfernte sich zwei Schritte von dem Bild und winkte ihn zu sich. »Schau!«

Er trat einen Schritt zurück. Es stimmte: Die Linien fügten sich, ergänzten sich und liefen zusammen zu dem erstaunlich klaren Bild von Alina Sartorius' Katze.

»Normalerweise sieht man die Dinge besser, je näher man ihnen kommt, und jetzt werden sie klarer, wenn man weggeht«, bemerkte Zarah.

»Mhmm.« Vincent fuhr sich über die Haare. »Du kannst es haben, wenn du willst. Ich schenke es dir.«

Sie sah ihn überrascht an. »Ist es von dir?«

Vincent schüttelte den Kopf. »Nein, von meinem Vater.«

»Hat er mehr davon?«

»Klar.« Er sah sie an und eine Idee schob sich in seinen Kopf. Sie war verrückt. »Willst du auch die anderen Bilder sehen?«, fragte er.

9

Die Tür zum Ladenatelier war eigentlich immer geschlossen. Vincent erinnerte sich, dass hier früher, als er noch klein war, ein offener Durchgang zum Atelier führte, der nur durch einen bunten, in der Zugluft flatternden Vorhang aus Plastikbändern verhängt war. Er hatte als Kind oft auf den Treppenstufen gesessen, die vom Gang in die Küche führten, und seinem Vater zugesehen, wie er malte. Später – nachdem Vincents Mutter nicht mehr da war – hatte sein Vater die bunten Bändchen abgehängt und eine Rigipswand mit einer Tür eingezogen, angeblich, um dort ungestörter arbeiten zu können. Vincent hatte sich danach noch eine Weile auf die Treppen gesetzt und auf die Tür gestarrt, bis er es schließlich aufgab und die Mauer, die nun zwischen ihnen war, akzeptierte. Die Verfugung der Tür war nie überstrichen worden, man konnte immer noch den grauen Putz neben dem Türrahmen sehen, was der Tür etwas Provisorisches gab. So als könnte man sie jederzeit wieder herausreißen. Aber wie mit so vielen Provisorien hatte man sich im Lauf der Zeit an sie gewöhnt. Eine Wand mit einer Tür, die Vincent aber nie öffnete. Die Tür war gelblich verblichen und ein dunkler Schmutzrahmen zog sich in einem Kreis um die Klinke herum. Vincent drückte auf die Klinke – ja, die Tür war nicht abgeschlossen, warum auch? – und öffnete sie. Es war ganz dunkel, die Jalousie an dem großen Ladenfenster war zugezogen. Aus den ovalen Löchern leuchtete das Sonnenlicht und warf ein paar Reihen weißer Kreise auf den staubigen Fliesenboden. Der Raum lag in dämmriger Dunkelheit. Erst als die Libelle, die sich beim Öffnen von Zarahs Schulter gelöst hatte, hereinsurrte, fiel ein seltsames bläuliches Licht, das aus ihrem Körper leuchtete, auf die Staffelei, den riesigen Tisch mit den vielen Papieren und die Wände, an denen die Leinwände lehnten. Vincent atmete einmal kurz durch. Pauls Atelier zu betreten war, wie plötzlich in seinen Kopf einzudringen. Hier war die Quelle der Schwere und Traurigkeit, die sich über das ganze Haus legte wie eine dunkle Wolke. Vielleicht musste er aber jetzt genau deswegen hier hineingehen? Denn mit Zarah und dem blauen Licht der Libelle, die nun über ihren Köpfen surrte, kam nun plötzlich etwas anderes herein. Es war wie ein Windstoß. Es war – Veränderung. Vincent konnte das spüren, aber er wusste nicht, ob er diese Veränderung nun gutheißen oder sich mit aller Kraft gegen sie wehren sollte. Sie kam so schnell. Wie ein plötzlicher Wirbelwind, der ihn erfasst hatte und nun mitnehmen würde. Nichts von alldem, was hier stand, würde in weniger als zwei Wochen noch hier stehen und auf eine bestimmte Art würde er auch anders sein als zuvor. Zarah, die neben ihm ging, sah sich neugierig um. Sie warf einen unbekümmerten Blick auf die Bilder, die an der Wand lehnten, die Aquarelle auf dem Tisch und betrachtete dann eingehend ein großes Gemälde auf einer Staffelei, die sich in der Mitte des Raums befand. Es war ein abstraktes Bild mit Kreisen und Zeichen, Symbolen und großen farbigen Flächen, die trotz des spärlichen Lichts ihnen magisch entgegenleuchteten. »Das ist toll«, sagte sie, nachdem sie eine Weile versunken auf das Bild gestarrt hatte.

»Findest du?«, fragte Vincent. Er wusste nie, was er von den Bildern seines Vaters halten sollte. Er hatte sie nie wirklich gemocht oder verstanden, was seinen Vater immer verletzte.

»Ist dein Vater berühmt?«, fragte Zarah, während sie die Aquarelle auf dem Schreibtisch studierte.

Vincent seufzte. »Nicht wirklich. Er war mal ganz gut im Geschäft, glaube ich.«

»Aber jetzt nicht mehr?«

»Nein.«

»Und was ist passiert?«

Vincent zuckte mit den Schultern. »Verschiedenes.«

Sie sah ihn an. Ihre Augen glommen in der Dunkelheit. Sie ging zur Wand und zog ein Bild nach dem anderen hervor, verharrte eine Weile und betrachtete es. Vincent ertappte sich bei dem Vergnügen, ihr dabei zuzusehen. Ihr Kopf lag schief, die Locken fielen auf ihre Schulter und ihr Blick schwankte zwischen Staunen und Neugier. Bei einem Bild schließlich hielt sie länger inne als bei den anderen. »Und wer ist das? Das ist das einzig realistische Bild, das ich hier gesehen habe.«

Vincent trat neben sie, um selbst zu sehen, was sie betrachtete. Es traf ihn wie ein Schock. Es war das Bild einer Frau. Sie war noch nicht alt, vielleicht Ende dreißig. Sie hatte rote Haare, die ihr Gesicht umleuchteten. Ihr Gesicht war hell und zart, Sommersprossen fingen den Blick ein, sie sah verletzlich aus und intelligent mit einem neugierigen Ausdruck. Sie saß an einem Computer – einem, der sehr alt aussah – so wie auch dieses Bild mindestens zehn Jahre alt sein musste. Sie hatte den Blick gehoben, sah den Betrachter an und lächelte geheimnisvoll und gedankenverloren, als wäre sie von einer Grübelei aufgeschreckt worden und blickte nun auf jemanden, der ihr vertraut war. Es war ein Blick aus der Vergangenheit, als würde seine Mutter durch die Zeit sehen und sie beide nun anblicken. Vincent hatte keine Ahnung davon gehabt, dass es noch ein Bild von ihr gab, und hatte nun das Gefühl, einen Schlag erhalten zu haben. Wie ein Stromschlag. Etwas furchtbar Schmerzhaftes, das sich von seinen Armen aus in seiner Brust ausbreitete und ihm den Atem nahm.

»Wer ist das?«, fragte Zarah.

»Meine Mutter«, erklärte er.

»Sie sieht dir sehr ähnlich.«

»Das liegt nur an dem Bild.«

»Sie sieht sehr jung aus.«

»Es ist aus dem Jahr, in dem sie gestorben ist«, antwortete er.

Ein Teil von Zarahs Gesicht lag im Dunkeln, aber Vincent konnte trotzdem sehen, wie sie zusammenzuckte. »Das tut mir leid«, sagte sie schließlich leise und Vincent bemerkte ein Zittern in ihrer Stimme.

»Ist schon gut.«

»Vermisst du sie?«

Vincent schluckte. »Nein. Nicht mehr. Das heißt, ich glaube es nicht.«

Es war so still, dass man plötzlich draußen den Verkehr hören konnte. Jemand hupte, dann rollten zwei schwere Wagen durch die Straße und das Bild auf der Staffelei vibrierte leicht.

»Was hat sie da in der Hand?«, fragte Zarah in die Stille.

»Was meinst du?«

»Sie hat etwas in der rechten Hand. Es sieht so aus wie eine Schachtel.«

Vincent trat näher an das Bild heran. Tatsächlich. Die rechte Hand seiner Mutter lag auf etwas. Es war schwer zu erkennen, doch nach einer Weile begriff er, was es war – die Trickbox, die sich nun in seiner Sammlung alter Dinge befand. Das Kästchen mit der Schlange, die sich selbst auffraß. Die Schlange war schwarz-weiß gestreift und halb unter der Hand verdeckt, aber dennoch deutlich zu erkennen. Er hörte, wie Zarah neben ihm einmal tief ausatmete. »Was ist das?«, fragte sie.

»Das ist eine Holzschachtel«, erklärte er. »Sie hat einmal meiner Mutter gehört. Eine chinesische Trickbox.«

»Warum hat sie dein Vater gemalt?«

»Keine Ahnung«, murmelte Vincent. »Meinst du, es bedeutet etwas?«

Zarah neben ihm zögerte. »Nein, nein«, sagte sie dann schnell. »Ich fand sie nur … interessant.«

Sie war so nahe, dass er ihre Schulter berühren konnte, wenn er wollte, es wäre ganz einfach. Aber … Er trat einen Schritt zurück. »Ich glaube, wir müssen nun gehen. Ich habe keine Ahnung, wann mein Vater zurückkommt.«

Zarah schien sich einen Ruck zu geben und auch sie trat zurück, als wäre ein Kreis um sie beide gezogen, ein elektrisches Feld, das zu sehr aufgeladen war und das sie nun beide schnell verlassen mussten. Sie schnippte mit der rechten Hand und die Libelle setzte sich wieder auf ihre Schulter. Als sie das Atelier verließen, sah sich Vincent noch einmal um, ob sie etwas verändert hatten. Nein, alles sah noch so aus wie bei ihrem Eintritt. Doch. Irgendwas war anders, aber das war nicht zu sehen. Im Gang war eine komische Befangenheit zwischen ihnen.

»Also, du hast gesagt, du wärst in einer Woche fertig?«, fragte Zarah.

»Ja, Mittwoch, spätestens Mittwoch kannst du wiederkommen.« Zarah pflückte die Libelle von ihrer Schulter. »Hier! Pass gut auf sie auf.«

»Das werde ich.« Vincent ging in die Werkstatt und legte die Libelle auf seinen Tisch, dann rollte er das Bild sorgfältig zusammen und steckte es in ein Plastikrohr, das er unter seinem Tisch fand. »Hier ist das Katzenbild. Das wolltest du doch mitnehmen.«

Zarah lächelte. Doch es war ein dünnes Lächeln und Vincent fragte sich, ob er sich alles, was vielleicht zwischen ihnen war, nur eingebildet hatte. Sie sah sich in dem Gang um. Für einen Moment sah Vincent das Haus mit ihren Augen und es kam ihm schrecklich schäbig vor. Vielleicht schien sie das auch zu denken. Schäbig und farblos.

»Stimmt es, dass du hier rausmusst?«, fragte sie schließlich.

Vincent sah sie an und spürte seinen Herzschlag in den Schläfen. Es pochte durchgehend. »Du hast unser Gespräch mitgehört«, sagte er schließlich.

»Ich war zufällig im Nebenraum.« Zarah sah zu Boden.

»Dann weißt du es ja.« Vincent zuckte mit den Schultern und versuchte sich an einem schmalen Lächeln. »Ich werde deine Libelle noch reparieren können und dann muss ich hier weg.«

»Wo wirst du hingehen?«, fragte Zarah.

Vincent zuckte mit den Schultern. »Das weiß ich noch nicht.«

»Ich drücke dir die Daumen, dass du was findest.«

»Danke!«, murmelte Vincent.

Sie schloss den Rucksack und zog ihn auf den Rücken.

»Sag mal«, begann sie und zögerte kurz, bevor sie weitersprach. »Diese Trickbox mit der Schlange. Hast du sie noch?«

Vincent blickte überrascht hoch.

»Wieso fragst du?«

Zarah fuhr sich durch ihre Locken. »Sie könnte wertvoll sein.«

»Du meinst, man kann sie verkaufen?«

Zarah zuckte mit den Schultern. »Wir handeln nicht nur mit gebrauchten Tieren. Manchmal ...« Sie lachte kurz nervös. »Manchmal haben wir auch so was wie ... Antiquitäten.«

»Verstehe.«

»Also?«, fragte Zarah.

»Ich werde es mir überlegen«, sagte Vincent.

»Okay. Gut!« Sie nickte ihm kurz zu, schlang ihren Schal um den Hals und setzte sich eine türkisblaue Mütze auf die dunklen Locken. Vincent ging ihr den Gang voraus und öffnete die Tür. Draußen schneite es immer noch, ein Schneeflockengestöber zwischen den Autos und den Hochhäusern. Der alte Laden war das einzige kleine Haus im Viertel. Als ob er vergessen wurde, ein Zwerg, auf den die Riesen herabschauten. Zarah ging an ihm vorbei, streifte ihn kurz im Vorbeigehen und trat auf den Gehweg. Sie gab ihm die Hand. Sie war warm und sie verharrte einen Wimpernschlag länger in der Berührung, als nötig gewesen wäre. Oder bildete er sich das nur ein? Für einen Moment schien die Zeit anzuhalten oder eine Schleife zu drehen. »Bis dann«, sagte sie schließlich, drehte sich um und lief mit schnellen langen Schritten die Straße hinunter. Vincent sah ihr nach, als sie auf die andere Straßenseite wechselte und an der Ladenzeile entlangging. Für einen Moment hatte er das Bedürfnis, ihr nachzugehen. Als ob sie seine Gedanken gefühlt hätte, blieb sie an der Ecke stehen, dort, wo die überquellenden Müllcontainer waren, und sah sich noch einmal um. Es war ein kurzer Blick über die Schulter. Ihre weiße Strähne wehte im Wind. Da spürte Vincent einen Stich, einen hellen Lichtstrahl im Kopf, so als würde ihn die Sonne von innen her blenden, und plötzlich wusste er es. Ja, er war ihr als Kind schon einmal begegnet. Das war es. Er hatte sie nicht als Erwachsene gesehen, sondern als Kind. Sie hatte ihn genauso angesehen wie jetzt. In diesem Moment drehte sich Zarah wieder um, lief weiter die Straße hinunter und war kurz darauf von den hohen Häusern verschluckt.

10

Die chinesische Trickbox gehörte zu der Sammlung alter Dinge, die Vincent in einem gewellten Karton unter dem großen, zerkratzten Holztisch in seiner Werkstatt aufbewahrte. Sie hatte unter der Schreibmaschine gelegen und war völlig verstaubt, als er sie herauszog und vorsichtig auf den Tisch stellte. Die Schachtel musste eine Ewigkeit dort gelegen haben, ohne dass jemand sie angesehen hatte. *Warum hatte sie seine Mutter auf dem Gemälde in der Hand? Und warum hatte sich Zarah nur so dafür interessiert?* Er wischte mit dem Ärmel über den Deckel und legte unter der Staubschicht eine schwarz-weiß gestreifte Schlange frei, die auf dem matten Hintergrund geheimnisvoll glänzte. Für einen Moment schloss Vincent die Augen. *Dieses Schlangenzeichen. Wo hatte er es schon einmal gesehen?* Es *war wichtig. Verdammt wichtig. Es war der Schlüssel.*

Vincent drehte die Box in seinen Händen. Er erinnerte sich, dass es ihm als Kind schon einmal gelungen war, sie zu öffnen.

Sie war vielleicht fünfzehn Zentimeter lang, zehn Zentimeter breit und ebenso tief. Die Seitenwände waren mit diagonalen Mustern verziert. Aufwendige Einlegearbeiten aus hellem und dunklem Holz, die sich quer über die Flächen zogen. Es dauerte eine Weile, bis Vincent begriff, dass die diagonalen Linien an den Seiten nur eine Tarnung waren. Sie sollten davon ablenken, dass man in Wirklichkeit das Holz parallel zu dem Deckel herausschieben musste. Vincent tastete die schmalen Seiten ab und fand mit der Fingerkuppe die Öffnung. Ein mittlerer Holzstreifen ließ sich ganz leicht nach rechts bewegen und ließ in der Mitte eine quadratische Öffnung frei. Er versuchte das Gleiche mit dem nächsten Abschnitt, nur um zu bemerken, dass es erst mit dem darunter funktionierte. Während er die Seiten schob und zog, hoffte er, dass sich die Erinnerung daran, wie man das Kästchen zu öffnen hatte, von alleine einstellen würde, aber das war nicht der Fall. Ihm war nur klar, dass die Seitenelemente in einer bestimmten Reihenfolge verschoben werden mussten, wenn das Kästchen seinen Inhalt preisgeben sollte. So saß er und probierte herum, schob einen Streifen nach dem anderen heraus, schloss ihn wieder und versuchte den nächsten.

Er wollte gerade das Kästchen frustriert weglegen, als er spürte, wie der Deckel mit der Schlange sich bewegte. Fünf Zentimeter nur, aber immerhin. Er schob die Seitenteile noch einmal hin und her. Dann noch ein letztes Mal, und dann sah er verblüfft auf den Deckel, der sich nun ganz leicht zurückschieben ließ. Er hatte es geschafft! Er wartete einen Wimpernschlag, dann sah er in das Innere.

Dort lag ein Zettel. Ein gefaltetes Blatt, das an den Rändern so aussah, als ob es aus einem Heft herausgerissen wäre.

Es war die Schrift seiner Mutter. Eine klare Schrift, runde

Buchstaben, die sich fast über die ganze Länge des Papiers zogen.

Vincents Herz klopfte, als er die beiden Worte las, die ihm entgegenstarrten.

Für Vincent

Vorsichtig, als ob es bei der Berührung zerfallen könnte, nahm er das Papier heraus. Seine Hand zitterte, als er den Zettel auffaltete. Alles, woran er im Moment denken konnte, war, dass er sich ärgerte, schmutzige Fingernägel zu haben. So war es immer mit großen Augenblicken. Sie waren vermischt mit den blödesten und banalsten Beobachtungen. Er brauchte etwas Zeit, um den Buchstaben, die da vor ihm standen, einen Sinn zu geben. Es war eine Art Gedicht.

Fürchte dich nicht!
Nichts ist verloren
Dein Anfang ist ihr Ende
Und dein Ende ihr Anfang
Und der Zugang in deiner Erinnerung

TEIL ZWEI
Ouroboros

11

Die Zweigstelle des Forschungsinstituts von Deep Thought sah aus, als ob sie schwebte. Das lag an der neuen Farbe, mit der die schmucklose Oberfläche des Gebäudes gestrichen worden war: Spiegelblau. Spiegelblau gehörte zu den innovativen Materialien, die die Fassade auch in ihrer Textur komplett veränderten. Es war ein glänzendes Hellblau und es reflektierte das Licht, ohne dass es spezielle Gegenstände zeigte. Vor ein, zwei Jahren noch war das Haus in der Innenstadt trist und schmutzig mintgrün gewesen. Nun sah es aus wie ein schwebender Eiswürfel. Im Vorraum saß Delia, sie arbeitete hier drei Mal die Woche am Empfang, ein Job, den sie nicht allzu ernst nahm und den sie vornehmlich dazu nutzte, sich an ihrem Platz hinter der Theke die Fingernägel zu lackieren. Heute kam sie allerdings nur bis zum Ringfinger, der schon zur Hälfte goldmetallic glänzte, als eine Besuchergruppe sie durch die Glasscheibe aufmerksam musterte. »Wir sind von der Volkshochschule«, erklärte ihr eine kleine Frau Mitte sechzig, die ihren Rucksack auf dem Rücken energisch festzurrte. »Und ehrlich gesagt wundern wir uns, warum dieses Gebäude nur verpixelt auf TwinEarth eingezeichnet ist.« Sie sah Delia so an, als ob sie ihr persönlich dafür die Schuld geben wollte. Delia hinter ihrer Glasscheibe blinzelte kurz. Keiner hatte ihr gesagt, dass heute jemand kommen sollte. Oder? Hätte sie irgendetwas vorbereiten sollen? Ehrlich gesagt, sie hatte keine Ahnung. Oh, wie sie diesen Job hasste! Sie war völlig überqualifiziert für diesen Blödsinn hier und vergaß trotzdem immer alles. Ihre einzige Chance war, sich das nicht anmerken zu lassen. »Tut mir leid, dass das Institut so schlecht zu finden ist. Aber …«, und nun setzte sie ihr strahlendes Lächeln auf, »wir haben schon auf Sie gewartet.« Parallel dazu durchforstete sie die Kalenderanzeige auf dem Bildschirm nach Terminen. Da – ein riesiger Reminder poppte auf! Mist, vielleicht hätte sie vorher mal das Programm öffnen sollen! Jetzt war ihr zumindest klar, dass sie vor sich eine zu allem entschlossene Volkshochschulgruppe aus Mainburg vor sich hatte. Wohin nur mit ihnen? Delia überlegte. Sie würde sie zuerst zu den Gedankenlesern schicken. Das war sicher das Interessanteste. Ein Teilbereich von Deep Thought, der Gedanken aus Hirnströmen visualisierte. Das würde sie interessieren. Außerdem war Quirin jemand, der sich nicht über außerplanmäßigen Besuch aufregen würde. Dafür war er selbst zu verplant. Und sie konnte ihn später deswegen anrufen. Auch gut.

Sie händigte der Gruppe Besucherausweise aus und wies sie an, in den zweiten Stock zu fahren. Ein paar quetschten sich daraufhin in den Aufzug, ein paar andere liefen wie tapfere Bergsteiger mit ihren bunten schaukelnden Rucksäcken die Treppen hinauf. Geschafft! Delia seufzte vor Erleichterung, als sie verschwunden waren. Dann lackierte sie weiter und kam immerhin bis zum Zeigefinger, als Vincent auftauchte. Vincent mit den roten Haaren und den hübschen Augen, der einmal im Monat hierherkam. Leider war er viel zu jung für sie. Sie war immerhin mindestens zwei Jahre älter. Wobei – heute sah er anders aus. Älter, entschlossener. Lag das an seinem Gang, der plötzlich viel erwachsener wirkte? Oder an seinem Gesichtsausdruck, der so ungewöhnlich ernst war? »Hi, Vincent! Schön, dich zu sehen!« Sie lächelte ihn an. Das Lächeln war diesmal echt. »Bist du schon wieder dran?«

Vincent stand vor ihr. Er fuhr sich über die Haare und wirkte auf eine sonderbare Art nervös. »Nein, diesmal ist es … so eine Art Extratermin.«

»Ah!« In Delias Gehirn arbeitete es hektisch. »Dann bist du sicher wegen der Volkshochschulgruppe da?«

»Äh …« Vincent sah sie kurz verwirrt an. Dann lächelte er. »Ja. Also genau …«

»Dann bist du aber spät dran! Sie sind gerade rauf zu Quirin!«

»Alles klar!« Er winkte ihr kurz zu. Dann, nachdem er ein paar Meter gegangen war, drehte er sich noch einmal um. »Danke übrigens, dass du mich Alina Sartorius empfohlen hast!«

Delia starrte ihn kurz an. Alina Sartorius? Mist, schon wieder ein Name, den sie nicht kannte! »Keine Ursache, Vincent!«, sagte sie fröhlich, setzte ihr strahlendes Lächeln auf und wandte sich wieder ihren Fingernägeln zu.

Vincent ließ den Aufzug rechts liegen und lief die Treppen zum zweiten Stock hoch. Zwei Stockwerke, vier Glastüren. Drei Gänge – dann die dritte Tür links. Seit er denken konnte, ging er einmal im Monat in diesen abgelegenen Raum und kassierte dafür vierhundert Ether. Es war ein gutes Gehalt und die Arbeit war okay. Manchmal ein bisschen langweilig, aber immerhin war er kein Versuchskaninchen eines Pharmakonzerns und musste Pillen schlucken, um deren Nebenwirkungen zu testen. Das war die Art Jobs, die andere Leute mit einem C-Punktestand bekamen. Nein, er musste nur Bilder ansehen und seine Gehirnströme aufnehmen lassen. Das war schmerzfrei und, soweit er wusste, ohne Risiko.

Ohne Risiko! Das was er jetzt vorhatte, war allerdings mit viel Risiko verbunden. Keine Ahnung, ob es funktionierte. Ah, hier war auch die Besuchergruppe! Normalerweise war der Trakt, den er jeden Monat besuchte, sehr abgelegen und menschenleer. Doch diesmal stand eine Traube von Besuchern vor dem Büro. Sie umringten einen kleinen, untersetzten jungen Mann mit strubbligen braunen Haaren und einem uralten, zerknitterten T- Shirt, der in ihrer Mitte fast zu verschwinden drohte und, während er die Fragen zu beantworten versuchte, wild mit den Händen fuchtelte. Quirin war der Versuchsleiter, nein – um korrekt zu sein, der Assistent des Versuchsleiters, höchstens zwei Jahre älter als Vincent und vielleicht doppelt so breit, was sicher an seiner heimlichen Vorliebe für Sahnebaisers lag. Als er Vincent bemerkte, stockte er plötzlich in seinem Vortrag und blinzelte ihn überrascht über die Menschenmenge hinweg an. Dann fuhr er mit seinen Erklärungen fort.

»Alles, was wir machen, ist Gehirnströme aufzeichnen und sie decodieren. Ich werde Ihnen das an einem kleinen Beispiel zeigen.« Er winkte die Gruppe in sein penibel aufgeräumtes Büro, das gar nicht zu seiner unordentlichen Erscheinung passen wollte.

»Und dieses Ding kann nun Gedanken lesen?«, fragte eine

der Frauen, die ihm so dicht folgte, dass er einen Schritt zulegte.

»Nicht so, wie Sie sich das vielleicht vorstellen«, sagte Quirin und steuerte auf seinen Computer zu wie auf einen rettenden Hafen. Vor ihnen waren zwei Bilder auf dem Monitor. Links das eines Hundewelpen, rechts die Aufnahme eines Gehirns. »Diesen Hund zu sehen setzt Gehirnströme frei, die wir hier aufgezeichnet haben. Hier links kann man die Gehirnströme sehen, die entstehen, wenn die Testperson an das Bild denkt. Deep Thought vergleicht die Gehirnströme und setzt sich dann das neue Bild zusammen.«

»Deep Thought? Er heißt so wie die Firma?«, fragte ein Mann.

»Er ist der Beginn der ganzen Firma. Deep Thought gab dem Konzern den Namen. Er wurde hier entwickelt und dann in die ganze Welt exportiert«, erklärte Quirin nicht ohne Stolz.

Es gab ein wenig bewunderndes Gemurmel. »Deep Thought ist ein Deep-Learning-Netzwerk«, erklärte Quirin weiter.

Sie sahen ihn verwirrt an.

»Ein selbstlernendes Programm, das sich selbst beibringt, die Bilder zu sehen«, setzte Quirin erschöpft hinzu.

»Und wie macht es das?«

»So!«, erklärte Quirin und ließ das Programm laufen, während er sich nervös an der Stirn kratzte. Er sah so aus, als hätte er das gerne schnell hinter sich gebracht. Das Bild, das nun auf dem riesigen Monitor erschien, war völlig unscharf, man konnte erst so etwas wie einen Ball sehen, dann eine längliche Form, die eher so aussah wie eine Fledermaus, dann eine Katze. Schließlich schälte sich aus allem die Form eines Hundes heraus, dann, präziser, die eines Hundewelpen.

»Wieso ist das am Anfang so unscharf?«, fragte ein Mann.

»Deep Thought rät eigentlich nur, was die Person denkt. Er ist so etwas wie ein Künstler, der aus den vorhandenen Informationen über die Gehirnströme selbst wieder ein Bild zusammenstellt.

»Und wie genau ist das?«

»Oh, wir haben mittlerweile eine Genauigkeit von 98,7 Prozent. Je mehr Emotionen mit einem Bild verknüpft sind, desto genauer kann Deep Thought es decodieren. Hier zum Beispiel haben wir es wahrscheinlich mit einem Hundeliebhaber zu tun.«

»Und würde das bei mir auch funktionieren?«, fragte eine Frau.

Quirin lächelte sie nervös an. »Wahrscheinlich nicht. Ihre Gehirnströme würden vermutlich ganz anders aussehen und von dem Computer nicht decodiert werden können. Der Computer muss auf den jeweiligen Menschen trainiert sein. Das dauert oft Jahre. In den letzten Jahren ist Deep Thought immer genauer geworden. Er kann mittlerweile nicht nur erkennen, ob er zum Beispiel einen Mann oder eine Frau sieht, sondern kann sie auch schon beschreiben.«

»Können Sie das mal vorführen?«

»Nun, wie gesagt, ich, äh …«

Vincent holte Luft und trat einen Schritt vor. »Du könntest es mit mir versuchen«, schlug er vor.

»Oh …« Quirin starrte ihn an wie eine Erscheinung. Nein, eher wie seinen Retter. »Vincent! Puh! Also …«, er wandte sich seinen Besuchern zu. »Sie haben Glück, wir … wir haben zufällig eine der Testpersonen da. Das Computerprogramm hat seit Jahren seine Gehirnströme aufgezeichnet und von ihm eine Art Bildersammlung angelegt.«

Die Besucher murmelten anerkennend und ließen Vincent durch, der seinen Weg zu Quirin bahnte. »Hi, Quirin. Mach ich gerne.«

Quirin starrte ihn für einen Moment völlig überfordert an, dann ging er zum Schrank und holte aus einem Fach ein Mindset hervor, das er Vincent reichte, der den schmalen Drahtreifen auf seine Stirn zog. »Okay. Kann losgehen.«

»Gut«, murmelte Quirin.

»An was soll ich denken?«, fragte Vincent.

»Keine Ahnung.« Quirin blickte sich Hilfe suchend um. »Hat jemand eine Idee?«

»Ich habe hier ein Foto meiner Kinder«, sagte die Frau, die sich vorhin schon selbst verkabeln lassen wollte, und fuchtelte mit ihrem Handy herum. »Wie wär's damit?«

»Okay«, sagte Vincent. Er nahm das Handy entgegen. Zwei blonde Mädchen starrten ihm entgegen. Sie sahen aus wie Zwillinge. Eine hatte ein grünes Kleid an, die andere ein rotes. »Ich glaube, das geht ganz gut.«

»Dann starten wir Deep Thought«, sagte Quirin und ging auf die andere Seite.

»Also, hier sehen Sie Vincents Gehirnströme.« Er deutete auf die linke Seite des Computerbilds. »Und rechts ist das, was der Computer versucht zu erraten.«

Die Spannung in der Besuchergruppe stieg. Es war ein bisschen so, als würde jemand einen Zaubertrick vorführen. Das Bild auf der rechten Seite des Bildschirms war erst grau und unscharf. Als Erstes konnte man den hellen Hintergrund erkennen, dann eine Berglandschaft, schließlich bildeten sich aus den beiden länglichen Formen Körper. Es sah so aus, als würde jemand ein Bild zeichnen, wüsste aber nicht, was er eigentlich zeichnen sollte. Am Anfang gab er dem Ding Konturen, versuchte sich an Augen, einer Nase, einer Stirn, radierte das wieder weg, begann von Neuem und entschloss sich schließlich für die beiden blonden Mädchen. Sie wurden bei jedem Versuch genauer, Augen, Haare, das Kleid mit der Schleife am Kragen.

In der Gruppe war es nun ganz still. »Okay«, sagte Quirin. »Das … das reicht jetzt. Du bist erlöst, Vincent.«

Vincent setzte den schmalen Draht ab und ging hinüber zu Quirin.

»Das ist unglaublich!«, sagte die Frau staunend. Sie hielt das Handy neben das Computerbild. Ein Murmeln begleitete ihre Bewegung.

Es waren genau die beiden Mädchen auf dem Bild.

12

»Dich schickte der Himmel«, sagte Quirin später zu Vincent, als die Besuchergruppe von dem verschreckten Praktikanten der Übersetzungsabteilung abgeholt worden war. Sie waren endlich allein im Labor und Quirin hatte seinen Kuchenvorrat aus dem Spind geholt, um sich von der Begegnung zu erholen. Er teilte sich eine eigenartig giftgrüne Maronenschnitte mit Vincent, rieb sich die rot geränderten Augen und sah völlig erschöpft aus. Immerhin hatte er heute in einer Stunde mehr Menschen gesehen als sonst in einem ganzen Monat.

»Aber … also was machst du eigentlich hier? Ist denn jetzt schon April?«

»Nein, es ist noch März.«

»Dann ist also kein Termin?«

»Nein, nein«, beeilte sich Vincent zu sagen.

»Und ich hab schon gedacht, ich habe alles durcheinandergebracht!« Quirin seufzte und nahm sich ein zweites Stück. Vincent beobachtete ihn, wie er es genussvoll verschlang.

»Ich habe eine Bitte an dich«, begann er schließlich.

Quirin blinzelte.

»Meinst du, Deep Thought kann mir eine Erinnerung zeigen?«

»Eine Erinnerung?«

»Also … ich dachte mir …« Vincent fuhr sich über die Stirn. »Wenn er die Bilder zeigen kann, die ich im Kopf habe, dann kann er vielleicht auch eine Erinnerung zeigen.«

Quirin sah zwischen dem Monitor und Vincent hin und her. »Sicher kann er das. Ich meine, er zeigt, was du denkst, egal, ob es eine Erinnerung ist oder etwas, was du dir vorstellst.« Quirins Blick war immer scheu, er konnte kaum jemand lange in die Augen sehen. Nicht einmal bei Vincent gelang ihm das mehr als ein paar Sekunden. »Aber, was ich nicht verstehe, wieso soll er dir eine Erinnerung zeigen? Du hast sie ja selbst im Kopf!«

»Ja, aber eben nicht alles davon«, erklärte Vincent. »Ich sehe ein Bild vor mir und weiß, dass dieses Bild zu anderen Erinnerungen führt. Aber diese anderen Erinnerungen wollen sich nicht zeigen. Es fühlt sich so an, als würde ich vor einem Schrank stehen und versuchen, eine Schublade zu öffnen, die klemmt.«

»Hmmm …« Quirin musterte ihn nachdenklich. »Was willst du dir überhaupt ansehen?«

Vincent zögerte, dann zog er die chinesische Trickbox aus seiner Tasche und legte sie vor ihn auf den Tisch. Das Kästchen sah zwischen dem Kabelgewirr in diesem modernen Labor aus wie ein archäologisches Fundstück. Etwas, das aus einer anderen Welt zu kommen schien.

»Darf ich?«, fragte Quirin, nahm das Kästchen in die Hand und drehte es hin und her. »Was ist das?«

»Eine Trickbox.« Vincent deutete auf den Deckel. »Mir geht es aber vor allem um dieses Zeichen.«

Quirin fuhr mit dem Finger einen Kreis und zeichnete die Rundung der Schlange nach. »Die Schlange, die sich selbst auffrisst«, sagte er leise.

»Ja, komisches Ding, was?«

»Das ist ein Ouroboros«, bemerkte Quirin.

»Ein was?«, fragte Vincent erstaunt.

»Ouroboros. Das Zeichen für Unendlichkeit.«

Vincent sah Quirin gespannt an. »Woher weißt du das?«

»Ich habe mal ein Spiel gespielt, in dem es vorkam.«

»Ein Spiel?«

»War of Planets.«

Vincent schüttelte den Kopf. »Nie gehört. Aber ich kenne das Zeichen sicher nicht aus einem Computerspiel.«

Quirin zuckte mit den Schultern. »Es wurde auch woanders benutzt. Ich glaube, es ist ziemlich alt.«

»Weißt du, was es bedeutet?«

»Irgendwas mit Kreislauf, dass die Dinge sich wiederholen. Oder dass Anfang und Ende zusammengehören. So in der Richtung.«

Anfang und Ende. Vincents Herz machte einen kleinen Sprung. »Ich muss wissen, ob ich dieses Zeichen schon einmal woanders gesehen habe«, murmelte er.

Quirin sah ihn neugierig an. »Scheint ja ziemlich wichtig zu sein.«

Vincent nickte. »Ja, ist es.«

»Okay«, sagte Quirin leise. »Okay.« Er starrte eine Weile vor sich hin. »Du glaubst also, dass Deep Thought eine Erinnerung zeigt, die mit dieser Schlange verbunden ist und an die du jetzt nicht rankommst?«

»Genau!«

Quirin biss sich auf die Lippe. »Puh! Also. Ich weiß nicht. Theoretisch geht das. Ich weiß aber nicht, ob deine Erinnerung dann stimmt, verstehst du?«

»Was meinst du mit *stimmt*?«

»Das Gehirn ist ein sehr unzuverlässiges Instrument. Vielleicht zeigt Deep Thought auch etwas, was sich gar nicht so abgespielt hat, was aber trotzdem in deinem Kopf war.« Quirin schluckte und blickte zu seinem Computer, als würde er von dort Hilfe bekommen. »Außerdem … ich kann das nicht einfach so machen. Ich muss alles melden, verstehst du? Ich kann ihn nicht einfach laufen lassen und dann sehen, was rauskommt. Ich muss das dokumentieren.«

»Verstehe.« Vincent sah ihn lange an. Er würde nichts sagen und Quirin nachdenken lassen. Das war besser, als ihn zu bestürmen. Er hatte die Tür geöffnet und wartete, bis Quirin durchging. Tatsächlich schwieg Quirin lange und schien die Sache abzuwägen. Er schob das Kästchen auf seinem Tisch hin und her und schließlich siegte seine Neugier. »Ich könnte es aber auch einfach nach der Aufzeichnung löschen.«

»Das ginge?« Vincent schöpfte Hoffnung.

»Mhmm. Ja.« Quirin biss sich auf die Lippe und sah ihn unbehaglich an.

»Ist aber irgendwie illegal.«

»Wenn du es nur einmal machst?«

Quirin seufzte. »Einmal ist auch illegal.« Er trommelte mit den Fingern auf dem Tisch herum. »Aber ich finde, das klingt nach einer ziemlich interessanten Versuchsanordnung.«

»Das heißt, du machst es?«

Quirin zögerte. »Eine riesengroße Ausnahme, ja? Aber nur, weil wir befreundet sind.«

Vincent lächelte.

»Und du warst nie hier!«, beeilte sich Quirin hinzuzufügen.

»Nein, ich war nie hier«, sagte Vincent feierlich.

Quirin sah sich um, als wäre noch jemand im Raum. Dann schaltete er den Rechner rechts von sich ab und reichte Vincent wieder das Stirnband. Es war schmal und silbern und stach etwas an den Seiten. Trotzdem war es ein echter Fortschritt im Vergleich zu früher, wo Vincent entweder einige Zeit in einem engen Kernspintomografen verbringen und das schreckliche Wummern der Röhre aushalten musste oder eine alberne Badekappe mit Dioden aufsetzte, deren Saugnäpfe sich an seinen Kopf klebten. Nun reichte es, dieses schmale Metallband um die Stirn zu legen, und er spürte nur noch ein leichtes Kribbeln auf der Kopfhaut. Als würde ihm etwas Eiskaltes über den Kopf gezogen.

»Okay«, sagte Quirin nach einer Weile. »Es geht los. Konzentrier dich!«

Vincent rückte das Band zurecht und atmete tief ein. Das Kribbeln wurde für einen Moment stärker, dann hörte es ganz auf. Er spürte seinen Herzschlag und versuchte sich vergebens zu konzentrieren. Zu viel schoss ihm durch den Kopf. Ein Chaos an Bildern, die ihn bestürmten.

»Ich sehe einen Vogel.« Von weit weg tauchte Quirins Stimme auf, der aufmerksam die Bilder, die Deep Thought aus Vincents Kopf decodierte, auf seinem Monitor betrachtete. »Nein, das ist ein Tattoo. Delias Tattoo. Ein Rabe. Sie lächelt dich an. Jetzt wird alles ziemlich unscharf. Nicht so viel bewegen. Das verwirrt die Elektronik!«

»Okay!« Vincent rückte sich zurecht, tauchte ein in die Schwärze hinter seinen Lidern und versuchte, an die Schlange zu denken.

»Ich habe hier ziemliche Ausschläge!«, sagte Quirin nach einer Weile. »Da ist ein ganz schönes Neuronenfeuer in deinem Schädel.«

»Mehr als sonst?«

»Ja, definitiv. Ah! Jetzt bekommen wir langsam ein Bild!«

Vincent lehnte sich zurück. »Und?«

»Ich sehe ein Mädchen. Schwarzhaarig. Mit einer weißen Strähne in den Haaren. Ziemlich gut aussehend.«

»Gut aussehend, findest du?« Eines der Dinge, die Vincent an Quirin schätzte, war, dass er darüber, was er in seinen Gedanken sah, keine blöden Witze riss.

»Ja, sie hat ein Tier auf der Schulter. Ein … ein Insekt. Es ist eine Libelle«, sagte Quirin. »Aber da ist kein Ouroboros.«

Vincent schüttelte vorsichtig den Kopf. »Nein, das war vorgestern. Das, was ich suche, ist älter. Es muss weit vorher sein.«

Quirin beugte sich nach vorne und starrte mit großer Konzentration auf den Bildschirm. »Dann denke weiter an das Zeichen! Mal sehen, was kommt!«

Vincent versuchte, seine Gedanken von Zarah wegzulenken – was gar nicht so einfach war, wie er sich selbst zugestehen musste. Quirin sagte nichts und wartete, während Vincent an die Schlange dachte. Den Kopf, die vielen fein gezeichneten Schuppen, die aus winzigen Holzplättchen bestanden, und das eine lidlose Auge, das ihn anzublicken schien. Ein merkwürdiges Gefühl von Verlust überkam ihn.

»Vincent!«, rief Quirin. Seine Stimme schien aus großer Ferne zu kommen.

»Du hast eine unglaubliche Aktivität im Hippocampus. Ich habe so was noch nie gesehen.«

»Was heißt das?«

Das Auge sah ihn neugierig an, forschend, als wollte es ihm etwas verraten. Es war darunter, es war in einem Café, weit weg … Er würde den Schlüssel bekommen. Den Schlüssel wozu?

»Dass die Erinnerung alt ist. Im Hippocampus werden die Langzeiterinnerungen gespeichert. Und … sie ist ziemlich stark.«

Es ist ein Abschied. Kurz vor einem Abschied. Es ist etwas, das er nicht wissen will. Nie wissen wollte …

Ein Rad! Ein Riesenrad, der Wind weht durch ihre Haare, sie sehen es. Es ist unter ihnen. Du musst es stoppen, hörst du! Du musst es stoppen!

Von irgendwoher drang Quirins Stimme zu ihm durch. Sie kam von weit her und ging wie durch eine Wand.

»Wahnsinn!«

»Was?«, flüsterte Vincent. Er hörte sich selbst durch die Schwärze.

Quirin schwieg lange. Dann sagte er leise: »Komm und sieh es dir selbst an!«

13

Vincent setzte mit zitternden Händen das Metallband von seiner Stirn ab und ging hinüber zu Quirins Schreibtisch. Dort erschien auf dem Monitor ein graues verwaschenes Bild mit ein paar gelben Punkten dazwischen.

»Ist das die Aufzeichnung?«, fragte er. Seine Stimme klang heiser.

»Das ist sie!« Quirin drehte sich vom Monitor weg. Seine Wangen glühten rot. »Vincent! Was für ein Experiment! Ich bin gespannt, was Deep Thought daraus gemacht hat!« Er seufzte und schob die Aufzeichnung in die Mitte des Monitors. »Sollen wir loslegen?«

Vincent nickte und beugte sich nach vorne. Sein Kopf schmerzte und er fühlte sich leer. Er konnte sich zwar an einzelne Bilder erinnern, aber nicht an etwas, das einen Sinn ergeben hätte. Was Deep Thought ihm nun wohl zeigen würde? Das Bild auf dem Monitor wirkte eher wie der Versuch eines Bildes, hellblau mit schwarzen und roten Tupfen davor, die sich blitzschnell veränderten, so als suchte Deep Thought nach etwas. Die Aufnahmen erinnerten an ganz frühe Filmaufnahmen, wie sie mit alten, mechanischen Kameras gemacht wurden. Nach einer Weile schließlich schien das Programm etwas gefunden zu haben: Die Tupfen wurden Vögel, ein Schwarm, der durch das Bild zog, dann wurden aus den Vögeln wieder Rechtecke, dann Blätter. Ja: Blätter, am Ende hatte sich Deep Thought für Blätter und Bäume entschieden. Sie flogen vorbei wie bei einer Fahrt. Mit dem Auto? Nein, es war unmittelbarer, näher. Eine Fahrt mit dem Fahrrad am Rande einer Straße, die rechts mit Bäumen gesäumt war. Hinter den kahlen Ästen blitzte etwas Goldenes.

Quirin hielt aufgeregt das Bild an. »Da, schau mal! Weißt du, was das ist?«

Vincent starrte auf den Monitor. Eine goldene Frau mit Flügeln, die einen Zweig in der Hand hielt …

»Das ist der Friedensengel. Mann! Der Friedensengel!« Quirins Stimme überschlug sich fast. »Damit können wir auch genau sagen, wann das Bild entstanden ist. Es war noch bevor er gesprengt wurde.«

»Das war vor sechs Jahren?«, fragte Vincent.

»Vor sieben Jahren«, korrigierte ihn Quirin. Das heißt, die Erinnerung muss vor 2051 sein.« Das Bild änderte sich nun, die Baumstämme verschwanden. Die Bilder rauschten weiter, bis sich aus einer Unschärfe heraus eine ganze Szene ergab. Vincent starrte auf das Bild. Jetzt fuhr er nicht mehr Rad, sondern ging zu Fuß durch die Straßen. Die Menschen wirkten alle so groß, was Vincent erst verwunderte, doch dann wurde ihm klar, dass es die Perspektive eines Kindes war. Er sah große Fahrgeschäfte, Schießbuden mit Plastikblumen, deren grelle Farben miteinander wetteiferten, und Schiffschaukeln.

Durch die Gassen zwischen den Buden trieben viele Menschen, manche mit Kindern auf den Schultern.

»Sieht aus wie ein Jahrmarkt.«

»Das Oktoberfest?«

»Nein, das hier ist viel kleiner. Keine Ahnung, wo das ist.«

Schließlich stand er vor einem kleinen Café. Und … da war … »Kannst du mal anhalten?« Vincents Stimme klang so drängend, dass Quirin sofort stoppte. Da war er selbst in der Spiegelung. Ein kleiner Junge mit rotblonden Haaren und einem schüchtern neugierigen Blick. Neben ihm stand Laura. Sie sah ziemlich genauso aus wie auf dem Bild, das sein Vater gemalt hatte, und ihr rotes Haar leuchtete in der Sonne.

»Ist das deine Mutter?«, fragte Quirin. Vincent nickte und vermied es, Quirin anzusehen. »Ich weiß, was mit ihr passiert ist«, sagte Quirin leise. »Ich habe es von den anderen gehört. Sie … sie war ziemlich beliebt, als sie hier gearbeitet hat.«

»Das haben mir alle gesagt«, sagte Vincent. »Eigentlich war sie der Grund, warum ich immer noch hierherkomme. Sie hat mich einfach mitgenommen, als mit Deep Thought die ersten Tests gemacht wurden.«

Quirin fuhr sich verlegen über seine Haare, was Vincent nur aus den Augenwinkeln sah, denn während er das Bild auf dem Monitor betrachtete, kämpfte er mit einem Gefühl, das zusammen mit der Erinnerung auftauchte und ihn fast umhaute. Ein Schmerz, der ihn plötzlich überwältigte wie aus dem Nichts. So als wären diese Bilder konserviert und mit ihnen das überwältigende Gefühl von Verlust, das nun plötzlich zusammen mit ihnen freigesetzt wurde. Aber das konnte er Quirin nicht sagen. Er wusste nicht recht, ob Quirin so viel mit Gefühlen anfangen konnte. Wahrscheinlich würde ihn das nur verstören.

Quirin räusperte sich. »Möchtest du, dass ich weiterlaufen lasse?«

Vincent nickte stumm und betrachtete wieder das Bild, auf dem er sich selbst in der schmutzigen Scheibe spiegelte, seinen Blick fasziniert auf ein Aquarium geheftet, in dem nun ein seltsames Wesen auftauchte, ein Wesen mit vielen Armen, die sich leicht in dem Wasser bewegten. Es war ein Krake. Er bewegte sich fort, indem er seine vielen Fangarme schloss und öffnete, jedes Mal ein Stoß nach oben oder zur Seite. Vincent drehte sich weg und sah zu seiner Mutter hoch. Die sagte etwas, dann gingen sie zusammen in das Café hinein und setzten sich an einen Bistrotisch.

»Kann man denn auch Ton hören?«, fragte Vincent leise.

Quirin schüttelte den Kopf. »Leider nicht. Wir haben es noch nicht mit dem entsprechenden Programm verknüpft.«

Vincent schluckte, was hätte er darum gegeben, ihre Stimme hören zu können!

»Ich spul mal vor!«, sagte Quirin. »Vielleicht ist irgendwo das Zeichen zu sehen.«

Vincent sah, wie das Bild sich beschleunigte. Dann schien das Gespräch zu Ende zu sein, als etwas Merkwürdiges geschah. Seine Mutter zeichnete etwas mit ihrem Finger auf den Tisch. Nein, sie zeichnete nicht, sie wischte nur den Zucker weg, den sie vorher ausgeschüttet hatte. Der Zucker verschwamm und das Bild wurde unscharf. Quirin hielt das Video an. »Also, hier ist die Sequenz zu Ende.«

Vincent schüttelte enttäuscht den Kopf. »Keine Ahnung, warum Deep Thought mir das gezeigt hat. Es hat gar nichts mit dem Zeichen zu tun, oder?«

»Nein, eigentlich nicht. Sollen wir trotzdem weitermachen?«

»Ja, bringen wir's zu Ende!«

Quirin rief die zweite Sequenz auf. Auf dem Monitor erschien die Stadt von oben. Vincent beugte sich nach vorne. War es die Aussicht aus einem Hochhaus? Nein, es war der Blick aus einer Gondel, in der Vincent zusammen mit seiner Mutter saß. Das Bild bewegte sich und Vincent begriff, dass er nach unten fuhr. Die Häuser kamen näher, unten liefen die Menschen vorbei, mit denen sie nun auf Augenhöhe waren, und dann ging es wieder aufwärts. »Wir sind in einem Riesenrad!«, rief Vincent. Seine Mutter kam ins Bild. Ihre hellen Augen waren ganz auf ihn gerichtet. Sie lächelte ihn an und deutete nach unten. Vincents Blick folgte ihr und da … »Warte!«, rief Vincent und stieß Quirin mit dem Ellbogen an. »Da ist etwas … Stopp … Genau hier …« Quirin hielt das Bild an. Auf dem Monitor war nun der Jahrmarkt von oben zu sehen. Das Kettenkarussell und die Zahnradbahn waren unter bunten, gestreiften Schirmen verborgen. Daneben befanden sich Stände, deren gelbe Planen im Wind flatterten. Auf einer Halle, die ein wenig abseits der belebten Wege lag, war das Zeichen mit weißer Farbe über das gesamte Flachdach gepinselt.

»Mann!« Quirin ließ die Luft aus seinen aufgeblasenen Backen entweichen. »Es ist riesig!«

»Was ist das für eine Halle?«, fragte Vincent.

»Ich lass mal weiterlaufen, dann können wir vielleicht mehr sehen.« Quirin klickte wieder auf das Video. Die Gondel hatte den Zenit überschritten und fuhr nun langsam wieder nach unten. Das Ouroboros-Zeichen kam auf sie zu, dann verschwand es, als die Vorderseite der Halle sichtbar wurde. Menschen strömten zu dem Eingang. »Ich schätze, dieser Jahrmarkt muss irgendwo im Osten von München gewesen sein. Schau mal, da im Hintergrund ist die Konzerthalle.« Quirin rief auf der rechten Monitorhälfte das TwinEarth auf und scrollte über die Häuserdächer. »Wir müssten doch irgendwas von dieser Halle sehen«, murmelte er konzentriert. »Aber da ist nichts.«

»Vielleicht haben sie das ja auch abgerissen«, bemerkte Vincent.

Vincent sah auf das Schlangenzeichen auf dem Monitor und dann auf die Schlange des Kästchens. Sie glichen sich in jedem Detail.

»Vincent!« Quirins Stimme holte ihn aus seinen Überlegungen. »Da ist noch was!«

»Hmm?«

Quirin deutete auf eine Datei am unteren rechten Bildschirmrand. »Eine kleine Sequenz. Ich habe sie mir selbst noch nicht angeschaut. Willst du sehen?«

»Okay!« Vincent rückte sich auf seinem Stuhl zurecht, während Quirin auf die letzte Datei klickte. Das Bild, das sie nun sahen, war fast ganz schwarz.

Quirin hielt das Bild an und deutete auf den einen winzigen weißen Fleck im Hintergrund. Er zoomte ihn heran und wartete, bis Deep Thought die Buchstaben decodiert hatte. *Laniakea – Sonderbereich – nur für Personal.*

»Wir sind in der Halle mit dem Zeichen?«, rief Vincent aus.

»Scheint so.«

Qurin ließ weiterlaufen. Es war dämmrig, nur eine Treppe mit einem Eisengestänge als Handlauf war zu sehen. Neben Vincent stieg noch jemand die Treppe hoch. Vincent hielt für einen Moment die Luft an. Es war Zarah, eine jüngere Zarah; sie hatte ein runderes Gesicht und weichere Züge. Nur die weiße Strähne leuchtete damals schon aus ihren schwarzen, gelockten Haaren. Sie bedeutete ihm, ihr zu folgen, als plötzlich eine Libelle mit ihrem grünen Licht wie aus dem Nichts auf sie zugeflogen kam und sich auf ihre Schulter setzte. Dieses Exemplar war viel größer als das, was nun auf seinem Arbeitstisch lag. Aber nein! Zarah war kleiner, deswegen erschien ihm die Libelle so groß. Die Libelle landete auf ihrer Schulter und Zarah legte den Zeigefinger auf ihren Mund und bedeutete Vincent, still zu sein. Sie winkte ihn zu einem kleinen, runden Fenster, durch das sie in einen spärlich erleuchteten Raum blicken konnten, in dem seine Mutter zusammen mit Stephen saß. Es war ein jüngerer Stephen, sein Gesicht fast ohne Falten, aber mit den gleichen Klamotten, die Vincent das letzte Mal an ihm gesehen hatte. Ein schwarzes Hemd. Die dunklen Haare hatten noch keine weißen Fäden und ab und zu blitzte ein Ring in seinem rechten Ohr auf, während er sprach. Er sah eigentlich eher aus wie ein alternder Rockstar. Es hätte Vincent kaum gewundert, wenn er gleich eine E-Gitarre herausgezogen und anschließend zertrümmert hätte.

Quirin hielt das Bild an. »Kennst du ihn?«

»Er heißt Stephen und hat ein Geschäft für gebrauchte Copypet-Tiere«, erklärte Vincent.

»Stephen«, murmelte Quirin, bevor er das Bild weiterlaufen ließ.

Vincent sah, wie seine Mutter ihre große rote Ledertasche abstellte und daraus etwas herauszog. Fünf große Metallbügel, die sie Stephen in die Hand drückte.

»Was ist das!«, flüsterte Quirin und beugte sich nach vorne.

»Sie sehen aus wie Mindsets«, sagte Vincent.

»Gab es die damals schon?«, fragte Quirin erstaunt. Auf dem Monitor hängte Stephen nun ein Bild von der rückwärtigen Wand, hinter dem ein Tresor eingelassen war. Er drehte eine Nummernfolge an einem kleinen Rädchen, öffnete die

Tür, schob die Mindsets hinein und holte etwas anderes heraus. Es war ein kleines, rechteckiges Paket. Vincents Mutter nahm es vorsichtig in Empfang und betrachtete es lange. Vincent, der junge Vincent, sah Zarah an, die bleich und erschreckt aussah. Ja, Zarah war so blass, dass ihre weiße Strähne und der Teint ihres Gesichts fast gleich hell waren. Dann wurde ihr Gesicht unscharf und verschwamm in einem weißen Rauschen.

Das Video war zu Ende.

»Was ist das nur für ein Paket?«, murmelte Quirin. Er holte sich das Bild näher heran und ließ Deep Thought rechnen. Vincent beobachtete schweigend, wie das Programm Rechtecke und Dreiecke in rasender Geschwindigkeit zusammensetzte. Er hatte ein unbestimmtes drückendes Gefühl im Magen.

Quirin hielt an und zoomte näher. »Hier … hier ist es … oh!« Seine Stimme klang wacklig. Sie sahen beide lange darauf. Sehr lange.

»Oh«, echote Vincent tonlos. »Okay.«

»Ich hoffe, es ist *nicht* das, wofür ich es halte.« Quirin versuchte sich an einem trockenen Lachen, das ihm allerdings nicht ganz gelang.

»Doch, ich fürchte, das ist es.« Vincent wandte sich endlich ab von dem Bild und drehte sich zu Quirin. Der hielt Vincents Blick viel länger stand, als es sonst seine Art war.

Sie hatten jetzt ein Geheimnis.

Es verband sie das, was auf dem Monitor zu sehen war: ein kleiner, rechteckiger Kasten mit zwei Drähten links und rechts.

14

Es dauerte lange, bis jemand sprach. Es war Quirin, aus dessen Stimme die Unbekümmertheit ganz verschwunden war. »Das ist … eine Bombe, oder?«

Vincents Herz klopfte so laut, dass er fürchtete, Quirin würde es hören.

»Weißt du was?« Quirin ließ eine lange Pause nach der Frage und atmete einmal kurz durch. »Ich werde das alles löschen.«

»Wolltest du das nicht sowieso?«, fragte Vincent.

Quirin biss sich auf die Lippe und sah sich um, so als wäre außer ihnen noch jemand im Raum. »Keine Ahnung, ob Deep Thought diese Daten nicht doch noch anderswo verwertet.«

»Du weißt das nicht?«, fragte Vincent erstaunt.

Quirin schüttelte den Kopf. »Ich werde alles löschen. Es wird nirgendwo mehr auftauchen. Mach dir keine Sorgen!«

Vincent musterte Quirin von der Seite. Er sah anders aus als sonst. Verschwunden war der Quirin, der mit einem belustigten Blick auf den Bildschirm sich die Kuchenstücke in den Mund stopfte. Da steckte noch jemand anderes hinter dem Quirin, den Vincent sonst kannte. Er konzentrierte sich auf den Bildschirm und war ungewöhnlich ernst, als er die Dateien löschte. Die beiden beobachteten schweigend, wie sich der weiße Kreis in der Mitte des Bildes drehte.

Quirin lehnte sich zurück und blies stoßweise die Luft aus seinen gefüllten Backen. »Puh! Also – hör zu: Diesen Nachmittag hat es nie gegeben und du warst nie hier.«

»Delia hat mich unten gesehen«, warf Vincent ein.

Quirin schnitt eine Grimasse. »Und sie hat dich in dem Moment vergessen, in dem du in den Aufzug gestiegen bist.«

»Das glaube ich nicht.« Vincent dachte an den Blick, mit dem sie ihn vorhin angesehen hatte.

»Na gut.« Quirin legte den Zeigefinger an die Stirn. »Dann warst du hier wegen …«

»Wegen der Volkshochschulgruppe?«, schlug Vincent vor.

»Du sagst es!« Quirins Gesicht hellte sich auf. »Wir brauchten dich als Versuchskaninchen.«

»Klingt logisch«, sagte Vincent. Die beiden blickten sich an, dann sahen sie wieder geradeaus.

»Deletion complete«, sagte eine Computerstimme.

Quirin ließ einen langen Seufzer vernehmen. Es klang fast so wie Luft, die aus einem Reifen entfuhr. »Gut, das war's jetzt«, murmelte er. Dann sah er zu Vincent, der kerzengerade in seinem Stuhl saß. »Und was wirst du jetzt machen?«

Vincent löste sich zum ersten Mal aus der Starre, die ihn befallen hatte. Er spürte seinen Nacken, der schmerzte. Ja, was sollte er nun machen?

Es war eigentlich ganz einfach.

»Ich werde eine Libelle reparieren«, sagte er.

15

Es regnete in Strömen, als Vincent am Mittwoch in die Sophienstraße einbog. In seiner Tasche hatte er die Libelle. Der Flügel, der den Rechtsdrall verursacht hatte, war wieder geflickt. Er hatte dafür ein wenig von der Bespannung, einem zarten, hauchdünnen Netz aus miteinander verwobenen Drähten, der beiden unteren Flügel genommen und beide verkleinert. Nun flog das Insekt wieder ausgezeichnet geradeaus. Es war ein filigranes Wunderwerk und Vincent hatte sich mit der Reparatur so beeilt wie sonst nie. Jetzt, als er den Laden vor sich sah, verlangsamte er aber seine Schritte. Auf keinen Fall wollte er Stephen in die Arme laufen, schon gar nicht, nachdem er gesehen hatte, was der seiner Mutter verkauft hatte. Nein, er musste versuchen, Zarah allein anzutreffen und sie zu fragen, was sie wusste. Vielleicht konnte sie ihm mehr zu dem Ouroboros und der Halle erzählen.

Diesmal waren die blauen Neonbuchstaben über dem Eingang erloschen. Der Laden war geschlossen, obwohl das Schild an der Tür das Gegenteil behauptete. Vincent stand eine Weile unschlüssig unter der blau-weiß gestreiften Markise, auf die der Regen prasselte. Diesmal war auch keine Zarah hinter dem Schaufenster zu entdecken. Er wartete lange. Die feuchte Kälte, die der Regen mit sich führte, kroch ihm unter die Kleidung. Dann, als er gerade beschlossen hatte, wieder kehrtzumachen, tauchte ein Mann mit einem auffällig gepunkteten Schirm hinter ihm auf. Er war ungewöhnlich lang und dünn und seine dunkelblonden Haare fielen ihm offen über die Schulter. »Verzeihung, ich habe mich verspätet«, nuschelte er, während er Vincent nervös beiseiteschob, um die Tür aufzusperren.

»Das macht nichts«, erklärte Vincent. »Ich habe Zeit.«

Der Mann klappte den Schirm zu. »Da bist du aber eine Ausnahme.« Der Schlüssel klickte leise und die Tür öffnete sich mit einem leichten Geklingel. Er bedeutete Vincent, ihm zu folgen, während er seinen Schirm ausschüttelte und die Tür mit einem schnellen Fußtritt schloss. Für einen flüchtigen Moment sah Vincent eine Nummer auf seinem Kragen. Er war ein Twin. Ein ziemlich echtes Exemplar. Wohl einer mit Ironiefunktion und eingebautem Gefühlsdetektor. Bestimmt wahnsinnig teuer.

»Und was kann ich dir zeigen?«, fragte der Twin mit fröhlicher Stimme. »Interessierst du dich für die Quallen? Wir haben auch ein paar neue Wölfe hereinbekommen …« Er drehte sich um und musterte Vincent von oben bis unten. »Oder … vielleicht etwas aus der Sparabteilung?«

»Nichts von alledem«, sagte Vincent und sah sich um. Keine Spur von Zarah, aber auch zum Glück kein Anzeichen, dass Stephen hier sein könnte. Nur zwei Papageien ruckten mit den Köpfen und starrten auf ihn herab.

»Nichts?« Der Mann strich seine Haare nach hinten und sah Vincent spöttisch an. »Nichts ist aber ein bisschen enttäuschend, findest du nicht?«

Vincent zuckte mit den Schultern. »Wie man's nimmt.«

»Und was führt dich dann hierher?«

»Ich suche Zarah«, sagte Vincent.

»Oh«, sagte der Mann und sein Verkäuferlächeln erstarb auf der Stelle. »Wie kommst du darauf, dass sie hier sein könnte?«

»Na ja, ich dachte, sie arbeitet hier.«

»Arbeitet! Du bist lustig!« Der Mann lachte kurz auf. »Sagen wir lieber, sie kommt hierher, wenn sie sich langweilt.«

»Wenn sie nicht hier ist, wo finde ich sie dann?«, fragte Vincent. Der Blick des Verkäufers machte ihn nervös. Er war stechend und spöttisch zugleich und eine Wachsamkeit und Bedrohung lag in der Luft. »Was willst du denn von ihr?«

Vincent zog die Tasche mit der Libelle näher zu sich. »Das würde ich ihr gerne selbst sagen.«

»Das kannst du aber nicht, verstehst du?« Der Mann sah sich kurz um und schob dann einen Vorhang vor das Ladenfenster. Etwas Kleines flatterte neben ihm, es sah aus wie ein Kolibri – tatsächlich ein Kolibri in Neonfarben, gelb und grün, der im Dunkeln leuchtete und den Mann in einem irren Kreisel umschwirrte, bis der ungeduldig in die Hände klatschte. »Verschwinde! Husch! Husch!« Der Kolibri stob davon und verschwand in der Dunkelheit des Ladens, ein kleiner, farbiger Lichtpunkt, der kurz darauf erlosch. Das Gesicht des Mannes lag zur Hälfte im Schatten. Er hatte dunkelgrüne flinke Augen, die Vincents Kleidung mit Kennerblick studierten. »Du siehst nicht so aus wie Zarahs andere Freunde«, stellte er schließlich fest.

»Wie sind denn ihre anderen Freunde?«

»Reich.«

Vincent schwieg und starrte zurück. »Ich bin kein Freund. Und … es ist nicht privat … es ist … also eher geschäftlich.«

Nun, das stimmte nicht ganz, aber zum Teufel …

»Geschäftlich?« Der Verkäufer starrte ihn an.

»Ich muss sie sprechen wegen etwas … wegen etwas, das sie von mir kaufen wollte.«

»Ver – ste – he.«

Es folgte eine lange Stille, die nur ab und zu von dem Kratzen eines mechanischen Hamsters mit glühenden Augen auf dem Schrank unterbrochen wurde. Dann senkte der Mann die Stimme zu einem heiseren Flüstern, das Vincent nur verstehen konnte, als er sich dicht zu ihm vorbeugte. »Du bist es, nicht wahr?«

»Was meinen Sie?«

Der Mann holte Luft und musterte ihn ein zweites Mal. Dann huschte ein schlaues, wissendes Lächeln über sein Gesicht. »Du bist der Typ, der diese komischen Fragen stellt«, stellte er fest. »Ich habe schon von dir gehört!«

Und ehe Vincent begriff, was geschah, schnellte die Hand des Mannes vor und packte hart seinen Arm. Dafür dass er so dünn war, hatte er erstaunlich viel Kraft. Vincent sah ihn an und spürte einen plötzlichen Adrenalinstoß, wie ein Feuerball, der in seinem Kopf explodierte und ihm plötzlich Kraft verlieh. Schnell! Er drehte sich ruckartig um, verdrehte seinen Arm und befreite sich aus dem Griff. Der Twin wurde nach hinten geschleudert und Vincent nutzte den Augenblick zur Flucht.

»Haltet ihn auf!«, rief der Mann und klatschte in die Hände. Vincent hörte ein Sirren, dann tauchten plötzlich mehrere Kolibris vor ihm auf. Waren es zehn, fünfzehn? Sie sprühten Funken in allen Farben des Regenbogens und leuchteten wie ein Feuerwerk. Vincent wedelte sie weg, doch es wurden immer mehr und sie begannen mit spitzen Schnäbeln auf ihn einzustechen. Eine Schlange schnellte nach vorne, erhob ihr Haupt und ließ ihre Zunge im Maul hin und her zischeln. »Fang ihn!«, rief der Mann. Die Schlange riss ihr Maul auf und zeigte blitzende goldene Zähne. Vincent fischte einer der Gurkenfische aus dem Aquarium und warf ihn der Schlange in den Rachen, die mit einem scheußlichen Knirschen zu Boden ging, dann stieß er die Tür auf und stürzte in den strömenden Regen auf die Straße. Als er sich umdrehte, sah er den Mann vor sich, auf der anderen Seite kamen Passanten, die ihm den Weg versperrten. Wohin? Keine Chance, beiden auszuweichen!

Da fuhr mit quietschenden Reifen ein Auto zwischen sie wie ein pinkfarbener Blitz. Es schoss zwischen den Mann und Vincent. Die Beifahrertür flog auf und traf Vincent am Kopf. Weiße Blitze rasten durch sein Hirn.

»Oh … scheiße, scheiße, scheiße …«, rief eine Frau. »Es tut mir so leid!« Vincent hatte die Stimme schon einmal gehört, aber ihm fiel nicht ein, wo.

»Halten Sie ihn fest!«, schrie der Verkäufer und rannte zum Auto.

»Steig ein!«, befahl die Frau. »Schnell!« Vincent hielt sich den schmerzenden Kopf und warf sich auf den Beifahrersitz. Eine Frau mit blonden Haaren saß am Steuer eines Wagens, dessen Ausstattung eine geschmacklose Mischung aus Rosa und Gold war. Vincent befühlte die schmerzende Stelle zwischen seinen Haaren. Sie war feucht, nicht von Regen, nein, da war Blut an seinen Fingern. Das Auto fuhr mit einem ohrenbetäubenden Quietschen an, der Verkäufer war für einen Augenblick nicht zu sehen, aber da schwirrten kleine Vögel im

Regen. Keine echten Vögel. Es waren die Kolibris. Die Frau schloss die Fenster. Der erste mechanische Kolibri knallte gegen die Scheibe, sie fuhr auf die andere Straßenseite und verfehlte um Haaresbreite den Verkäufer, der panisch zur Seite sprang. Ein Schwall schmutzigen Wassers spritzte hoch. »Du schnallst dich besser an!«, rief die Frau und steuerte den Wagen scharf nach links. Da prallte der zweite Kolibri gegen den Seitenspiegel. Ein hässlicher Farbklecks aus Neongelb und Grün lief über die Scheibe. »Scheiße«, rief die Frau. »Scheiße! Ich habe es gestern erst geputzt! Ach, ich hasse solche Aktionen!« Sie fuhren weiter durch den Regen, die Tropfen wischten auf der Scheibe vorbei und vermischten sich mit den Kolibri-Farben. Vincents Herz klopfte langsamer und dann, als würde sein Kopf langsam aus einer Verwirrung aufwachen, konnte er auch endlich erkennen, wer da neben ihm saß.

Es war Delia.

16

»*Du*?«, fragte Vincent.

»Quirin hat gesagt, ich soll ein Auge auf dich haben.«

»Ein Auge?«

»Na ja, ich verfolge dich schon eine Weile. Hab heute Vormittag frei.«

»Ach so«, sagte Vincent. »Dann – äh – machst du das so hobbymäßig?«

Delia antwortete nicht, sondern schaltete den Scheibenwischer ein, der die Reste des mechanischen Kolibris gleichmäßig über der Windschutzscheibe verteilte. Das Glas färbte sich für eine kurze Weile in Regenbogenfarben, was Vincent das Gefühl gab, in einer riesigen Seifenblase zu sitzen, die über die Straße schwebte. Dann regnete es stärker und die Scheibe wurde wieder klar. Die Straßen waren menschenleer, nur ab und zu jagte die aufspritzende Wasserfontäne, die Delias Wagen erzeugte, einen verschreckten Fußgänger in die Einfahrten der hohen Häuser.

»Weißt du«, sagte Delia nach langer Zeit, »ich konnte Quirin noch nie was abschlagen.« Sie seufzte. »Selbst wenn es mich meine elende B-Seele kosten würde.«

»B? Dann solltest du dich nicht mit mir blicken lassen.«

Delia sah zu Vincent und hob eine Augenbraue. »Auch B?«

»Schlimmer«, sagte Vincent.

Sie schwiegen eine Weile und zu seiner großen Überraschung sah Vincent, dass Delia ein Lächeln nicht unterdrücken konnte. Sie schwiegen eine Weile und die Regentropfen zerplatzten auf der Scheibe.

»Und wohin fährst du jetzt?«, fragte Vincent.

»Zu dem langweiligsten Ort, den du dir vorstellen kannst«, sagte Delia und ließ eine Wasserfontäne hochspritzen.

***

Die Bibliothek im Keller des Instituts war schmuck- und fensterlos – in den hohen Stahlregalen standen tatsächlich noch Bücher. Kaum ein Mitarbeiter wusste, dass es hier unten neben den brummenden Serverräumen überhaupt eine Bibliothek gab, und dass sie überhaupt noch existierte, war einzig dem Umstand zu verdanken, dass es niemand über sich brachte, die Tonnen an verstaubtem Papier wegzuräumen. Die Luft war trocken, der Teppichboden musste wohl einmal rot gewesen sein und von oben leuchtete eine lange Neonröhre, die in silberne Lamellen eingefasst war und die Quirin, Delia und Vincent in ein seltsam violettes Licht tauchte. Das Licht bekam Quirin nicht gut, seine Haut schimmerte grünlich und er sah so aus, als würde er jeden Moment umfallen. Vincent war froh, dass es hier nichts gab, in dem er sich spiegeln konnte, denn wahrscheinlich würde er nicht besser als

Quirin aussehen. Er drückte ein feuchtes Tuch auf seine pochende Nase. Dort, wo ihn die Tür von Delias bonbonfarbenem Auto getroffen hatte, war sein klopfendes Herz zu spüren, so als ob es in der Nase säße und nicht in seiner Brust. Nur Delia schien das Licht eher hübscher zu machen, es ließ ihr schmales Gesicht noch feiner aussehen, wie Porzellan, und es gab ihren wasserstoffblonden Haaren ein geheimnisvolles Leuchten. So wie sie auf dem Stuhl saß, den Kopf auf die rechte Hand gestützt, den Arm auf der Lehne, sie könnte geradewegs aus einem Gemälde entstiegen sein. Sie musterte Vincent, der sich staunend zwischen den Büchern umsah. »Das letzte Mal, dass hier einer ein Buch ausgeliehen hat, war wahrscheinlich im vorigen Jahrhundert.«

Er zog eines der Bücher aus dem Fach, was beträchtlichen Staub aufwirbelte und bei Quirin einen Niesanfall verursachte.

»Ich hasse diesen Papierkram!«, murmelte er.

»Tut mir leid!« Vincent blies die Staubflocken in die Luft und schob das Buch wieder zurück.

»Dafür ist es der einzig sichere Ort im ganzen Institut«, bemerkte Delia.

»Richtig«, fügte Quirin hinzu und schnäuzte sich in ein überdimensioniertes Taschentuch. »Hier vermutet uns wirklich keiner!«

»Wie habt ihr mich überhaupt gefunden?«, fragte Vincent.

»Ich habe ein bisschen zu dem Mädchen mit der Libelle recherchiert und herausgefunden, dass ihr und ihrem Vater der Copypet-Laden in der Sophienstraße gehört.«

»Aha.«

Quirin räusperte sich. »Ich habe mir gedacht, dass du dorthin gehen würdest. Also habe ich mir die Überwachungskamera der Sophienstraße auf mein Handy geschaltet.«

»Du hast *was*?«

»Na ja, es gibt ein Programm, das das kann. Es ist, wie soll ich sagen …«

»Es ist nicht legal«, warf Delia ein. »Er hat es von mir.«

Vincent sah zwischen den beiden hin und her.

»Ich habe es gefunden, als ich wissen wollte, wer vor der Tür steht«, sagte Delia. »Es ist ganz praktisch, wenn man am Empfang sitzt und sich die Überwachungskameras der Umgebung zuschalten kann.«

»Und du kannst das?«, fragte Vincent.

»Es gibt eine Firma, die da nicht besonders gut aufpasst.« Delia lächelte ihn unschuldig an.

»Jedenfalls haben wir dich verfolgt, als du heute aus der Haustür gegangen bist«, erklärte Quirin.

»Du kannst auch die Kamera vor meiner Haustür sehen?« Vincent starrte Delia an.

»Ich sag ja, die Firma, die diese Kameras herstellt, hat keine besonderen Schutzmaßnahmen ergriffen«, warf Delia ein.

»Und *du* hast das gehackt?«

Delia atmete einmal kurz durch. »Ja, *ich*! Die kleine Maus von der Rezeption. Stell dir vor!«

»Nun, äh …«, begann Vincent und kratzte sich am Kopf.

Delia lehnte sich zurück. Sie hatte eine glitzernde Kette, die im Licht kurz aufblitzte, und Vincent konnte nicht sagen, ob sie nun eher wütend oder resigniert aussah. »Mein Sozialpunktestand war nicht gut genug, um als Programmiererin genommen zu werden. Also habe ich mich am Empfang beworben. Von irgendwas muss man ja leben.«

»Sie ist eigentlich besser als ich«, fügte Quirin hinzu. »Ich weiß das, wir haben zusammen studiert.«

Delia warf Quirin einen kurzen dankbaren Blick zu, dann wandte sie sich wieder an Vincent. »Wie gesagt: Ich hatte Zeit. Quirin rief mich vorhin an, als er gesehen hatte, dass du wieder in den Laden gingst.«

»Immerhin war es Stephens Laden. Und wir waren uns nicht sicher, ob du wieder heil herauskommst«, erklärte Quirin. »Aber hier bist du jetzt sicher.«

»Und was machen wir hier?«, fragte Vincent und sah sich um. Vor ihnen war ein verstaubter Monitor und hinter ihnen standen die Regale mit den Büchern wie schweigende Riesen in der Dunkelheit. Immer noch schwebten große Staubflocken von dem herausgezogenen Buch zu Boden.

»Wir müssen mit dir über dieses Zeichen sprechen«, sagte Delia leise.

»Welches Zeichen?«

»Der Ouroboros.« Delia senkte die Stimme, als ob noch jemand im Raum wäre.

Vincent starrte sie an. »Woher …?«

»Sie hat deine Aufzeichnungen gesehen«, sagte Quirin schnell.

Vincent blinzelte ihn überrascht an. »Ich dachte, die hättest du gelöscht.«

»Nun, äh …«, begann Quirin.

»Er hat die auf dem Backup-Server vergessen. Ich habe sie bei meinem letzten Sicherheitscheck entdeckt«, unterbrach ihn Delia. »Ich wusste nicht, dass es deine Erinnerungen waren.«

»Dann hast du alles andere auch gesehen?«, fragte Vincent leise.

Delia machte eine kleine Pause, bevor sie antwortete. »Ja. Also. Ich habe sie zwischengespeichert und dann gelöscht.«

»Zwischengespeichert?« Täuschte er sich oder wurde sie ein bisschen rot?

»Nicht so wichtig. Jedenfalls sind deine Bilder bei mir sicher.«

Vincent starrte sie an. »So sicher wie Quirins Versprechen, alles zu löschen?«

Delias Augen waren hell und stechend. »Du kannst uns vertrauen. Sonst säßen wir nicht hier.«

Vincent blickte zu Delia und Quirin. Er kannte sie schon lange, aber nun hatte er plötzlich das Gefühl, nur ihre Fassade gekannt zu haben, nur das, was sie nach außen hin darstellten. Delia mit ihren Glitzerpullis und Quirin in seinen ausgewaschenen T-Shirts. Sie waren ein völlig ungleiches Paar, sie arbeiteten beide für das Institut, das er seit vielen Jahren besuchte. Eigentlich kannten sie sich kaum. Und doch hatten sie ihn gerettet und jetzt saßen sie zusammen in der Bibliothek, einem Geheimnis auf der Spur, das sie alle um mindestens einen Buchstaben nach unten befördern konnte. Oder Schlimmeres.

»Okay«, sagte er schließlich. »Ich vertraue euch.«

Delia legte den Kopf schief und grinste. »Bleibt dir auch nichts anderes übrig, oder?«

Vincent zuckte mit den Schultern. »Also, was ist nun so Besonderes an dem Schlangenzeichen?«

Delia drehte sich zu Quirin. »Sind wir wirklich sicher hier unten?«

»Ich habe alles überprüft. Hier kann uns keiner hören.«

»Okay.« Sie wandte sich wieder an Vincent. »Dieses Schlangenzeichen, der Ouroboros, war das geheime Erkennungszeichen einer Gruppe von Leuten, die sich die *Maschinenstürmer* nannten.«

Vincent zuckte zusammen.

»Etwa die, die den Friedensengel gesprengt haben?«

Delia schüttelte den Kopf. »Das waren sie nicht. Das hat man ihnen nur in die Schuhe geschoben.«

»Warum bist du dir da so sicher?«

»Weil es überhaupt nicht zu ihnen passt. Sie hätten sich niemals so ein Ziel ausgesucht. Ihre Ziele waren Serveranlagen oder Programme. Einmal haben sie den Internetknotenpunkt in Frankfurt für Tage lahmgelegt, indem sie die Server in die Luft gejagt hatten.«

»Aber es waren Leute, die Technik generell ablehnten?«, fragte Vincent.

Delia schüttelte den Kopf. »Man hat versucht, sie später so darzustellen, aber wenn man genauer hinsieht, dann waren es nur Leute, die sich gegen bestimmte Formen von Ausbeutung wehrten. Im neunzehnten Jahrhundert waren es Handwerker aus England, die Webstühle zerstört haben, um gegen ihre schlechten Arbeitsbedingungen zu protestieren. Die Maschinenstürmer aus unserem Jahrhundert wehrten sich gegen neue KI-Anwendungen, wie sie Mitte der Zwanzigerjahre entwickelt wurden und über die niemand mehr Kontrolle hatte.

»Und du meinst, Stephen gehörte zu ihnen?«

Delia nickte. »Ich halte das für sehr wahrscheinlich. Vielleicht gehört er ja auch nur zu ihrem Umfeld.«

Quirin schüttelte den Kopf. »Und dieses Zeichen haben sie riesengroß auf ein Hallendach gepinselt? War das nicht riskant?«

»Nur die Eingeweihten wussten von dem Zeichen. Sie konnten es also so groß hinpinseln, wie sie wollten. Außerdem: Wenn man etwas verbergen will, dann ist es am besten, es offensichtlich zu machen, oder?«

»Dann war diese Halle so was wie ein Treffpunkt?«, fragte Vincent.

»Genau das glaube ich. Immerhin hat deine Mutter dort die Bombe bekommen.«

Vincent zuckte bei Delias letzten Worten zusammen. Sein Kopf schmerzte. Er sah den Sprengsatz vor sich, den seine Mutter annahm. Die dunkle Halle. Stephen, der viel jüngere Stephen, der ihr etwas erklärte.

»Und wenn Stephen zu den Maschinenstürmern gehörte, dann war meine Mutter auch eine von ihnen?«

»Genau das glaube ich«, murmelte Delia.

Vincent lehnte sich zurück. Etwas in seinem Gehirn machte klick. Wie eine vage Ahnung, eine Vermutung, die von weit her zu kommen schien. Er fühlte die neugierigen Blicke der anderen auf sich und ihm wurde klar, dass sie wahrscheinlich dachten, dass er überraschter gewesen wäre. Aber das war er nicht. »Stephen hat so was angedeutet«, sagte er. »Er sagte, dass ich niemals einen besseren Punktestand als C bekommen würde, wenn man bedenkt, was meine Mutter getan hat.« Er zog seinen Rucksack zu sich heran und holte daraus das Schlangenkästchen hervor.

»Der Ouroboros!«, rief Delia erstaunt aus.

»Ja, aber das ist nicht alles!« Vincent öffnete mit ein paar geschickten Bewegungen, die Quirin aufmerksam verfolgte, die Trickbox, holte den Zettel heraus, faltete ihn auf und legte ihn auf den Tisch. Die Buchstaben sahen fahl aus im Neonlicht.

»Was ist das?«, fragte Delia in die aufkommende Stille.

Vincent räusperte sich. »Das ist von meiner Mutter.« Delia steckte die Haare hinter die Ohren und beugte sich über den Zettel. Ihre Augen wanderten flink über die Zeilen.

Fürchte dich nicht!
Nichts ist verloren
Dein Anfang ist ihr Ende
Dein Ende ihr Anfang
Und der Zugang in deiner Erinnerung

Delia sah auf den Zettel und dann zu Vincent. »Das hat sie dir hinterlassen?«

»Ich habe es vor ein paar Tagen erst gefunden.«

»Gibt es noch mehr, was sie geschrieben hat?«

»Das war alles, was in der Schachtel war.«

Quirin nahm den Zettel. »Es sieht aus wie eine Art Rätsel.«

Delia knetete die Unterlippe zwischen Daumen und Zeigefinger. »Ich glaube, es ist eher so was wie eine Handlungsanweisung. Eine verschlüsselte Handlungsanweisung. So etwas wie eine Flaschenpost aus der Vergangenheit«, fügte sie hinzu.

Vincents Herz klopfte.

»Aber wenn es eine Botschaft ist, warum hat deine Mutter sie dann in ein Rätsel gepackt?«, fragte Quirin. »Sie hätte ihm doch auch einfach sagen können, was er tun sollte.«

»Sie konnte sich nicht sicher sein, ob nicht jemand anderes die Botschaft gelesen hatte. Deshalb spielte sie auf die Erinnerung an. Nur Vincent selbst hat sie im Kopf.« Delia starrte Vincent an, der sich plötzlich auf eine seltsame Weise durchleuchtet vorkam. »War das der Grund, warum du wolltest, dass Deep Thought dir deine Erinnerungen zeigt?«

Vincent nickte. »Ich wollte wissen, was es mit diesem Zugang auf sich hat.«

»Aber der Zugang zu was?«, fragte Quirin verständnislos.

Vincent hob die Schultern. »Das ist es ja. Ich habe keine Ahnung!«

Vincent hörte, wie Delia tief die Luft einsog. »Also …«, begann sie vorsichtig. »Ich habe da eine Idee. Vielleicht ist es verrückt, aber … es gibt ein Gerücht, dass es den Maschinenstürmern gelungen war, in die *Simulation* einzudringen.«

Vincent sah sie verwirrt an. »In die Simulation? Was für eine Simulation?«

»Eine Art Paralellwelt. Sie entstand Mitte der Zwanziger. Damals gab es schon von vielen mechanischen Gegenständen und Maschinen das digitale Gegenstück. Man hat dann damit angefangen, diese digitalen Zwillinge miteinander zu vernetzen.«

»Wozu?«, fragte Vincent.

»Damit man mit ihnen Versuche machen konnte. Virtuelle Testreihen, in denen man die Wirklichkeit nachbaute und sah, wie sie auf Veränderungen reagierte. Am Anfang gab es noch Zugänge zu dieser Parallelwelt. Aber die wurden nach und nach geschlossen.«

Vincent beugte sich gespannt nach vorne. »Wer hat sie geschlossen?«

»Die Simulation selbst. Sie wurde immer eigenständiger. Fast wie ein eigenes Wesen.«

Ein eigenes Wesen? Wo hatte Vincent das schon einmal gehört?

»Woher weißt du das alles?«, fragte er.

Delia seufzte leise. »Vor zwei Jahren sollte ich eine Seminararbeit über die Geschichte der Maschinenstürmer schreiben. Das Komische war: Je länger ich recherchiert habe, desto weniger Nützliches konnte ich finden. Es sah so aus, als ob alle Artikel voneinander abgeschrieben wären. Irgendwann hatte ich das Gefühl, online nicht weiterzukommen. Also ging ich in Bibliotheken und kramte alte Zeitschriften heraus.« Sie schnippte eine Staubflocke von ihrem Ärmel. »Schließlich fand ich einen Beitrag über die Simulation. Es war seltsam, denn es war das Einzige, was darüber zu lesen war.«

»Ich habe auch noch nie davon gehört«, bemerkte Quirin.

»Alles, was es dazu gab, existiert nur noch in gedruckter Form«, erklärte Delia. »Der Rest ist gelöscht.«

»Also, was war nun mit den Maschinenstürmern?«, fragte Vincent.

»Ich kam darauf, dass die Maschinenstürmer vor allem gegen die Simulation kämpften. Sie hielten sie für gefährlicher als alles andere.«

»Aber warum?«

Delia seufzte und ließ ein paar Sekunden verstreichen. »Sie dachten, dass diese Simulation eines Tages das Leben auf der Erde auslöschen wird.«

Vincent konnte nicht anders. Er musste lächeln. »Klingt wie eine ziemlich wilde Verschwörungstheorie.«

Delia sah ihn ernst an. »Genau das habe ich erst auch gedacht. Nur als ich weiterrecherchiert habe …« Sie schluckte kurz. »Jedenfalls bin ich auf einen merkwürdigen Zusammenhang gestoßen.«

»Was für einen Zusammenhang?«

Delia machte eine kleine Pause, wie um sich zu sammeln. »Irgendwann versuchte die Simulation nicht nur die Maschinen zu erfassen, sondern auch die organische Welt … also Pflanzen, Tiere, Menschen. Und das Seltsame war …« Sie stockte kurz. »Jedes Mal wenn es eine neue Nachbildung gab, war plötzlich das, was abgebildet wurde, verschwunden.«

Vincent schüttelte den Kopf. »Verschwunden? Wie meinst du das?«

»Tiere zum Beispiel. Immer wenn ein neues Copypet-Tier

auf den Markt kam und in die Simulation eingefügt wurde, waren die Bestände der echten Tiere dezimiert und bald darauf ausgerottet.«

Vincent starrte sie an. »So wie die Katzen?«

Delia nickte. »Richtig, die Katzen. Das ist mit ihnen passiert. Kaum gab es mechanische Katzen, fielen die echten Katzen diesem Virus zum Opfer, der sie fast ganz ausrottete. Aber – es fing schon vorher an. Erst starben die Insekten. Damit weiterhin Nutzpflanzen bestäubt werden konnten, hat man nach und nach die echten Bienen durch künstliche Bienen ersetzt. Das war aber nur der Anfang. Nach den Insekten kamen die Fische. Jetzt gibt es Fische nur noch von Copypet.« Delia blickte die anderen an und machte eine kleine Pause, um die folgenden Worte besser wirken zu lassen. »Es ist fast so, als ob diese Simulation die ganze organische Welt ersetzen wollte.«

»Einschließlich der Menschen?«, fragte Vincent.

Delia legte den Kopf schief. »Wie viele Twins sind dir in letzter Zeit begegnet?«

Vincent sah sie ungläubig an. »Ist das … na ja – findest du das nicht ein wenig extrem?«

Delia sah ihn an. »Extrem? Das Problem ist, dass es nicht plötzlich geschah, sondern sich nach und nach alle daran gewöhnt haben. Wenn man vor zwanzig Jahren prophezeit hätte, dass es in wenigen Jahren keine Haustiere mehr geben würde, dann hätten alle aufgeschrien. So aber tauchte plötzlich Copypet auf und die Leute haben sich an die mechanischen Tiere gewöhnt, ohne die anderen zu vermissen.«

Es folgte eine lange Stille. Alles in Vincent sträubte sich gegen das, was er da gehört hatte. Vielleicht war Delia verrückt? Oder vielleicht übertrieb sie einfach gern?

»Und was ist aus deiner Seminararbeit geworden?«, fragte er schließlich.

Delia seufzte. »Gar nichts. Ich habe sie nie zu Ende geschrieben. Nachdem ich anfing, zu dieser Arbeit zu recherchieren, ist mein Punktestand rapide gesunken. Bei jeder Suchanfrage. Dreihundert, vierhundert Punkte. Erst hatte ich keinen Zugang mehr zu den Rechnern an der Uni. Dann kam ich mit meinem Transponder nicht mehr in das Gebäude hinein. Schließlich wurde ich vom Studium ausgeschlossen. Wegen asozialen Verhaltens mit einem einfachen B! Ich habe mein Studium mit einer AA-Seele angefangen und wurde mit einem B hinausgeworfen. Und das alles innerhalb von einem halben Jahr! Quirin hat in der Zwischenzeit sein Studium abgeschlossen und hier einen Platz bekommen. Er hat mich für den Job am Empfang vorgeschlagen.« Delia lehnte sich zurück. Ärger zeichnete sich in ihrem Gesicht ab und noch etwas anderes, das hinter dem Ärger hindurchschimmerte: Verzweiflung.

Quirin schob seine Brille hoch. »Und dann haben wir hier unten eine Verschlüsselung eingerichtet, sodass wir weiter nachforschen können. Hier unten haben wir die einzig sichere anonyme Verbindung.« Er kratzte sich an der Stirn. »Also, meistens forscht Delia, um ehrlich zu sein.«

Vincent zögerte und sah Delia an. Sie sah eigentlich nicht verrückt aus. Eher wie jemand, der verzweifelt und zu allem entschlossen war. »Sagt euch UTwin etwas?«, fragte er schließlich.

Delia schüttelte den Kopf. »Warum fragst du?«

»Weil mein Punktestand auch um fünfzig Punkte gefallen ist, nachdem ich diesen Namen eingegeben hatte.«

»Und was soll das sein?«, fragte Quirin überrascht.

»Eine Firma. Als ich das erste Mal bei Stephen war, erzählte er, dass meine Mutter dort gearbeitet hatte.«

»Ich dachte, sie wäre hier am Institut gewesen«, warf Quirin ein.

»Nein, sie scheint das Institut verlassen zu haben und war dann das letzte Jahr vor dem Unfall dort.«

Delia beugte sich neugierig nach vorne. »Und was hat deine Recherche ergeben? Ich meine, außer dass dein Punktestand gefallen ist.«

»Das ist es ja. Es war nichts zu finden.«

»UTwin, UTwin ...«, murmelte Quirin. Dann drehte er sich zu dem Rechner und kippte den verstaubten Monitor nach vorne. »Wollen wir doch mal sehen ...«

Die Tastatur klang klapprig. Eine veraltete Suchwebsite erschien. Dann dauerte es eine Weile, ein Kreis drehte sich und die Sekunden schienen sich ins Unendliche auszudehnen. Nur das Rauschen der Lüftung über ihnen war zu hören.

»Da!« Delia richtete sich auf und deutete auf den Bildschirm, auf dem ein Logo erschien. Vincent biss sich auf die Lippe. Das Logo war seltsam und altmodisch. Es sah aus wie ein Himmelskörper, der im All trieb und auf dem sich nur eine einzige Stadt mit hohen spitzen Häusern befand. Diese Stadt wurde nach unten gespiegelt. Die gleiche Stadt – nur auf dem Kopf. Es sah auf eine verschrobene Weise altmodisch aus. Wie ein alter Kupferstich, den Vincent mal in antiquarischen Büchern entdeckt hatte. So wie man sich die Welt vorstellte, bevor man sie vermessen konnte.

Quirin tippte weiter. Zögerte und versuchte es noch einmal. Dann lehnte er sich zurück. »Wisst ihr, was das Problem ist? Ich komme hier gar nicht weiter. Es gibt nur noch dieses Bild der Startseite.«

»Und was hat das zu bedeuten?«, fragte Vincent.

»Es gibt kein UTwin mehr. Die Firma ist längst aufgelöst.«

»Wann?«

»Moment … Diese Seite wurde im Herbst 2050 vom Netz genommen.«

»Wann war der Flugzeugabsturz, bei dem deine Mutter ums Leben kam?« Delia sah Vincent erwartungsvoll an.

»Im Frühjahr 2050.«

»Ziemlich genau ein halbes Jahr davor«, stellte Delia fest.

»Du siehst da einen Zusammenhang?«, fragte Vincent leise.

Delia starrte ihn an. »Gute Frage, sehr gute Frage! Vielleicht hatte UTwin was mit der Simulation zu tun. Und vielleicht ist dieses Flugzeug ja nicht zufällig abgestürzt.«

Es war eine Weile totenstill. Vincent schnappte kurz nach Luft. Wenn er nach oben sah, dann sah er kleine durchsichtige Blasen und seine Ohren summten. Es musste an dieser Luft hier in der Bibliothek liegen. Ja, die Luft war einfach zu trocken. Er rutschte auf dem grünen Rohrstuhl herum, während Quirin nicht wagte hochzusehen und weiter die Tasten bearbeitete. »Ich seh mal, ob ich noch ein paar Bilder finde.«

»Hast du eine Liste mit Mitarbeitern?«, fragte Delia.

»Das ist alles gelöscht.«

»Keine Namen?«

»Nein, ich kann nichts finden. Warte mal …« Quirin klickte sich durch verschiedene Seiten. »Hier habe ich zumindest ein Foto.«

Vincents Augen flogen über das Bild. Es zeigte eine bunt gemischte Truppe, die sich an einer Hauswand aufgestellt hatte. Vier Männer in Kapuzenjacken standen lässig an die Mauer gelehnt. Die beiden äußeren hatten ein Bein leicht abgewinkelt, mit dem sie sich an der Mauer abstützten. Drei davon hatten dichte Bärte, so wie es vor zehn Jahren wohl modern gewesen war. Ein anderer war glatt rasiert. Dazwischen standen drei Frauen. Eine sehr große blonde Frau und daneben eine mit roten Haaren, die in der Sonne leuchteten. Sie lächelte nicht, sondern sah ernst in die Kamera.

Vincent schluckte. Im Hintergrund konnte er eine elegante Frau in einem langen lila Trenchcoat entdecken. Sie erinnerte ihn an jemanden, aber er konnte nicht genau sagen, an wen. Bevor er noch darüber nachdenken konnte, klickte Quirin zurück zu einem anderen Foto. Es zeigte ein quadratisches schwarzes Gebäude, in dem sich unten drei riesige graue Garagentore befanden, darüber waren sechs Stockwerke mit großen Glasfenstern. »Hier ist es«, rief Quirin. »Seht ihr! So sah UTwin von außen aus.«

»Wie eine Autoreparaturwerkstatt«, bemerkte Delia.

»Nur der untere Teil, oben ist alles verglast!«

»Und … von wann ist die Aufnahme?«

»2049.«

»Okay.«

»Gibt es das Gebäude jetzt noch?«, fragte Vincent.

Quirin fuhr einen Zeitstrahl entlang, der als roter Pfeil oben an der Menüleiste zu sehen war. Das Haus verschwand, eine Baustelle wurde sichtbar.

»Alles abgerissen. Das ganze Areal wurde ein Neubaugebiet. Hier, es ist nichts mehr zu sehen.«

»Wann ist das passiert?«

»Letzten Monat. Sie haben alles plattgemacht.«

Vincent starrte auf das Bild. Dort, wo sich vor fast zehn Jahren die Garage befand, war nun nur noch eine Mondlandschaft zu sehen. »Kann man reinsehen?« Sein Mund fühlte sich trocken an.

»Warte!« Quirin zoomte durch das Fenster. »Ich hab hier ein paar ganz gute Aufnahmen vom Inneren.« Er klickte und ein Bild erschien auf dem Schreibtisch. »Hey, sogar hier in 3-D!«

Er ließ das Bild laufen und steuerte mit einer virtuellen Kamera durch den Raum, in dem sich große Schreibtische mit riesigen, veralteten Bildschirmen befanden. Sogar ein Tischkicker stand am hinteren Ende, zusammen mit einem Schlagzeug. Die Garage war menschenleer, aber es lagen noch Dinge auf den Schreibtischen. Papier, angebissene Sandwiches …

»Halt mal an!«, sagte Vincent. Auf einem der Tische befand sich ein Briefbeschwerer, in dem ein blau schillernder Schmetterling zu sehen war. Ein Himmelsfalter in einer gläsernen Halbkugel.

»Den habe ich mal meiner Mutter geschenkt«, murmelte er.

»Dann ist das ihr Schreibtisch!« Quirin ließ langsam die Kamera über die Tischplatte laufen, aber bis auf ein paar Blätter und Stifte war nichts zu sehen.

Delia hatte sich weit vorgebeugt und den Kopf in ihre Hände gestützt. »Wartet mal!«, rief sie plötzlich. Ihre Stimme klang aufgeregt.

»Es gibt einen Zusammenhang!«, murmelte sie.

»Einen Zusammenhang?« Quirin sah überrascht hoch.

»Einen Zusammenhang zwischen UTwin und den Maschinenstürmern. Fahr mal kurz zurück. Da! An die Wand!«

»Du meinst das Poster hinter dem Tischkicker?«

»Genau das«, pflichtete Delia ihm bei. »Gib uns das mal größer!«

Quirin zoomte das Poster näher. Es zeigte den Jahrmarkt von oben. Das Riesenrad war zu sehen, andere Fahrgeschäfte,

Schießbuden und Verkaufsstände und – Vincent hielt kurz die Luft an – ganz deutlich auf dem Hallendach das Ouroboros-Zeichen.

»Was steht dadrunter?« Delia beugte sich noch weiter nach vorne.

»Kommt gleich«, murmelte Quirin. Schließlich, verpixelt und unscharf, zeichneten sich die Buchstaben unter dem Luftbild deutlich ab:

Vergnügungspark LANIAKEA, Atelierstraße 1. Geöffnet: Di–So 10:00–22:00 Uhr.

17

Wenig später saßen sie in Delias bonbonrosa Auto, das sich tapfer durch den Nachmittagsstau quälte. Das Wetter war sogar noch schlechter geworden. Hagel prasselte auf die Scheibe, die innen von Atemluft beschlagen war. Delia lehnte sich in ihrem Sitz zurück, während das Auto anfuhr und stoppte, nur ab und zu beugte sie sich nach vorne, um einen kleinen Fluch auszustoßen oder auf die Hupe zu drücken, um die Autos vor ihr zu vertreiben. »Wie kann es eigentlich sein, dass du die Atelierstraße nicht kennst?«, fragte sie ihr Navigationsgerät, das während der ganzen Zeit auffällig geschwiegen hatte. »Ich habe zu der Straße keine Angaben«, antwortete ihr eine sanfte, männliche Stimme. »Daher muss ich davon ausgehen, dass sie nicht existiert.«

»Es gab sie aber in einer alten TwinEarth-Version«, beharrte Delia.

»Das mag schon sein«, erklärte die Stimme geduldig. »Aber bei mir ist sie nicht gespeichert.«

Delia seufzte und zeigte dem Fahrer des Autos auf der anderen Fahrspur eine eindeutige Geste, was Quirin, der hinter ihr saß, dazu brachte, ein bisschen tiefer in seinen Sitz zu rutschen.

»Dann sag uns wenigstens, wo die Atelierstraße früher zu finden war!«, setzte sie nach.

»Ich gehe davon aus, dass es keine Atelierstraße gibt, also kann ich zu ihr auch keine Informationen liefern«, erklärte das Navi ruhig.

»Klingt logisch«, warf Quirin beschwichtigend ein.

Delia rollte mit den Augen. »Aber wie erklärst du dir dann, dass es in einer alten Version von TwinEarth diese Straße gegeben hat?«

Das Navigationsgerät schwieg eine Weile, was so wirkte, als würde es nachdenken.

»Tut mir leid, mir liegen zu dieser Straße …«, begann es schließlich.

Delia schlug mit der Hand auf das Armaturenbrett. »Wenn du schon keine Ahnung hast, dann halt wenigstens die Klappe!«

Das Navigationssystem schwieg eine Weile, und als es wieder sprach, klang seine Stimme schon fast verzweifelt. »Aber wohin soll ich dann fahren?«

»Quirin! Schau mal hier in meinem Rucksack. Ich habe extra eine Karte mitgenommen.« Delia deutete neben sich auf ein kleines glitzerndes Ding.

»Eine … äh … Karte?«, fragte Quirin.

»Aus Papier, sehr nützlich!«, erklärte Delia.

Während das Navi weiter schwieg, wühlte Quirin in Delias Rucksack und zog ein silbernes Ei daraus hervor. »Was machst du denn mit einem Holoei?«

»Ich hab nur ein paar Sachen abgespeichert«, murmelte Delia.

»Was für Sachen?«, fragte Quirin.

»Egal!«, sagte Delia. Vincent konnte zu seiner Überraschung sehen, wie sie plötzlich rot wurde. »Es muss in einem Nebenfach sein, schau da mal nach!«

Quirin murmelte etwas Unverständliches und förderte schließlich einen vergilbten Stadtplan zutage, auf dem in altmodischer roter Schrift *München* stand.

»Im hinteren Teil gibt es ein Straßenverzeichnis und dann suchst du die Straße nach dem Quadranten aus!«

»Aha«, murmelte Quirin und versuchte, den Plan zu öffnen, was sich als wirklich schwierig gestaltete, da der Plan sowohl von oben nach unten als auch von rechts nach links gefaltet war.

»Soll ich mal?«, bot sich Vincent an. Quirin reichte ihm mit einem dankbaren Blick den Plan und Vincent blätterte im Straßenverzeichnis.

»Also. Ich fahre nun einfach immer geradeaus«, sagte das Navi. »Wenn mir keiner was sagt, dann fahre ich geradeaus.«

»Gute Idee!«, sagte Delia. »Echt schlau!«

Vincent ließ seine Augen über das Straßenverzeichnis gleiten. »Atelierstraße! Ich hab sie! Komisch, dass diese Straße im Navigationssystem nicht mehr gespeichert ist!«

»Und das ist keine Ausnahme«, sagte Delia und wandte sich um. »Ich weiß das erst, seit ich auch die alten Papierkarten benutze. Viele Straßen sind bei TwinEarth nicht mehr zu finden.«

»Nicht mehr zu finden? Aber warum?«, fragte Vincent, während er versuchte, den Faltplan so aufzuklappen, dass er den Quadranten finden konnte.

»Es gibt immer mehr Dinge, die bei TwinEarth nicht mehr auftauchen«, erklärte Quirin. »Straßen, Häuser, ganze Wohngebiete. Mittlerweile kann man sich die Anonymität kaufen. So, wie man nicht mehr über die Suchanfragen erscheint.«

»Und ihr glaubt, dass UTwin das gemacht hat? Sich das Vergessen erkauft?«, fragte Vincent.

»Genau das«, sagte Delia.

»Ist geradeaus noch in Ordnung? Schließlich weiß ich immer noch nicht, wohin ich fahren soll«, unterbrach sie das Navi. Täuschte sich Vincent oder klang seine Stimme schon etwas vorwurfsvoll?

»Ich übernehme selbst«, erklärte Delia. »Du kannst dich ausschalten.« Sie beugte sich nach vorne und umklammerte das Lenkrad.

»Aber … wer lotst euch dann?«, fragte das Navi.

»Ein Stück Papier.«

»Darf ich darauf hinweisen, dass …«, begann die Navistimme.

»Aus-schal-ten!«

»Wenn du meinst.« Das Navi seufzte. Es folgte eine lange Pause, dann hörte man ein Klicken. Vincent suchte draußen die Straßenschilder und verglich die Namen mit denen auf der Karte. »Du musst nach rechts – glaube ich«, sagte er. Delia bremste und bog scharf nach rechts ab. Vincent verfolgte die Straße mit dem Finger und gab dann neue Anweisungen. Nach einer Weile – vor allem nachdem er begriffen hatte, wie man den Plan auffalten konnte, ohne sich in ihm zu verheddern – machte ihm auch das Lotsen Spaß. Auf dem Weg in die alte Atelierstraße überquerten sie die Isar und kamen an Gegenden vorbei, die er nie zuvor gesehen hatte. An manche Straßen meinte er sich zu erinnern. Er hatte sie schon einmal bei TwinEarth gesehen. Aber hier in der Wirklichkeit waren sie ganz anders. Er wunderte sich, wie trist und grau sie aussahen. Die Läden hatten keine leuchtenden Werbeschilder und es gab kaum Waren in den Schaufenstern. Das lag sicher daran, dass keiner mehr darin einkaufte, sondern nur noch die Dinge abholte, die er vorher bestellt hatte. Und so wie die Besitzer der Läden darauf verzichteten, ihren Geschäften ein buntes und aufregendes Äußeres zu geben, so wenig legte man auch bei den umliegenden Häusern Wert darauf, die Fassaden herauszuputzen. Das Ergebnis war, dass die Wirklichkeit fast überall grauer und ernüchternder war als bei TwinEarth. Nachdem sie ungefähr eine halbe Stunde gefahren waren, wurden die Straßen immer enger und schlechter, bis Vincent sie am Ende auf eine schmale, an den Rändern unbefestigten Straße führte, die neben stillgelegten Bahngleisen entlangführte. Eine riesige Solaranlage wischte am Fenster vorbei und die Gleise wurden breiter und verschwanden schließlich in einem riesigen alten Glasgebäude.

»Das ist ein alter Bahnhof«, sagte Quirin. Hinter dem Gebäude und den Gleisen lag eine Brache, die sie umfuhren. Vincent lotste sie durch eine Unterführung, an deren Ende eine lange, mit Graffiti übersäte Mauer stand. »Sie haben Ihr Ziel erreicht«, sagte Vincent. Delia drehte sich um und lächelte ihn an. Sie brachte das Auto mit einem kurzen Ruck zum Stehen. Es goss in Strömen, und so blieben sie alle sitzen und starrten durch die nasse Scheibe nach draußen. Quirin blickte auf sein Handy und das TwinEarth-Programm, dann auf die Fabrikgebäude und wieder zurück. »Eigentlich sollte hier eine Wiese sein.«

»Komische Wiese«, brummte Vincent.

Das Auto stand vor einer Ansammlung düsterer lang gezogener Fabrikhallen aus dem letzten Jahrhundert. Die Hallen waren aus Backstein gemauert, teilweise notdürftig mit Wellblechdächern gedeckt, die Fensterscheiben eingeworfen oder gar nicht vorhanden.

Quirin wischte an der beschlagenen Windschutzscheibe. »Also, einen Vergnügungspark habe ich mir anders vorgestellt.«

»Wie denn?«, fragte Delia.

»Irgendwie mit mehr Vergnügen.«

»Die Idee war, hier seine Freizeit zu verbringen«, erklärte Delia. »Mit Fahrgeschäften und so. Bevor die Leute das alles nur noch in den Spielen machen wollten.«

Vincent sah sich um.

»Und was machen wir jetzt hier?«, fragte Quirin.

»Na ja, wir gehen rein, oder?«, sagte Delia und zog einen durchsichtigen Schirm mit bunten Quasten aus der Rückbank. Sie stiegen aus und stapften einen schlammigen Weg entlang zu einem hohen Drahtzaun, der das Gelände umgab. Vincent sah nach oben. Das Gitter war zwischen zwei hohen Drahtpfosten aufgespannt, dort, wo normalerweise die Kameras saßen. Aber diesmal konnte er keine erkennen.

»Ich glaube, hier gibt es nicht viel zu überwachen«, sagte Delia, die seinem Blick gefolgt war.

»Und ich sehe auch keinen Eingang«, rief Quirin, der den Zaun entlangging.

»Zeit zu klettern!«, meinte Delia. Quirin schob sich die nassen Haare aus der Stirn. »Also, dann mal los«, murmelte er und fing an, den Zaun hochzuklettern, der sich unter seinem Gewicht ein wenig bog. Vincent und Delia folgten ihm. Der Draht war scharfkantig und schon nach einigen Minuten schmerzten Vincent die Finger. Am leichtesten kam Delia voran, sie hatte den Schirm zugeklappt, ihn nach hinten in ihren Glitzerrucksack gesteckt und zog sich nun scheinbar mühelos am Gitter hoch. Sie war auch die Erste, die auf der anderen Seite ankam und dort auf den Kiesweg sprang.

Hier wirkte das Gelände völlig verlassen. Es schien schon eine gute Weile her zu sein, dass es jemand betreten hatte. Gras wucherte auf den Wegen, der Regen fiel auf verrostete Fahrräder und alte Autoreifen, die an die Wände gelehnt waren. Die Eisenkonstruktion des Riesenrads war von Efeu überwuchert und zwischen den Streben steckten leere Vogelnester. Wasser schoss aus den Fallrohren, die es neben der Halle von der Dachrinne nach unten leiteten. Es verwandelte das Gras in eine gigantische grünbraune Pfütze und rann in eine riesige leere Baugrube, deren Boden mit herabgefallenen Zweigen und Laub bedeckt war. Die Seitenwände waren aus blau gestrichenem Beton, vom dem die Farbe abplatzte. Während Vincent sich noch überlegte, was hier wohl hochgezogen werden sollte, war Delia schon zu einer großen Fabrikhalle neben der Grube gegangen. Vincent folgte ihr und blieb plötzlich stehen.

Jemand hatte Sterne, Kometen und Galaxien auf ihre Mauern gesprüht. Delia sah auf ihr Handy, dann wieder nach oben. Schließlich lachte sie leise. »Seht mal!«

Vincent deutete nach oben. Über der Tür befand sich ein Schriftzug. Verwitterte rote Leuchtbuchstaben, die in einem Halbkreis ein Wort bildeten.

LANIAKEA

»Der unermessliche Himmel«, bemerkte Quirin.

»Was sagst du da?« Vincent starrte ihn an.

»Das ist das, was es bedeutet. Der unermessliche Himmel. Auf Hawaiianisch. Stand im Übersetzungsprogramm.«

»Ich weiß nicht, ob uns das hier weiterbringt«, murmelte Delia.

Vincent sah auf die roten Buchstaben über dem Eingang. Bei manchen war das Glas eingeschlagen und die LED-Leuchten darunter lagen frei. Er stellte sich vor, wie sie aussahen, als sie noch funktionierten. Ein gebogener roter Schriftzug, das Versprechen auf Spaß und Vergnügen für alle, die hier durchgingen. Ihm war, als hörte er ihre aufgeregten Stimmen, die sich mit der Musik des Rummels mischten. Das war lange her. Jetzt war es ein Tor in die Vergangenheit.

18

Ein unterdrücktes Flüstern riss Vincent aus seinen Gedanken. Quirin rüttelte an der schweren Eisentür, doch sie ließ sich nicht öffnen. »Ich versuche es mal da!«, sagte Delia und ging zu einem Fenster, das sich ungefähr in Höhe ihres Kopfes befand. Sie pufft Quirin in die Seite. »Heb mich mal hoch!« Quirin sah sie zuerst verwirrt an, doch dann verstand er und formte mit verschränkten Händen eine Leiter, in die Delia stieg. Vincent stand in einigem Abstand daneben und beobachtete die beiden. Delia schien leicht wie ein Floh zu sein, zog sich mühelos an dem Fenstersims hoch und versuchte, durch das Fenster zu spähen.

»Und?«, fragte er.

»Ich kann nichts sehen«, flüsterte Delia. »Es ist völlig dunkel.« Sie nahm einen Stein und schlug die Glasscherben, die in dem Fensterrahmen geblieben waren, heraus, um unverletzt durch das Fenster klettern zu können. Vincent hörte nur einen dumpfen Laut, als sie auf der anderen Seite der Mauer aufkam.

»Huh, hier ist es pechschwarz!«, rief Delia aus dem Inneren der Halle.

Wenig später hörten Vincent und Quirin metallische Geräusche, woraus Vincent schloss, dass sie mit einem Hebel hantierte. Dann öffneten sich mit einem durchdringenden Quietschen die beiden Tore und gaben den Blick frei auf das Innere der Halle. Ein Sog ging von dem Inneren aus. Als ob das Gebäude lebendig wäre und sie einsaugen wollte. Es war dunkel und still, nur das Wasser gluckerte draußen in den Regenrinnen. Als sie eintraten, wurden sie von dunklen Wesen umschwirrt. »Fledermäuse!«, rief Quirin. Vincent wedelte mit der Hand, um die Tiere zu vertreiben. Mit jedem Schritt schien der geheimnisvolle Sog zuzunehmen und Vincent fragte sich, ob die anderen wohl genauso empfanden.

»Es ist komisch hier, findet ihr nicht?«, sagte Quirin leise.

»Und was hat man hier gemacht?«, fragte Delia.

»Ich habe keine Ahnung«, erklärte Vincent. Er fasste sich an den Kopf und zog ein paar klebrige Fäden von den Haaren. Spinnweben. Kurz darauf konnte er große Maschinen erkennen, die lang gezogene Schatten auf den Boden warfen.

»Vielleicht … irgendwas aus deiner Erinnerung?« Delia sah ihn an. Vincent schüttelte den Kopf. »Nein, nicht hier drinnen.« Er fuhr mit dem Finger über etwas, das an einer Art Garderobe hing und aussah wie eine Rüstung aus Plastik. Als sich seine Augen an die Dunkelheit gewöhnt hatten, konnte er sehen, dass es nicht nur diese Rüstung gab, sondern Hunderte. Manche hingen an der lang gezogenen Garderobenstange, andere waren auf den Hallenboden geschmissen. Über jeder lag zentimeterdick der Staub.

»Was ist das hier?«, fragte Delia.

»Das war das Konzept, bevor es anständige Mindsets gab«,

erklärte Quirin und hob einen der Anzüge hoch. Eine Maus lief mit einem erschreckten Quieken über seine Füße. »Du hast so einen Anzug angezogen und eine dieser Brillen.« Er deutete auf die Brillen, die in einer Reihe hingen. Vincent nahm eine von dem Haken und setzte sie sich auf. Sie war klobig und schwer. »Du siehst sehr lustig aus«, bemerkte Delia.

»Und damit lief man dann durch diese Gänge?«, fragte Vincent und deutete auf ein Labyrinth an Stellwänden, das sich kreuz und quer durch die Halle zog.

Quirin nickte. »Man hat die Mauern in echt gefühlt und sie waren in dem Spiel einprogrammiert.« Er zog an einem der Seile, die von der Decke baumelten.

»Lianen«, murmelte er.

»Und was ist das?« Delia ging zu einer kreisförmigen, vergitterten Maschine, die aussah wie ein riesiger Ventilator. »Eine Windmaschine! Fantastisch!«

»Seht mal, hier gibt es Schienenwagen. Wohl für Achterbahnfahrten. Und hier«, rief Quirin aufgeregt, »ein Flight Simulator!«

»Ein was?« Vincent starrte auf eine Maschine, die aussah wie ein Fitnessgerät.

Quirin legte sich auf die Maschine, zwängte die Knie in die dafür vorgesehenen Polster und legte die Arme auf zwei Stützen. Seine Hände umschlossen je einen Knauf. »Darauf hat man sich gelegt und es sollte sich dann so anfühlen, als ob man fliegt. Jetzt nur noch die Brille aufsetzen und los geht's!«

Delia lachte und drehte die Windmaschine in seine Richtung. »Und hier gibt es den Wind dazu!« Dann nahm sie einen der Anzüge in die Hand und ließ ihn auf den Boden fallen. »Früher war das sicher sehr teuer und jetzt ist es nur noch ein Haufen Schrott.«

»Hey, kommt schnell!«, rief Quirin, der sich aus dem Flight Simulator herausgezwängt hatte und nun den hinteren Teil der Halle inspizierte. »Da ist was. Hier bei der Treppe!«

Vincent und Delia folgten Quirins Stimme zu einer Treppe mit einem eisernen Handlauf, die in den oberen Teil der Halle führte. »Hier ist ein Schild! Warte!«, sagte Delia und putzte mit dem Ärmel den Staub von einem quadratischen Blech. Sie zückte ihr Handy und ließ sein Licht auf die Buchstaben fallen.

Laniakea – Sonderbereich. Zutritt nur für Personal!

Vincent spürte, wie ein kurzer Schauer seinen Rücken hinunterlief. Er sah auf das Eisengitter und die Treppenstufen vor ihm und fühlte sich plötzlich so, als wäre er selbst mitten in seiner Erinnerung. Der Sog, den er vorher schon verspürt hatte, wurde so gewaltig, dass er Vincent an das Gefühl erinnerte, springen zu wollen, wenn man aus großer Höhe nach unten sah. Ein Schwindel, der einem in die Knie fuhr. »Komm, lasst uns nach oben gehen!«

Delia lächelte ihn an. Aber auch ihr Lächeln sah gequält aus. Wahrscheinlich empfand sie das Gleiche wie er. Vincent folgte den anderen und sein Unbehagen wuchs mit jedem Schritt. Im oberen Stock folgten sie dem Pfeil und liefen einen Gang entlang, der innen um das Gebäude herumführte und durch den man die gesamte Halle überblicken konnte. Die Anzüge und Maschinen sahen von hier oben so aus, als hätte hier einmal eine Schlacht stattgefunden.

»Hier sind wir!«, murmelte Quirin. Sie standen vor einer schlichten Tür, auf der *Laniakea – Sonderbereich. Zutritt verboten!* stand. Daneben gab ein kreisrundes Fenster Einblick in den dahinterliegenden Raum. Vincent zuckte zusammen. Es musste dieses Fenster gewesen sein, durch das Zarah und er Stephen und seine Mutter beobachtet hatten. Er starrte durch die verstaubte Scheibe, doch innen war es völlig dunkel. Für einen Moment hatte er das Gefühl, dass Zarah hier war, neben ihm, doch das verschwand schnell wieder. Das lag in der Vergangenheit, in der er sich auf Zehenspitzen hatte stellen müssen, um durch das runde Fenster zu blicken.

Delia drückte auf die Klinke. »Es ist offen!«, rief sie überrascht und öffnete die Tür. Das Zimmer vor ihnen lag in fast völliger Dunkelheit. Nach einer Weile konnte Vincent sehen, dass ein wenig Licht durch das Gewebe schwarzer Vorhänge fiel, die sich rechts von ihnen befanden. Delia trat ein und schob sie zurück. Das trübe Tageslicht erhellte einen langen Tisch aus gefrostetem Glas, um den mehrere mit Leder bezogene Sessel gruppiert waren. An der Stirnseite befand sich ein großer alter Computermonitor, zu dem ein Kabelwirrwarr führte.

»Was ist das hier?«, fragte Quirin.

»Ich habe keine Ahnung«, murmelte Delia. »Sieht so aus wie ein Konferenzraum.«

»Ich weiß nicht. Mit dem Riesenmonitor in der Mitte?« Vincent drückte an dem Lederpolster eines Stuhls. »Aber wenigstens sind die Stühle bequem.«

Quirin sah hinter den Monitor und hantierte hinten mit dem Kabel herum. »Wenn wir Glück haben, funktioniert er noch!«

»Du meinst, wir haben hier Strom?«, fragte Delia und sah sich um.

»Wenn er von dem Solarfeld kommt, dann schon!« Quirin suchte nach einem Einschaltknopf und alle zuckten zusammen, als ein langer und durchdringender Tusch ertönte. »Ja!« Quirin sah die anderen triumphierend an. »Schaut euch das mal an!«

Der Tisch begann plötzlich von unten zu leuchten. Durch die Milchglasscheibe waren grüne blinkende Kreise erkennbar, die sich an jedem Platz vor den Sesseln abzeichneten. Vincent fasste auf die kühle Oberfläche. Rillen wurden sichtbar und ein Teil der Platte klappte auf. Darunter lag ein breiter, gebogener Metallstreifen, der an den Seiten grün glühte. Vincent zog ihn heraus und drehte ihn in seinen Händen. »Das sieht aus wie eines der Mindsets, die meine Mutter Stephen gegeben hatte.«

Ja, das war ein Mindset. Nur dass es ungewöhnlich breit war und einen altmodisch geformten Bügel hatte, mit dem man es hinter die Ohren zog. Quirin nahm es ihm aus der Hand. »Vier Mindsets«, murmelte er. »Und wo ist das fünfte?«

»Was für ein fünftes?«, fragte Delia.

Quirin ging an dem Monitor vorbei zu einem Bild, das eine alte Kathedrale zeigte. Er hängte es vorsichtig ab und dahinter kam der Tresor zum Vorschein. »Wir haben in Vincents Erinnerungen fünf Mindsets gesehen. Vier davon sind hier, aber eines fehlt.«

»Du meinst, es ist in dem Tresor?«, fragte Vincent.

Quirin nickte. Er tippte sich kurz an die Stirn und drehte dann langsam an den Rädchen. Alle warteten gespannt. Nach einer Weile konnte er tatsächlich die Tür aufziehen. »Na bitte!«, murmelte er.

»Woher hast du die Kombination?« Delia sah ihn mit offenem Mund an.

Quirin zuckte mit den Schultern. »Das war das, was dieser Stephen in Vincents Erinnerung eingegeben hatte.«

»Und du hast dir das gemerkt?« Sie blickte ihn staunend an.

Quirin grinste. Dann griff er mit der Hand in den Safe. Er zögerte. »Aber hier ist nichts. Es ist leer.« Er zögerte. »Nein, wartet.« Er zog einen kleinen gelben Zettel heraus. Delia und Vincent gesellten sich zu ihm und starrten neugierig auf das rechteckige gelbe Papier in seiner Hand. »3507«, murmelte Delia. »Und sonst steht da nichts?«

Quirin drehte den Zettel um und schüttelte den Kopf.

»Das hilft uns jetzt nicht weiter, oder?«

»Nein, nicht wirklich.« Quirin zuckte mit den Schultern. Dann fiel sein Blick auf den Monitor. »Aber seht mal! Wir haben ein Bild!«

Vincent ging mit Delia um den Bildschirm herum, auf dem nun eine Landschaft zu sehen war. Eine Wiese mit grünem Gras, darüber wölbte sich ein grauer Himmel, über den ab und zu Vögel zogen. Der Himmel war mit dem Himmel identisch, der draußen zu sehen war. Ein Regenhimmel, hellgrau unten am Horizont, darüber eine dunkelgraue Schicht, aus der in Schlieren der Regen strömte. Zwischen den Gräsern führte ein ausgetretener Pfad zum Horizont, der in einer weißen Nebelschicht mit dem Himmel verschwamm. Alles war in ganz ungewöhnlich scharfer Auflösung und wirkte völlig dreidimensional. So als könnte man jeden der einzelnen Grasbüschel mit Händen greifen.

»Mir kommt das so bekannt vor«, murmelte Delia.

»Es ist genauso wie auf TwinEarth«, bemerkte Quirin.

»Wie auf TwinEarth?« Delia starrte ihn an. Dann zog sie ihr Handy heraus und rollte den Monitor auf. »Du hast recht!«, rief sie überrascht aus und sah von der Oberfläche ihres Handys zum Monitor. »Es zeigt genau das gleiche Bild.«

Quirin hob sein Mindset hoch. »Nur dass wir jetzt in das Programm hineingehen können. Das hier ist die Welt, wie sie auf dem Kartenprogramm ist.«

Delia fuhr mit dem Finger über den Monitor und hinterließ

eine Spur im Staub. »Wenn es das ist, was Vincents Mutter Stephen gegeben hat? Wenn man mit diesen alten Mindsets in die Simulation kommt?«

Quirin ließ sich langsam auf einen der dicken Ledersessel sinken. »Aber wie kam Vincents Mutter dazu? Wie konnte sie diese Zugänge beschaffen?«

»Meint ihr, UTwin hatte etwas mit der Simulation zu tun?«, fragte Vincent. Es war ein Gedanke, der ihm plötzlich in den Kopf geschossen war.

»Wie kommst du darauf?«, fragte Delia.

»Erinnert ihr euch an das Logo? Die Welt, die genau nachgebildet wurde. Wie bei einem Spiegel.«

Sie schwiegen und starrten auf die karge Landschaft. Das Gras bog sich unter dem Wind und auf die Büschel fielen Regentropfen. »Sie wollte, dass ich da reingehe. Ich sollte darin etwas finden«, murmelte Vincent.

»Du solltest den Zugang finden«, präzisierte Quirin.

»Ja, den Zugang …« Vincents Blick verlor sich in dem Bild auf dem Monitor. Ein gewundener Pfad, der im Nebel verschwand. Er starrte auf seine Hände. Das platinfarbene Metall des Mindsets leuchtete ihm entgegen. Etwas daran kam ihm seltsam vor, ohne dass er sagen konnte, was es war. Es reichte jedenfalls, um ein unheimliches Gefühl in ihm aufsteigen zu lassen. Etwas, was aus einer ihm unbekannten Tiefe nach oben schwappte. Da war er wieder, dieser Sog. »Ich muss es versuchen«, sagte er schließlich. »Ich werde reingehen!«

»Du hast keine Ahnung, wohin es dich führt«, gab Delia zu bedenken. »Und ganz ehrlich – ich würde einen Teufel tun und dieses Ding hier aufsetzen. Es gehört in ein Museum und nicht auf deinen Kopf.«

»Findest du das nicht ein bisschen ängstlich?« Quirin drehte den Bügel in seinen Händen. »Was wir hier haben, sind die Anfänge der Bewusstseinsstromtechnik. Wir können quasi in der Zeit reisen und so in diese Anwendung reingehen wie die Leute vor acht Jahren.«

»Wir wissen weder, was diese Mindsets mit uns machen, noch, nach was wir suchen sollen, und wir haben keine Ahnung, wohin wir gehen. Das sind mir ein paar Unbekannte zu viel«, erklärte Delia und schüttelte den Kopf. »Außerdem könnte es eine Falle sein.«

»Was für eine Falle?«, fragte Quirin.

»Keine Ahnung. Vielleicht möchte jemand, dass wir genau hier hineingehen.«

»Und wer soll dieser Jemand sein?«,

Vincent kniff die Augen zusammen. »Wenn ich erfahren will, warum meine Mutter sterben musste, dann bleibt mir nichts anderes übrig. Vielleicht gibt es hier eine Spur. Irgendetwas, das mich zu ihr führt. Und ich werde es nicht erfahren, wenn ich nicht hineingehe.«

Er betrachtete den Bügel in seiner Hand. Er war kupferrot aus feinem, sehr biegsamem Draht. Wahrscheinlich Platin. So wie die Schrauben bei Copypet. Er fühlte mit den Fingerspitzen an den Knöpfen am Ende, die so aussahen wie winzige Kopfhörer. Sie vibrierten leicht und er zuckte zurück, als hätte er einen Schlag bekommen. Dann sah er auf den ausgetretenen Pfad zwischen den Grasbüscheln. Etwas, jemand, wartete dort auf ihn.

Fürchte dich nicht!

»Ich muss es zumindest versuchen«, murmelte er.

»Und ich komme mit …«, erklärte Quirin.

Delia zögerte. Sie schien mit sich zu ringen. »Ich bleibe hier und nehme euch das Mindset ab, wenn es brenzlig wird.«

»Du bleibst draußen?« Quirin sah sie enttäuscht an. Delia zuckte mit den Schultern und kramte in ihrem Rucksack herum, von wo sie winzige Ohrknöpfe zutage förderte und sich einen davon ins Ohr steckte. »Keiner weiß, was mit euch dort passiert. Es wäre besser, wenn zumindest einer hierbleibt!« Sie warf Vincent und Quirin einen der Ohrknöpfe zu. »Hier! Das ist für euch. So können wir noch kommunizieren.«

»Interkomms?«, fragte Quirin.

»Ja. Nehmt einen mit. Wenn ihr sagt, dass ihr rauswollt, dann setze ich einfach euer Mindset ab. Okay?«

»Du meinst, wir kommen nicht mehr von selbst raus?«, fragte Quirin leise.

Delia schluckte. »Es ist eine Technik, die wir nicht kennen. Eine ziemlich alte Technik. Wer weiß, was euch erwartet.«

Vincent schluckte und betrachtete Delia. Sie sah sehr ernst aus. Ihr schmales, herzförmiges Gesicht wirkte angespannt. Ihre Haare standen nach allen Seiten ab und gaben ihr so etwas wie einen goldenen Heiligenschein. Sie deutete auf den Bildschirm vor sich. »Ich sehe, wo ihr seid. Außerdem muss jemand aufpassen, was in der Halle passiert.«

Sie schwiegen und starrten auf das Monitorbild. Ein Schwarm schwarzer Vögel zog am Horizont vorbei.

»Alles klar!«, sagte Vincent.

Delia sah ihn und Quirin an. »Viel Glück!«, flüsterte sie. Da geschah es. Quirin nahm sie etwas ungeschickt in den Arm. Dann setzte er sich mit hochrotem Kopf wieder auf die Bank. »Also denn …« Er räusperte sich, nahm den Bügel und starrte Vincent an. »Gehen wir?«

Vincent nickte. Der Bügel war kühl in seiner Hand. Er spürte, wie sein Herz klopfte. Dann nahm er ihn in beide Hände und setzte die beiden Dioden an seine Schläfen.

19

Ein scharfer Schmerz zuckte durch Vincents Stirn. Als hätte ihn jemand mit der Nadel gestochen, und er musste für einen Moment die Augen schließen.

Es war definitiv anders als bei einem neuen Mindset, bei dem er nur Sekunden brauchte, um in einem Spiel zu sein, und bis auf einen leichten Schwindel nichts spürte. Nein, das war ganz anders. Er fiel, rauschte in einem ungeheuren Tempo nach unten. Sein Magen zog sich zusammen, sein Puls beschleunigte sich. Er wollte etwas sagen, seinen Mund öffnen, aber er spürte, dass er das nicht mehr konnte. Er konnte keinen Laut mehr von sich geben, nicht einmal mehr schreien. Alles, was er spürte, war, dass er fiel. Tief, tiefer … nach unten in einen Schacht. War da ein Luftzug? Luft, die ihn streifte, und ein Rauschen, das immer lauter wurde … schneller und schneller … Die Luft pfiff an ihm vorbei. War das normal? Hatte er dieses Mindset – oder was auch immer es war – falsch herum aufgesetzt? Er wollte mit seinen Händen danach greifen, aber er hatte keine Hände mehr, keine Arme. Keinen Körper. Er sah an sich hinunter, aber auch hier konnte er nichts mehr erkennen, weder die Hände, die er glaubte auszustrecken, noch seine Beine. Er war körperlos geworden. Ein Gedanke? Blitze zuckten durch sein Gehirn, grelle bunte Blitze, die in bizarren Formationen aufleuchteten wie ein Gewitter. Diese Blitze – waren sie außen? Oder waren sie nur innen in seinem Kopf? Aber was war innen und was war außen? Er spürte, wie ihm heiß wurde und dann kalt. Und dann – erstarb das Pfeifen, der ganze Lärm um ihn herum …

Stille.

Kein Rauschen. Kein Fallen.

Dafür ein Körper, den er spürte.

Wie lange hatte das alles gedauert? Fünf Sekunden? Fünf Minuten?

Keine Ahnung. Vincent tat einen tiefen Atemzug und sog feuchte Luft ein. Er spürte einen leichten Wind, der ihm um die Wange strich, und Regentropfen wie winzige prickelnde Nadelstiche auf seiner Haut. Der Boden unter ihm war weich und seine Hände strichen über nasse Gräser.

Los, öffne die Augen!

Vincent blinzelte. Tatsächlich! Er befand sich in der Landschaft, die vorhin auf dem Monitor zu sehen gewesen war. Er saß im Gras, die grünbraunen Büschel erstreckten sich bis zum Horizont. Dort war auch die weiße Nebelwand, zu der ein ausgetretener Pfad im Gras führte. Über ihm wölbte sich ein weiter grauer Himmel und es nieselte. Er fuhr sich über die Haare. Sie waren plötzlich länger als vorhin. Und – er trug kein Mindset mehr. Neben ihm saß Quirin, er hatte die Augen noch geschlossen.

»Vincent?«

»Delia? Bist du das?« Er fasste sich an das Ohr. Komisch. Das Interkomm war verschwunden. Aber woher kam die Stimme? Sie schien von irgendwo aus dem grauen Himmel zu kommen. Als würde jemand von oben mit ihm sprechen.

»Ah, du kannst mich hören! Super!« Ja, es war Delia. Delia, die aus irgendeiner mysteriösen Ferne mit ihm sprach.

»Du klingst wie Gott«, sagte er und sah nach oben. Ein paar dunkle Wolken zogen über den bleigrauen Himmel.

Delia lachte leise. »Und du Erdenwurm? Wie ist es? Ich meine, wie fühlt es sich an?«

Vincent horchte auf. Da war mehr als bloße Neugier in ihrer Stimme! Wahrscheinlich wäre sie auch gerne hier unten gewesen. Unten? Nun, wo auch immer er war. »Es ist …«, begann er, während er sich langsam hochrappelte. »Na ja, die Reise war ziemlich scheußlich.«

»Scheußlich?«

»Jedenfalls war es früher kein Spaß, ein altes Mindset aufzusetzen. Wirklich nicht.«

»Aber wie ist es *dort*?«

»Sehr … echt.« Vincent sah sich um. Ja es war echt. Echter, als er es sich je hatte vorstellen können. Alles war klarer und deutlicher, als er es aus Computerspielen kannte. So als ob er im echten Leben kurzsichtig wäre und jetzt plötzlich eine Brille bekäme, mit der er alles scharf sehen konnte. Das Gras zu seinen Füßen war ungewöhnlich klar gezeichnet, sodass man jeden Grashalm einzeln sehen konnte. Der Himmel über ihm schien zwar durchgehend grau, aber doch gab es in ihm unterschiedliche Farben, ein rosabraun und ein gelbliches Grau an den Rändern. Selbst die winzigen Wassertropfen auf seinem Arm schillerten. Sein Körper war ihm vertraut. Er trug ein ganz normales graues T-Shirt und eine zerfranste Jeans. Er sah so aus, wie er sich vor ein paar Monaten für seine Online ID hatte scannen lassen. Dies war sein üblicher Avatar. Und doch war etwas anders. Als er mit den Händen an seine Stirn fasste, erstarrte er.

»Delia?«

»Ja?«

Sein Herz klopfte und er versuchte, seine Gedanken zu ordnen. »Ich kann nichts mehr spüren, also ich spüre nicht, ob ich das Mindset noch aufhabe. Selbst wenn ich mich konzentriere.« Es war nichts Neues, in zwei Körpern zu stecken. Je nachdem wie man sich konzentrierte, konnte man entweder seinen Avatar fühlen oder sich wieder in seinen wirklichen Körper begeben. Nur hier war etwas anders. Ganz anders ... »Das heißt ...« Vincent zögerte, denn der Gedanke war so ungeheuerlich. »Ich kann das Ding auch nicht mehr absetzen!« Sein Herzschlag beschleunigte sich. »Wie ... wie kommt man dann hier wieder raus?«

»Okay«, antwortete ihm Delia. Auch ihre Stimme klang überrascht. »Mach dir keine Sorgen. Wenn es so weit ist, setze ich euch die Mindsets ab und ihr seid wieder hier.«

»Klingt gut!« Vincent sog die kühle Luft der Simulation ein. »Kannst du mich trotzdem mal schütteln?«

»Dich in echt?«

»Ja, ich will sehen, was passiert. Ob ich etwas spüre.«

»Okay«, sagte Delia. »Warte!«

Vincent sah nach oben. Er schloss die Augen und versuchte, sich seinen anderen Körper vorzustellen. Sich selbst in dem bequemen Polstersessel. Sonst klappte das immer.

»Und?«, fragte Delia nach einer Weile.

»Was hast du gemacht?«

»Ich habe dich geschüttelt und dann in den Arm gezwickt.«

Vincent schluckte und versuchte die Panik, die in ihm aufkam, zu unterdrücken. »Da war nichts. Ich habe nichts gespürt. Nicht das kleinste bisschen.« Ein unheimliches Gefühl kroch in ihm hoch. Normalerweise merkte man auch in einem Computerspiel, wenn jemand einen in der wirklichen Welt berührte. Hier zu sein und seinen Körper gar nicht mehr zu spüren war ziemlich unheimlich.

»Ja, das kann ich verstehen«, sagte Delias Stimme.

»Hmm?« Vincent sah verblüfft nach oben.

»Ich verstehe, dass du das unheimlich findest.«

»Habe ich das gesagt?«

»Nein, aber gedacht. Das macht das Interkomm. Es übersetzt mir deine Gedanken in Sprache. Geniales Ding, oder?«

»Mhmm.«

»Ob du denkst oder etwas sagst, ist jetzt also das Gleiche. Und du kannst mich übrigens nur hören, weil ich dieses Interkomm in dein Ohr gepflanzt habe. Also in dein echtes Ohr.«

Vincent fasste sich an die Ohren. Dort war nichts. Natürlich nicht.

Neben ihm begann sich Quirin zu rühren. Er hatte die ganze Zeit über reglos im Gras gesessen. Unzählige kleine Wassertropfen hingen in seinen verstrubbelten Haaren. Jetzt schlug er die Augen auf.

»Willkommen in der Simulation!« Delias Stimme klang vom Himmel.

Quirin stand langsam auf und sah nach oben. »Wo kommst du denn her?«

»Ich bin in deinem Ohr und ich kann deine Gedanken lesen.«

»Das wird ja immer besser«, brummte Quirin und streckte sich. Sein Avatar war eine Spur dünner als der wirkliche Quirin und trug ein seltsames lila T-Shirt, auf dem in pinken Buchstaben *Ich bin nicht eingebildet, mich gibt es wirklich* stand. Auch er sah so aus, als ob der Übergang nicht gerade ein Vergnügen gewesen war. Dunkle Schatten lagen unter seinen Augen.

Vincent strich sich die nassen Haarsträhnen aus der Stirn. »Ich würde vorschlagen, wir gehen einfach hier lang.« Er deutete auf den schmalen Weg zwischen den Grasbüscheln. »Sieht so aus, als wären da schon vorher Menschen gelaufen.«

Einzelne dunkle Wolken zogen über den Himmel und die schweren Wassertropfen hatten sich in feinen Sprühregen verwandelt. Der gewundene Pfad wand sich durch die Wiese und verlor sich in einer weißen Nebelwand.

»Ich hoffe, dieser Weg führt uns in einen Unterschlupf. Ich bin schon ganz nass«, rief Quirin nach einer Weile. »Hast du eine Ahnung, warum sie das Wetter in die Simulation eingebaut haben?«

»Ich schätze, weil die Maschinen auch auf Regen und Schnee reagieren müssen«, sagte Vincent, während er durch die Pfützen stapfte. Seine Schuhe hatten sich schon mit Wasser vollgesogen. Der Wind fuhr ihm durch die Haare und er hatte eine Gänsehaut. Unter seinen Füßen war der Pfad, ein steiniger Weg, der durch die einheitliche Grasdecke führte.

»Wenn es hier in der Simulation eine Wiese gibt, dann ist der alte Vergnügungspark nicht mehr abgespeichert«, rief Quirin.

»Scheint so. Dann ist es der ideale Ort, um sich zu verstecken, wenn man nicht von der Simulation erkannt werden will.«

»Aber warum haben das die Macher der Simulation eingebaut?«

»Vielleicht wollten sie das? Sich verstecken.«

»Aber wovor?«

Vincent starrte auf den Weg vor sich. Er hatte das Gefühl, an immer den gleichen Stellen vorbeigekommen zu sein. Wie ein Muster. Etwas, das man einfach dupliziert hatte, um den Weg länger zu machen. Der Himmel wurde nun ein klein wenig heller, an manchen Stellen riss die durchgehende graue Wolkendecke auf und ließ ein winziges Fleckchen hellblauen Himmel durchscheinen. Ein Schwarm dunkler Vögel kam angeflogen. Sie wirkten klein und winzig in der Ferne.

Vincent legte den Kopf in den Nacken. »Was machen diese Vögel hier? In der Simulation gibt es doch keine lebendigen Wesen.«

»Dann müssen das Copypet-Tiere sein.«

Vincent beschirmte seine Augen mit der flachen Hand. »Ich dachte, Copypet stellt nur Haustiere her.« Als die Vögel näher kamen, konnte Vincent erkennen, dass es Raben waren. Fünf Raben, die sie erst in großer Höhe umkreisten, bevor sie tiefer flogen. Ihre metallischen Schwingen sausten durch die Luft. Einer flog so tief, dass sein Flügel ihn streifte. Vincent wehrte ihn mit dem Arm ab. Der Rabe flog wieder hoch und starrte Vincent dabei an. Für eine Sekunde glaubte er Kameralinsen in den dunklen Augen entdeckt zu haben. »Wir müssen schnell zum Nebelfeld«, flüsterte Quirin neben ihm. »Dort können sie uns nicht sehen!«

Sie hasteten den Pfad entlang, bis zäher weißer Nebel ihre Beine umgab, schließlich ihre Hüften und sie dann ganz einhüllte. Die Raben verschwanden. Nur noch ihr Krächzen war durch die weiße Nebelwand zu hören. »Vincent?«, fragte Quirin.

»Hier, neben dir!«, rief Vincent.

»Und jetzt? Ich kann noch nicht einmal den Pfad erkennen.«

Vincent konnte Quirins Atem neben sich hören. »Ahhh!« Quirins Stimme hallte durch den Nebel. Gefolgt von einem metallisch klingenden »Plong«.

»Was ist?«, fragte Vincent.

»Ich bin gegen etwas gestoßen.«

Vincent ging zur Seite und sah durch die Nebelschwaden Quirin, der vor einer großen Wand stand.

Nein, es war keine Wand.

Es war ein riesiger Spiegel.

Er war mindestens dreimal so groß wie Vincent und ungefähr genauso breit. Auf eine seltsame Art erinnerte er ihn an den Kippspiegel, der bei ihnen im Bad stand. Es war ein merkwürdiger Gedanke. Vincent trat näher, berührte den Rahmen und drückte ihn nach unten. Ihre Avatare starrten ihnen mit erstaunten Gesichtern von der Spiegeloberfläche entgegen. Und da war noch etwas an dem Spiegel, das Vincent verwirrte und das er so noch nie zuvor gesehen hatte. Die Oberfläche war nicht starr, sondern sie bewegte sich. Sie ließ den Spiegel wie ein tiefes Wasser erscheinen. Er wirkte wie ein See, den man senkrecht gestellt hatte und in dem man sich spiegeln konnte. Vincent bückte sich und hob einen Stein auf, um ihn gegen die Oberfläche des Spiegels zu werfen. Er erwartete, dass der Stein mit einem leisen Klicken auf die Oberfläche treffen und abprallen würde. Doch der Stein verschwand und hinterließ kreisrunde Wellen, als hätte man ihn ins Wasser geworfen. Jetzt warf auch Quirin einen Stein und auch er verschwand im Wasser und verursachte noch größere Wellen, die sich mit den kleineren mischten.

»Wohin gehen diese Steine?«, fragte Vincent.

»Ich weiß es nicht«, flüsterte Quirin.

»Gehen sie in die wirkliche Welt?«

»Das ist Quatsch«, rief Delia von oben. »Ihr seid in einem Computerprogramm, weiter nichts. Dieser Spiegel ist einfach gut programmiert.«

»Es fühlt sich nur alles so echt an«, erklärte Vincent.

Er starrte Quirin an, der sich immer noch im Spiegel betrachtete. »Kommst du?«

»Was? Äh, ja.« Quirin riss sich von seinem Abbild los. »Klar.«

Er wollte sich gerade umdrehen, als Vincent sah, dass ein plötzliches Zittern auf der Wasseroberfläche entstand.

»Was ist jetzt los?«, fragte Quirin.

Das Zittern wurde so stark, dass ihre Spiegelbilder kaum mehr zu erkennen waren. Sie verloren sich in einem Strudel, der so aussah wie Wasser, das in einer Badewanne in den Ausguss trudelte. Der Strudel wurde größer und nahm dann die ganze Spiegeloberfläche ein. Und schließlich sprang etwas aus ihm heraus.

Es war eine Katze.

20

Die Katze sprang auf Vincents Schulter, der das Gleichgewicht verlor und nach hinten stürzte. Für einen Moment hielt er die Katze im Arm, dann durchzuckte ihn ein jäher Schmerz, sodass er sie schnell losließ. Auf Vincents Hand bildeten sich lange rote Striemen. Er rappelte sich wieder hoch und ließ dabei die Katze nicht aus den Augen, die ihn aus sicherer Entfernung anfauchte. Es war eine 303! Ein Exemplar aus der gleichen Serie, aus der auch die Katze der alten Frau stammte. Ihr langes rotbraun-weiß gestreiftes Fell hatte sich gesträubt und ihre Augen funkelten in einem übernatürlichen Grün. Vincent war sich sicher, dass sie genau ihn im Blick hatte. Sie sah gefährlicher aus, als er sie in Erinnerung hatte. Ob man sie wohl auch hier ausschalten konnte? So wie im echten Leben? Warum hatte sie ihn gekratzt? War sie Feind? Freund? Oder war es nur ihre übliche Art, jemanden zu begrüßen? Vincent fuhr sich über die Hand, die höllisch brannte. Sie hatten also Schmerzen miteingebaut! Es fühlte sich genauso an wie Schmerzen im wirklichen

Leben. Etwas, was verwirrend war, denn in den Spielen gab es keine Schmerzen. Nie. Warum gab es sie hier? Nach einer Weile – oder kam es ihm nur so vor – veränderte sich der Ausdruck der Katze. Sie hielt nun den Kopf gesenkt. Gefährlich sah sie nicht mehr aus. Eher so, als würde sie auf etwas warten. »Ich glaube, wir sollen ihr folgen«, sagte er zu Quirin.

In diesem Moment hörte die Katze auf zu fauchen, als ob sie ihn verstanden hätte. Sie starrte ihn an, wandte dann ihren perfekten Kopf und verschwand im Nebel.

Quirin und Vincent stürzten ihr nach. »Weißt du, was mich beunruhigt? Ich meine, was wirklich komisch ist?«, sagte Vincent, während er neben Quirin ging, die Katze immer im Blick. »Ich verstehe nicht ganz, wie sie hierherkommt. Ich habe neulich ein Exemplar aus der Reihe repariert.«

»Hatte sie auch Krallen?«

»Ja, aber die habe ich ihr gezogen.«

»Vielleicht hat man hier die Sachen ausprobiert«, schaltete sich Delia von oben ein.

»Ausprobiert?«

»Man hat etwas gebaut und dann gesehen, wie es sich in der Simulation macht. Die Dinge, die funktionierten, hat man dann in der wirklichen Welt eingesetzt.«

»Auch wenn sie gefährlich waren?«

»Auch dann.«

»Und wer hat bestimmt, ob sie funktionieren?«

»Sicher kein Mensch«, sagte Delia.

»Wieso bist du dir da so sicher?«

»Weil seit vielen Jahren kein Mensch mehr diese Simulation betreten hat.«

»Kein Wunder!« Vincent starrte auf seine Hand. »Sieht man eigentlich was in echt? Bei mir auf der Haut?«

»Nichts«, erklärte Delia. »Die Schmerzen sind nur in deinem Bewusstsein.«

In seinem Bewusstsein! Vincent fluchte innerlich. Als ihm dann klar wurde, dass Delia ihn hören konnte, hörte er damit auf. Die Katze war immer dicht vor ihnen. Manchmal wandte sie sich um, um sicherzugehen, dass sie ihr folgten, dann tauchte sie wieder in dem weißen Nichts unter. Vincent konnte nicht sagen, wie lange sie gelaufen waren, als er plötzlich spürte, dass der Boden unter seinen Füßen sich veränderte. Dort war nicht mehr Gras, sondern Asphalt. Auch der Nebel lichtete sich und Vincent konnte wieder Quirin neben sich erkennen. Die Katze vor ihnen lief nun schneller und sie gerieten auf eine lange Teerstraße, an deren Ende hohe Gebäude standen.

Was sie nun sahen, ließ ihnen für einen Moment den Atem stocken. Die Welt, die sich vor ihnen auftat, glich der Welt, die sie kannten, und doch war sie ganz anders. Als hätte sich mit dem Nebel der Vorhang in einem Theaterstück gehoben und dahinter wäre eine Bühne mit Kulissen, die ganz echt und dreidimensional waren. Es war ein kompletter Nachbau der realen Welt mit ihren Häusern, ihren Straßen, ihren Autos, ihrer Leuchtreklame. Und – auch wenn sie das nicht sehen konnten – ihren Kühlschränken, Heizungen und LED-Leuchten, ihren Monitoren, ihren Kameras, ihren Computern, ihren U-Bahnen. »Sogar die Autos fahren«, murmelte Quirin. Fahrerlose und leere Autos zogen an ihnen vorbei, Lastwagen und große Busse. Die Katze schlängelte sich durch den Verkehr. Vincent und Quirin folgten ihr bis zu einem hohen Gebäude. »Der neue Ostbahnhof!«, rief Vincent. Er blickte sich um. Ein gedämpftes Licht beschien die Bauten ringsum. Sie waren glatt, völlig eben und ohne eine Spur von Schmutz. Rechts befand sich die Halle, daneben ein Hochhaus und links, mit einem breiten Treppenaufgang, ein halbhohes Gebäude mit einer orangefarbenen Fassade. Sie folgten der Katze durch den Eingang. Die Bahnhofshalle erstreckte sich vor ihnen. Sie konnten nirgendwo Menschen sehen, wohl aber Handys, die in der Luft zu schweben schienen, und künstliche Hunde, die durch die Halle liefen. Bunte Leuchtanzeigen blinkten über Läden, in einer altmodischen gelben Telefonzelle lief Werbung, die an die Scheiben projiziert wurde: Ein Junge nahm eine Copypet-Schlange – wahrscheinlich eine aus der S705-Reihe, wie Vincent vermutete – in Empfang und strahlte in die Kamera. »Da ist ein Café!«, staunte Quirin. Durch die Schaufensterscheibe konnten sie runde Tische und Bistrostühle erkennen. Der Raum war hell erleuchtet. Leiser Europop war zu hören. Kaffeemaschinen blinkten, Spieße drehten sich. »Es gibt nur keine Menschen«, murmelte Vincent. Ein Schauer rann ihm über den Rücken. »All das ist wie eine riesige, leere Maschine, die sich um das Nichts dreht.«

»Es gibt aber Mäuse!«, rief Quirin und deutete auf zwei pinke Mäuse, die neben ihnen über die Treppe jagten. Vincent kannte sie. Es waren Mäuse der neuen M57-Generation. Diese hier allerdings hatten ungewöhnlich spitze und lange Nagezähne, was in Vincent ein unbehagliches Gefühl hervorrief. Die Mäuse huschten über den Steinboden und verschwanden neben der Rolltreppe, die zu den Bahnsteigen der U-Bahnen führte. Die Katze behielt sie im Blick und sprang auf eine der Rolltreppen. Vincent und Quirin folgten ihr nach unten. Der Bahnsteig war leer. Die glänzenden Gleise führten in einen runden schwarzen Tunnel, in dem die Katze nun verschwand. Vincent und Quirin sahen sich an. »Wir müssen hinterher!«, rief Quirin.

»Ich bin mir da nicht so sicher«, murmelte Delia über ihnen. Sie hielt einen Augenblick inne. »Hört zu, ich hole euch jetzt zurück!«

»Spinnst du?«, rief Quirin. »Wir sind gerade dabei, etwas herauszufinden!«

»Hört mal.« Delias Stimme klang plötzlich zittrig. »Irgendetwas stimmt hier nicht. Hier in der Halle.«

»Was ist los?«

»Ich weiß nicht. Ich habe so ein komisches Gefühl.«

Quirin starrte nach oben. »Wieso gefällt mir nicht, dass du das ausgerechnet jetzt sagst?«

»Ich habe für einen Moment gedacht, es wäre hier noch jemand außer uns«, rief Delia.

»Und?«, fragte Quirin

»Nein, niemand, zumindest niemand, den ich sehen kann.«

»Na dann … gibt es keinen Grund, uns hier rauszuholen, oder?« Quirins Stimme klang zwar draufgängerisch, aber Vincent konnte trotzdem seine Angst heraushören.

»Ja«, wandte Delia ein, »aber … mir gefällt das nicht. Eigentlich ist diese Gegend total verlassen. Wir sollten besser von hier verschwinden, bevor uns noch jemand entdeckt. Ich nehme euch jetzt die Mindsets ab.«

»Nein, warte!« Vincent hörte sein Herz klopfen. »Lass uns noch dieser Katze folgen.«

»Ich glaube nicht, dass wir so viel Zeit haben«, gab Delia zurück.

»Das ist unsere einzige Chance. Deshalb sind wir hier.«

»Nein!«, rief Delia. »Ich hole euch zurück! Jetzt! Quirin, ich nehme dir jetzt das Mindset ab. Okay?«

Quirin schüttelte den Kopf. »Lass mich noch dieser Katze nachgehen!«

»Du willst in den Tunnel!?«

»Wohin denn sonst?« Quirin sprang in das Gleisbett. Dort liefen kleine Mäuse quiekend auseinander.

»Was wirst du machen, wenn eine U-Bahn kommt?«

»Die Katze wollte, dass wir ihr folgen, oder?« Quirin sah sich noch einmal um, dann ging er in den Tunnel hinein. Vincent wartete eine Sekunde, dann noch eine, und gerade als er beschloss, auch in das Gleisbett zu springen, hörte er ein Rauschen und der Wind wehte ihm von der Tunnelöffnung entgegen. »Quirin!«, rief er. »Quirin!« Doch niemand antwortete ihm aus der Dunkelheit. Dann setzte sein Herz aus, denn aus dem Tunnel rauschte ihm eine U-Bahn entgegen. »Quirin!?« Er rannte zum Ende des Bahngleises. Die Türen öffneten und schlossen sich. Ein Stromimpuls ließ alle Türen leuchten, dann fuhr die Bahn weiter. Vincent starrte in die schwarze Tunnelöffnung vor ihm.

»Quirin!!!« Seine Stimme hallte an den runden Wänden wider.

»Vincent!« Delias Stimme drang an sein Ohr. »Ich habe ihm das Mindset abgenommen. Es wird alles gut. Ich hole dich jetzt auch zurück! Schließ die Augen, es könnte unangenehm werden!«

»Okay!« Vincents Knie zitterten. Was, wenn Delia es nicht geschafft hatte, Quirin rechtzeitig von seinem Avatar zu trennen? *Es war nur sein Avatar, nur sein Avatar ... Gleich würde er Quirin wieder in der echten Welt sehen.* Vincent schloss die Augen und wartete. Er stellte sich vor, wie Delia ihm eben – in der wirklichen Welt – das Mindset abnahm. Er erwartete wieder dieses Fallen, ein unangenehmes, kribbelndes Gefühl. Nach einer Weile öffnete er die Augen und sah sich um. Vor ihm war immer noch die runde Tunnelöffnung.

»Delia?«

Niemand antwortete.

»Hey, Delia, wo steckst du?«

Keine Antwort.

»Zum Teufel! Sag endlich was!«

»Vincent!«

Etwas an Delias Stimme gefiel ihm nicht. Es gefiel ihm ganz und gar nicht.

»Was ist los?«

»Ich … ich kann Quirin nicht aufwecken.«

»Was meinst du mit *nicht aufwecken*?«

»Er … ich habe ihm das Mindset abgenommen, aber er gibt keine Antwort. Eigentlich, eigentlich müsste er schon längst wieder hier sein.«

»Was ist mit seinem Herzschlag?«

»Der ist ganz normal. Er sieht genauso aus wie vorher. Nur … nur ohne das Mindset.«

»Und was ist auf deinem Monitor?«

»Das ist es ja eben. Hier ist alles schwarz und da ist nur eine Schrift.«

»Eine Schrift? Was für eine Schrift?«

»Hier steht«, Delia holte Luft und dann klang ihre Stimme seltsam leise.

»Hier steht *Teilnehmer gelöscht*.«

21

Vincent spürte einen Hitzestrahl, der durch seinen Körper fuhr. Seine Hände zitterten und er schloss für einen Moment die Augen. Aus der Schwärze hinter seinen Augäpfeln tauchte das eine Bild auf – immer wieder: Quirin, der in dem U-Bahn-Tunnel verschwand. War das real? Nein, nichts war hier real. Es war Quirins Avatar und der war …

»Nein, Vincent! Er ist nicht tot. Hier ist er lebendig! Es ist nur so, als ob er schläft, und ich kann ihn nicht aufwecken.« Delias Stimme riss ihn aus seinen Überlegungen. Sie klang so still und verzweifelt, wie er sie noch nicht gehört hatte. Eigentlich passte sie gar nicht mehr zu Delia.

»Aber wo ist er dann? Was macht er? Träumt er?«

»Ich weiß es nicht«, rief Delia. »Ich kann ja nicht in ihn hineinsehen.« Ihre Stimme klang wie ein Schluchzen. Vincents Gedanken begannen zu rasen.

»Wenn du mir jetzt das Mindset abnimmst, was glaubst du, was passieren würde?«

»Ich … Ich weiß es nicht.«

»Meinst du, dass es genau wie bei Quirin sein wird?«

Es dauerte lange, bis Delia antwortete. Als sie es dann tat, klang ihre Stimme schon nüchterner. »Ja, es könnte so sein. Es ist sogar wahrscheinlich.«

Vincents Herz klopfte schnell. »Das heißt, wir sind in dieser Simulation gefangen.«

Delia schwieg. Er hörte so lange nichts, dass er schon fürchtete, sie wollte nicht mehr mit ihm sprechen oder das Interkomm hätte Schaden genommen. Er wartete. Es war ganz still auf der anderen Seite.

»Vincent, hör zu! Ich habe hier was.« Delias Stimme klang atemlos. »Das Problem ist wohl, dass man bei einem legalen Ausgang herauskommen muss. Wenn man das Mindset einfach absetzt, dann bleibt man in der Simulation. Man muss einen programmierten Ausgang finden, der so etwas wie ein Portal zwischen den Welten ist. Dann kommt man wieder in die Wirklichkeit zurück.«

»Okay, gut.« Vincent schluckte. »Hör zu, Delia. Ich gehe jetzt in den Tunnel und hole Quirin – also seinen Avatar – und dann nehme ich ihn und gehe durch den Spiegel in dem Nebelfeld zurück. Das muss der legale Ausgang sein. Wir sind beide gleich wieder bei dir.«

Vincent wartete, doch Delia schwieg.

»Delia?«, rief er. »Ist das nun ein guter Plan oder nicht?«

»Ich … ich hätte nie zulassen dürfen, dass ihr hier reingeht.« Delias Stimme klang sehr leise.

»Delia, hör zu! Du hast keine Schuld. Du hast uns sogar gewarnt.«

»Anscheinend nicht genug.«

»Also. Wir schaffen das gemeinsam. Du versuchst, mich zu

lotsen, und ich gehe.« Er zögerte. »Was ist eigentlich mit den Geräuschen in der Halle?«

»Ich höre nichts mehr. Ich glaube, wir haben Zeit.«

»Gut.« Vincent sah zum Tunneleingang. »Es ist nicht echt«, flüsterte er, um sich Mut zu machen. »Nichts hier ist echt.«

»Was hast du vor?«, fragte Delia.

»Ich gehe jetzt in den Tunnel. Es muss einen Weg neben den Gleisen geben, sonst …« Er schluckte. »Sonst hätte Quirins Avatar die U-Bahn aufgehalten. Er muss irgendwo da sein.« Vincent ließ sich auf das Gleisbett gleiten. Sein Herz klopfte. Der Kies knirschte unter seinen Füßen. Er ging ein paar Meter und drehte sich um. Hinter ihm lag der Ausgang, ein heller, freundlicher Rundbogen. Sein Atem ging schnell. »Vincent!«, rief Delia. »Das wird niemals funktionieren! Das ist völliger Wahnsinn.«

»Er muss aber hier irgendwo sein.« Er lief weiter die Gleise entlang. Dann plötzlich stolperte er und er spürte Wind von vorne. Rauschen erfüllte den Tunnel.

»Vincent!«, rief Delia. Er stolperte weiter. So weit musste Quirin auch gekommen sein. Aber da war nichts, kein Avatar.

»Vincent!«, Delias Stimme gellte durch den Tunnel. »Vincent!«

Das Licht der U-Bahn blendete ihn. Zwei riesige, runde Strahler, die näher kamen. Noch ein Schritt, da fiel er in ein Loch. Er versuchte, sich festzuhalten, doch seine Hände rutschten ab. Er fiel ein paar Meter und bekam mit seiner rechten Hand einen Mauervorsprung zu fassen. Unter ihm in einem dämmrigen Zwielicht erkannte er einen anderen Tunnel. Seine Beine baumelten in der Luft. In diesem Moment fuhr oben die U-Bahn über ihm durch. Ein lang gezogenes, ohrenbetäubendes Rumpeln.

Vincents Hände rutschten ab und er fiel. Nach ein paar Metern schlug er auf einer Art Plexiglasdach auf, das er durch den Aufprall zerstörte, das aber die Wucht seines Falls abbremste.

Er starrte auf seine Hände. Wie lange hatte das alles gedauert? Dreißig Sekunden? Dreißig Minuten?

»Was zum Teufel ...?«

»Oh, du bist noch da! Vincent, Vincent! Gott sei Dank!«

»Ja, scheint so. Delia, hier sind überall Scherben!«

Vincent blickte nach oben durch das zersplitterte Plexiglasdach. Er befand sich in einem zweiten, weiter unterhalb liegenden Tunnel. Ab und zu wurde ein Stromimpuls durch eine Lampe geschickt, der sie zum Leuchten brachte, dann war wieder alles dunkel. Als ob es ihm etwas sagen oder bedeuten wollte. Für einen Moment kam es Vincent so vor, als hätte die Simulation ihr eigenes Leben. Als wäre es ein lebendiger Organismus, mit dem man sich unterhalten konnte, nur dass der eine ganz andere Sprache sprach. Ein Zittern blieb in seinen Knien, das nicht zu stoppen war, auch wenn er beide Kniekehlen umfasste, um sie ruhig zu halten.

»Bist du verletzt?«, fragte Delia leise. Vincent stand auf und sah an sich herunter. Seine Hände waren voller Glassplitter und alle Knochen taten ihm weh. »Nicht so schlimm, wie es aussieht.« Er stolperte ein paar Schritte vorwärts. Unter ihm zog sich der Nebel zusammen. Er war zäh und dicht und sah weniger so aus, als würde er sich aus Wassermolekülen zusammensetzen, sondern eher – lebendig. Der Nebel umschlang ihn nun, zog sich von seinen Beinen hoch und krabbelte seinen Oberkörper hoch. Es war feucht und kalt. Vincent wartete. Es herrschte eine angespannte Stille um ihn herum, aber dann meinte er ein Geräusch zu hören. Es war erst verhalten, aber es klang bedrohlich. Vincent hob mit einem Ruck den Kopf.

»Was ist?«, fragte Delia.

»Hast du das auch gehört?«

»Was?«

»Dieses Knurren?«

»Du bist sicher, dass das nicht dein Magen ist?«

»Sehr komisch!« Vincent spürte sein Herz rasen. Das Geräusch stammte nicht nur aus einer Kehle, sondern aus mehreren. Ganz sicher aus mehreren.

Schatten schälten sich aus der Dunkelheit. Vincent atmete schneller. Wölfe! Es waren riesige Wölfe mit zottigem Fell und gierigen Augen. Vincent hatte noch nie einen echten Wolf gesehen. Aber er nahm an, dass diese Wolfmaschinen ungefähr doppelt so groß waren wie ihre echten Verwandten, die schon seit zwei Jahrzehnten ausgestorben waren. Hoffentlich hatten sie nicht schon Quirin gefunden!

»Das hoffe ich auch«, flüsterte Delia. »Hast du irgendetwas, mit dem du dich verteidigen kannst?«

Vincent tastete seine Taschen ab. »Nur mein Messer.« Er wich einen Schritt zurück. Es knirschte leise, er war in einen Scherbenhaufen getreten. In diesem Moment begannen die Wölfe zu heulen. Es war ein Ton, der so durchdringend war, dass die Luft zitterte. Vincent drehte sich um. Noch mehr Heulen und Knurren von links, von rechts. Sie waren überall. Vincent zückte das Messer und umklammerte es mit seiner Hand. So stark, dass ihm die Knöchel schmerzten. Er zählte acht Wölfe, die einen Kreis um ihn geschlossen hatten. »Gibt es einen Fluchtweg? Kannst du was sehen?«, fragte er leise. »Irgendwas, wo ich mich in Sicherheit bringen kann?«

»Dieser Nebel ist vielleicht ein gutes Zeichen«, antwortete

ihm Delias Stimme von oben. »Wenn du weiter in den Tunnel gehst, dann wird er wahrscheinlich stärker.«

Vincent schüttelte den Kopf. »Aber wie komme ich hier weg?« Die Wölfe beobachteten ihn aus gelbgrünen Augen, die in der Dämmerung leuchteten. »Hast du irgendeine andere Idee?«

Er hörte keine Antwort.

Vincent wartete und hörte sein Herz hämmern. »Delia?«

Doch alles, was er hörte, war sein Atem.

Ein Wolf, ein riesiges Exemplar mit langen Fangzähnen, sprang aus dem Kreis und kam gefährlich nahe an ihn heran. Vincent wich zurück und stieß in der Luft mit dem Messer nach vorne. Er würde nicht kampflos aufgeben, nein, das würde er nicht. Der Wolf taxierte ihn und schoss dann nach vorne. Vincent versuchte, sich zu wehren, stach mit dem Messer zu. Er stieß gegen etwas Weiches, dann auf etwas, das sich wie Metall anfühlte, zog das Messer zurück und stieß noch einmal zu. Eine heiße Flüssigkeit strömte auf seinen Arm. Blut. Sie hatten in diesen Exemplaren Adern verbaut, um sie echter zu machen! Er hatte den Wolf an der Kehle erwischt. Der, besinnungslos vor Schmerz, fiel Vincent an und verbiss sich in seinem Arm. Der Schmerz nahm Vincent fast alle Sinne. Er warf sich nach vorne, der Wolf wich zurück. Jetzt aber warf sich ein zweiter Wolf auf seinen Rücken. Vincent ging zu Boden, spürte den heißen Atem hinter sich, drehte sich um und starrte in zwei riesige gelbe Augen. Der Bruchteil einer Sekunde verstrich und Vincent begriff, dass er keine Chance mehr hatte.

22

Der Wolf jaulte in jähem Schmerz auf und ließ von Vincent ab. Ein Feuerstrahl hatte ihn getroffen und das Fell versengt. Das Feuer stammte von einer Art Kugelblitz, der von der Decke herabtrudelte und direkt neben Vincent landete. Die Wölfe wichen zurück, heulten auf. Der Blitz wirbelte herum, die Wölfe stoben auseinander und sammelten sich in respektvollem Abstand. Die Gestalt neben ihm wurde erleuchtet vom rötlichen Licht eines Flammenwerfers. Sie trug ein glitzerndes Paillettenkleid und hatte ihre blonden Haare zu einem wilden Turm hochgesteckt. »Fang!« Sie warf Vincent einen länglichen silbernen Gegenstand zu. Vincent betrachtete den länglichen Stab in seiner Hand. Er hielt ihn von sich weg, drückte darauf und konnte gerade noch das Gleichgewicht halten, als der Rückstoß ihn nach hinten schleuderte. Ein blauer Feuerstrahl schoss aus der schwarzen Mündung und die Wölfe wichen augenblicklich zurück. Die Gestalt neben ihm lachte auf.

Vincent starrte sie an und dann dämmerte es ihm. »Delia?«

»Treffer!«

»Aber wie …?«

»Ich habe die Halle abgesperrt und den Raum, in dem wir sind, verdunkelt. Dann habe ich mir eines der Mindsets aufgesetzt und mir zwei Flammenwerfer geschnappt.«

»Welche Flammenwerfer?«

»Mein Avatar hat ein kleines Waffenarsenal«, sagte Delia grimmig. Sie schlug eine Schneise, die Wölfe stoben auseinander. Der Strahl hatte einigen das Fell versengt und ihr Jaulen klang noch bedrohlicher als zuvor. Vincent sicherte sie nach hinten ab. Die Waffe brannte heiß in Vincents Hand und die Funken stoben bis zur Hallendecke. Er drehte vorne am Ring und der Feuerstrahl wurde kürzer und dehnte sich dafür breiter aus. Bei einer Drehung in die andere Richtung schoss er in die Länge und Vincent konnte präzise in eine Richtung zielen. Jetzt spürte er auch seinen Arm. Er pochte vor Schmerz. Heißes Blut rann über seine Schulter bis in seine Finger und Vincent wusste nicht, ob es sein eigenes Blut war oder das des Wolfs, den er erstochen hatte. Er konnte kaum noch den Flammenwerfer in den Fingern halten und stolperte mehr durch die Dunkelheit, als dass er lief.

»Vincent … da! Siehst du das?«, flüsterte Delia plötzlich. Er blieb stehen und ließ den Flammenwerfer kreisen, um mehr Licht zu bekommen. Ja – tatsächlich! Vor ihnen schimmerte etwas Weißliches im Zwielicht. Delia stürzte nach vorne. »Er ist es! Vincent! Er ist es!«

Vincent trat neben sie und zögerte kurz, bevor er es wagte, Quirin anzublicken, denn er hatte Angst, ihn tot vorzufinden. Doch als er vor ihm stand, sah er aus wie immer, ja, hatte nicht einmal einen Kratzer davongetragen. Delia schlug Quirin mit der flachen Hand leicht auf die Wange. »Quirin!«, murmelte sie. »Quirin, wach auf!« Dann sah sie Vincent an. »Ich kann ihn nicht wecken. Es ist so, als ob er schläft.«

»Wir müssen ihn nach oben bringen«, sagte Vincent. »Ich bin mir sicher, dass die Wölfe es nicht über die Leiter schaffen.«

»Dann müssen wir hier entlang!« Delia beleuchtete die Umgebung. Die Augen der Wölfe blitzten im Schein des Feuers auf. Vincent ging in die Hocke, legte sich Quirins Arme um seine Schultern und lud ihn sich so auf den Rücken. Er war so schwer, dass er fast in die Knie ging. »Okay, kann losgehen …«, murmelte er und stakste wacklig vorwärts. Delia sicherte den Weg nach vorne, indem sie den Flammenwerfer hin und her schwenkte. Die Wölfe hielten sich in einigem Abstand, aber je weiter sie kamen, desto mehr gewöhnten sich die Tiere an das Feuer. Zudem wurden sie immer langsamer. Vincent spürte nach einer Weile, dass ihn jeder Schritt Kraft kostete. Und auch der Feuerstrahl schien nicht mehr so hell zu brennen.

»Wie viel Zeit haben wir noch?«

»Keine Ahnung«, antwortete Delia. »Wir müssen schneller laufen, damit wir es schaffen.«

In dem Moment raschelte es über ihnen. Dort, auf einer der Luftleitungsröhren, die sich an den Wänden entlangzogen, saß die Katze. Sie schien keine Angst vor dem Feuer zu haben; ihre Augen leuchteten in der Dunkelheit und fixierten Vincent und Delia. Sie sah so aus, als hätte sie schon die ganze Zeit auf sie gewartet. Als ihr klar wurde, dass beide sie gesehen haben mussten, verließ sie die Röhre. Sie lief ein paar Meter, dann drehte sie sich zu ihnen um.

»Delia, wir müssen der Katze folgen!«, rief Vincent.

»Bist du verrückt? Das ist die falsche Richtung. Wir haben

nicht mal mehr fünf Minuten und die Flammenwerfer sind durch.«

»Delia, lass uns der Katze folgen, bitte!«

»Aber warum?«

»Nur ein Gefühl.«

»Ein Gefühl!?!« Delia fluchte neben ihm, schwenkte dann aber wie Vincent nach rechts. Sie verfolgten die Katze, die immer wieder wartete, bis sie näher rückten, um ihnen dann den Weg zu weisen. Die Wölfe folgten ihnen, hielten Abstand, um dem Feuer nicht zu nahe zu kommen, und schienen ihrerseits nur darauf zu warten, dass die Flammenwerfer den Geist aufgeben und die Flamme verlöschen würde. »Wir schaffen es nie mehr hier raus!«, rief Delia nach einer Weile verzweifelt. Das Feuer ihres Flammenwerfers züngelte nur noch ein bisschen, manchmal flackerte es noch auf, gerade noch so, um die Wölfe in Schach zu halten, dann war es kurz vor dem Verlöschen. Vincent erging es mit seinem Flammenwerfer nicht besser. Die Wölfe begriffen ihre Chance und rückten näher, manche schnappten schon nach ihnen.

»Diese Katze ist unser Tod! Wo zum Teufel geht es nach oben?« Delia drehte sich um ihre Achse. Vincent hielt das Feuer hoch, um etwas zu sehen, aber alles, was durch die Dunkelheit drang, war das Knurren der Wölfe.

»Was jetzt?«, fragte Delia und drehte sich zu ihm. Das Feuer flackerte schwach. Vincent starrte vor sich auf etwas, das wie Nebel aussah. Es war, als ob sich dort etwas bildete, aber es war nicht klar, was es sein konnte. Die Konturen begannen zu verschwimmen, dann zog sich der Nebel zusammen wie eine Wand. Wie eine solide Wand. Eine weiß getünchte Mauer, die überall hätte stehen können.

»Vincent!«, rief Delia. »Sieh nur!«

Vincent folgte mit seinem Blick Delias ausgestrecktem Arm. Vor ihnen, nur ein paar Meter entfernt, war eine Tür. Sie sah ganz normal aus. Eine normale Bürotür, weiß mit silberner Klinke. Sie passte überhaupt nicht hierher. Neben der Tür schimmerte ein weißes Eingabepad in der Nebelwand. Vincent streckte die Hand aus und …

»Was ist?« Delia trat nach einem der Wölfe, der sich jaulend zurückzog. »Mach sie auf, schnell!«

Vincent drehte sich um. Die Flamme war erloschen. »Delia, ich weiß die Nummer nicht!«, rief er verzweifelt.

»3507«, brüllte Delia. Ihre Stimme ging fast im Knurren der Wölfe unter.

Vincents Hand zitterte, als er die Nummer eintippte. Keine Sekunde zu früh! Die Wölfe schnappten nach seinem Arm. Vincent drückte die Klinke, warf sich mit aller Macht gegen das Türblatt und stolperte über die Schwelle in einen Raum, in dem ihn ein gleißend helles Licht empfing.

23

Die Tür fiel hinter Vincent ins Schloss und sperrte alle Geräusche aus. Das Heulen der Wölfe verstummte augenblicklich, genauso wie ihr Knurren. Vincent erwartete hinter der Tür noch ein Schaben oder ein Kratzen, aber hier – wo auch immer er war – blieb es merkwürdig still. Er blinzelte, und als er sich an das helle Licht gewöhnt hatte, sah er, dass er sich in einem riesigen Büro befand. Der Boden glänzte schwarz, die Fenster zogen sich vom Boden bis zur Decke und die Wände waren bis zur Hälfte in einem dunklen Grau gestrichen. Die Helligkeit, die ihm im ersten Augenblick so gleißend wie eine neue Sonne erschienen war, stammte aus einer LED-Birne, die in einer grünen Schreibtischlampe steckte.

»Wow«, rief Delia hinter ihm. »Weißt du was? Wir sind bei UTwin in der Garage!« Vincent drehte sich um. Delia in ihrem Paillettenkleid wirkte wie ein glänzender Fremdkörper in dem ansonsten so nüchternen Raum. Neben ihr lag Quirin regungslos und mit geschlossenen Augen auf dem Boden. Hinter ihnen erstreckte sich eine lange Reihe weißer Schreibtische mit großen Monitoren. Ja, Delia hatte recht. Sie waren bei UTwin. Alles hier sah genauso aus, wie sie es gestern in der 3-D-Aufnahme gesehen hatten. Links der Tischkicker mit den auf Stangen aufgespießten roten und weißen Fußballspielern und dort in der Ecke das Schlagzeug. Manches war allerdings anders. So waren die Tische voll mit Plastikflaschen und Tellern und an den Wänden klebten bunte Zettel, die genauso aussahen wie der Zettel in dem Tresor, auf dem die Nummer zu sehen gewesen war. Vincent riss einen von der Wand. Er war vollkommen leer. Als hätte man einfach die Schrift vergessen.

»Hilf mir mal, er ist ganz schön schwer!« Delia hatte Quirin an den Schultern hochgehoben. »Ich denke, wir legen ihn auf das Sofa dort drüben.« Sie deutete mit dem Kopf nach vorne, während Vincent Quirin an den Füßen packte. Mit vereinten Kräften verfrachteten sie ihn auf das Polstermöbel. Delia bettete Quirins Kopf auf ein Kissen und dort lag er nun, als würde er friedlich schlafen. Sein Brustkorb hob und senkte sich unter seinem schlabbrigen schwarzen T-Shirt.

»Und was jetzt?« Delia sah Vincent fragend an.

»Denkst du, wir sind immer noch in der Simulation?«, fragte Vincent.

Delia ging zu der Wand und starrte die leeren Zettel an. »Scheint so!«

Ihre Augen wanderten suchend in dem großen Raum herum. Vincent folgte ihrem Blick und zuckte zusammen. Die Tür, durch die sie eben gekommen waren, war verschwunden. Er sah Delia ratlos an, begab sich zu der Wand und tastete sie ab. Keine Vertiefung, kein versteckter Türrahmen, gar nichts. Er spürte sein Herz schneller schlagen. »Es gibt keine Möglichkeit mehr, in die Halle zu kommen«, murmelte er. »Es gibt hier auch keine andere Tür. Das hier ist eine Sackgasse.«

»Oder ein Gefängnis.« Delia zog einen Schreibtischstuhl zu einem der Fenster, stellte sich darauf und starrte durch das Gitter. »Hier draußen ist alles weiß. Als ob dieser Nebel von vorhin überall um uns herum wäre.«

Sie kaute an einer Strähne ihres Haares, die sich aus dem Knoten gelöst hatte. »Wenn wir noch in der Simulation sind, dann verstehe ich nicht, wieso da plötzlich eine Tür war. Ich meine, das passt doch gar nicht. Diese Tür stand plötzlich mitten im Tunnel.«

Vincent zuckte mit den Schultern. »Vielleicht ein Programmierfehler?«

»Genau in dem Moment, in dem unsere Flammenwerfer ausgegangen sind?« Delia schüttelte den Kopf. »Es sieht eher so aus, als wollte uns jemand genau hier haben.«

Vincent sah sich um und wieder überfiel ihn dieses Gefühl, beobachtet zu werden. Als wäre er nur eine Spielfigur.

»Vielleicht gibt es hier irgendwo einen verborgenen Ausgang!« Delias Stimme klang heiser. Sie ging zu einer Wand und fuhr mit der Hand über die Oberfläche. »Komm schon!«, murmelte sie. »Irgendwie muss es doch hier rausgehen!« Vincent inspizierte inzwischen die Tischreihen. *An welchem Tisch seine Mutter wohl gearbeitet hatte?* Er nahm von einem der Tische eine Wasserflasche und versuchte, sie aufzudrehen, doch sie ließ sich nicht öffnen. Er schüttelte sie, doch das Wasser bewegte sich nicht. Es blieb in der Flasche haften, als wäre es eine feste, unbewegliche Masse, in die kleine, durchsichtige Blasen eingepresst waren. *Es sah nur so aus wie Wasser.* Er versuchte, eine Schublade unter einem der Schreibtische zu öffnen, doch sie ließ sich nicht aufziehen. Er ging weiter und plötzlich blieb er stehen. Auf einem Tisch neben dem Fenster stand der Briefbeschwerer. Er nahm die gläserne Halbkugel in die Hand, er war seltsam schwer und glatt und ein trauriges Gefühl krabbelte in ihm hoch, ohne dass er sagen konnte, woher es kam. *Es war ihr Tisch.* Es war *ihr* Briefbeschwerer. Als er ihn hochnahm, glaubte er für einen kurzen, erschreckenden Moment, seine Mutter in der Spiegelung zu sehen, aber es war nur er selbst, das heißt sein 3-D-Abbild. Plötzlich zuckte er zusammen, jemand berührte sein Knie. Er sah nach unten. Die Katze blickte zurück. War sie mit ihnen zusammen in den Raum geschlüpft? Sie streifte vor ihm durch den Raum, vorbei an einem Tischkicker, wischte mit ihrem langen Schwanz über das Schlagzeugbecken, das einen zischend metallischen Ton von sich gab, und sprang auf einen Tisch, auf dem sich ein gerahmtes Bild befand, das heißt – Vincent rieb sich die Augen –, es war kein Bild, sondern nur rote Leinwand, unter der gelbe Buchstaben leuchteten. Die Katze sprang direkt auf das Bild zu und Vincent erwartete mit einem unterdrückten Aufschrei, dass sie daran abprallen und verletzt zurück auf den Schreibtisch fallen würde. Doch nichts davon geschah. Die Katze war plötzlich verschwunden. Weg! Vincent ging zu dem Bild und starrte mit offenem Mund darauf. Da war sie – vor dem roten Hintergrund! Sie starrte ihn an, leckte noch einmal ihre Pfote, dann fror sie mitten in der Bewegung ein. Sie sah auch plötzlich nicht mehr plastisch aus, sondern wurde zweidimensional und sah schließlich aus wie mit Pinselstrichen gemalt. An der Wand hing jetzt ein ganz normales Bild, ein gerahmtes Poster mit einer wolligen Katze und ihren magnetischen Bernsteinaugen. Darunter stand in leuchtenden gelben Buchstaben: *Erinnerungen an die Realität:*

Die mechanische Katze und andere Geheimnisse,

Atelierstraße 1 – geöffnet jeden Tag von 0 bis 24 Uhr

»Vincent!«, rief Delia von der anderen Seite des Raums aufgeregt. Ich glaube, das ist …« Ihre Stimme verstummte mit einem Schlag. Vincent drehte sich verwirrt um. Delia stand mitten im Raum wie eine Statue. Sie war vollkommen erstarrt, so wie eben die Katze. Die Pailletten auf ihrem Kleid warfen im Schein der Lampe kleine blitzende Lichtpunkte auf die tristen Garagenwände.

»Delia?!?«

»Sie wird dich nicht mehr hören.« Vincent fuhr zusammen und drehte sich um. Vor ihm stand ein Mann. Er trug ein dunkelblaues Kapuzenshirt und hatte unnatürlich helle graublaue Augen. Seine Haare waren dunkel und kurz und er trug einen sauber gestutzten Vollbart. Wie alt er wohl war? Vielleicht so um die dreißig. Vincent war schlecht im Schätzen, vor allem bei Avataren. Sie umgab immer etwas Altersloses. Manche waren nur sehr grobe Abbilder ihres Trägers, was oft den Vorteil hatte, dass man zum Beispiel Pickel nicht sah. Dieser Avatar war allerdings überaus fein gebaut. Er hatte sogar leichte Fältchen um die Augen, die tief und auf eine seltsame Weise traurig aussahen, was wohl daran lag, dass die Augenbrauen einen runden Bogen nach unten beschrieben. Der Mann ging mit lässigen federnden Schritten zu Delia und schnippte einmal vor ihrem Gesicht, das genauso regungslos blieb wie zuvor. »Mach dir keine Sorgen«, beruhigte er Vincent. »Für sie ist nur kurz die Zeit angehalten.«

Vincent starrte ihn an. *Wie konnte er die Zeit anhalten?*

Der Mann schüttelte den Kopf. »Das war sehr unvorsichtig, deine Freunde hierherzuschleppen. Unvorsichtig und völlig sinnlos.« Er ging zu Quirin, der immer noch reglos auf dem Sofa lag, und beugte sich über ihn. Er hob seinen Arm, der nun schlaff in der Luft hing, und ließ ihn dann wieder fallen. »Es hat dich sogar wertvolle Minuten gegen die Wölfe gekostet. Ich hatte schon gedacht, du schaffst es nicht mehr.« Er lächelte Vincent an. »Was mehr als schade gewesen wäre.«

Vincent zog hörbar die Luft ein. »Machen Sie meine Freunde wieder lebendig!«

Der Mann zuckte mit den Schultern. »Tut mir leid, aber dies ist eine Sache zwischen uns beiden.«

»Machen Sie das rückgängig!«

»Nur Geduld!« Der Mann seufzte. »Du könntest übrigens ruhig ein bisschen freundlicher sein! Immerhin habe ich euch gerade vor den Wölfen gerettet. Die sind kein Spaß. Vor allem, wenn man mit einem Mindset unterwegs ist.« Er lachte kurz auf und nahm dann Platz auf einem runden, geflochtenen Stuhl und schlug die Beine übereinander. »Und wie hat es dir bisher gefallen?«, fragte er und ein amüsierter Ausdruck überzog sein Gesicht.

»Gefallen?«, fragte Vincent entgeistert.

»Die Simulation. Du bist einer der wenigen, die sie gesehen haben.«

»Wer sind Sie?« Vincent trat ein paar Schritte zurück. Er hatte seine Hände zu Fäusten geballt und spürte, wie sie vor Anspannung schmerzten.

»Nenn mich einfach Voland«, sagte der Mann und machte eine lässige Bewegung mit der Hand.

»Voland?«, fragte Vincent verwirrt. Der Name kam ihm irgendwo bekannt vor, aber er konnte nicht sagen, von woher.

»Ist das ein Vorname oder ein Nachname?«

Der Mann zuckte mit den Schultern. »Beides. Deiner Mutter jedenfalls hat er gefallen.«

»Meiner Mutter?«

»Nun, sie fand das – irgendwie geistreich.«

»Sie kannten sie?«

»Wir sind uns einmal begegnet, ja.«

In Volands Gesicht schien ein eigenartig trauriger Zug auf, aber Vincent konnte sich auch täuschen. »Ist das Ihr Original-Avatar?«, fragte er.

Voland schüttelte den Kopf und zum ersten Mal umspielte ein leichtes Lächeln seine Mundwinkel. »Du kannst davon ausgehen, dass ich in Wirklichkeit anders aussehe.«

»Was machen Sie hier?«

Die Augen des Mannes verengten sich. »Das Gleiche kann ich dich fragen. Was machst *du* hier?«

Vincent starrte ihn an und verschränkte die Arme. »Warum sollte ich Ihnen das erzählen?«

Voland lächelte. »Du musst mir gar nichts erzählen. Ihr seid in einem verlassenen Teil der Simulation. Gut abgeschirmt von dem übrigen Programm. Dieser Raum hier ist ein alter Entwicklerzugang. Wer bei UTwin gearbeitet hat, hat ihn benutzt. Er sieht genauso aus wie die Garage in Wirklichkeit.« Er zögerte. »Fast genauso.«

»Sie haben auch dort gearbeitet? Bei UTwin?« Vincent überlegte blitzschnell, ob er Voland auf dem Bild vor der Garage gesehen hatte. War er einer der bärtigen Männer, die sich gegen die Wand gelehnt hatten?

»Nicht so, wie du es dir vielleicht vorstellst«, erwiderte Voland. »Sagen wir mal, ich bin ein Teil von dem, was dort entwickelt wurde.«

Vincent starrte ihn an.

»Ein Teil von jener Kraft, die stets das Gute will und dann das Böse schafft«, fuhr der Mann fort.

»Was soll das bedeuten?«, fragte Vincent.

Voland seufzte. »Weißt du, was die Simulation ist?«

Vincent zuckte mit den Schultern. »Eine Nachbildung der Welt, oder?«

Voland schüttelte den Kopf. »Sie ist nicht nur eine Nachbildung. Sie bestimmt die Welt. Alles ist in ihr verknüpft. Alle künstlichen Tiere, alle künstlichen Menschen, dein Punktestand, jede Maschine, jede Ampelschaltung. Die Simulation steckt in allem.« Als Voland das sagte, kam er Vincent plötzlich uralt vor. Älter, als die paar grauen Strähnen in seinem Haar vermuten ließen. Wobei – dieser Mann war ja nichts als ein Avatar.

»Als du noch gar nicht geboren warst, begann man schon digitale Zwillinge von Maschinen herzustellen. Maschinen, die es in der Wirklichkeit gab, wurden Schraube für Schraube, Rädchen für Rädchen im Computer nachgebaut. Und nicht nur das. Man begann, die Maschinen zu vernetzen, sodass sie miteinander kommunizieren konnten. So konnte man neue Produktionsabläufe ausprobieren. Ersatzteile einsetzen. Testläufe machen, die man mit wirklichen Maschinen noch nicht wagte. Eine neue Welt entstand.«

»Und was hat UTwin genau damit zu tun?«, fragte Vincent.

»UTwin hat an der Entstehung der Simulation mitgewirkt. Sie schufen sie als Plattform, auf der sich die Maschinen miteinander vernetzten. Auf einer Ebene unterhalb des normalen und allen zugänglichen Netzes.«

»Unterhalb?«

»Eine Ebene darunter. Eine verborgene Ebene sozusagen. Eine, die nicht viele betreten konnten.« Voland lächelte sarkastisch. »Zumindest nicht, solange sie keine Maschinen waren.«

Vincent starrte auf sein blutbespritztes T-Shirt. »Aber wer hat dann diese Wölfe auf uns gehetzt?«

Voland seufzte, als hätte er jemand besonders Begriffsstutzigen vor sich.

»Die Wölfe sind nichts anderes als ein Programm der Simulation. Ihr wurdet als Fremdkörper erkannt und angegriffen. Es war klar, dass sich die Simulation gegen euch wenden würde, sobald ihr in sie eindringt.«

Vincent schüttelte den Kopf. »Das klingt so, als könnte die Simulation selbstständig handeln. Ich dachte, sie ist nur eine Vernetzung.«

Der Mann fuhr sich mit seiner Hand über die Stirn. »Ja, das ist sie auch. Aber eigentlich ist sie mittlerweile noch etwas anderes.«

»Etwas anderes?«

»Sie ist so was wie ein Wesen.«

Es war plötzlich still. Vincent starrte Voland an. »Ein Wesen? Also etwas Lebendiges?«

Volands Augen leuchteten. »Sie denkt, sie handelt. Sie ist eine hoch vernetzte Organisationsform, man kann sagen, sie ist ein Wesen, ja.«

»Das heißt, sie hat so etwas wie einen eigenen Willen?«, fragte Vincent.

Voland lehnte sich zurück. »Sie hat nicht nur einen Willen, sie hat mehrere. Sie ist widersprüchlich, manchmal unentschlossen. Fast wie ein Mensch.«

»Das klingt verrückt«, sagte Vincent.

»Für dich vielleicht.« Voland hob langsam die Hand, als wollte er weitere Fragen von Vincent abwehren. »Die Simulation hat sich entwickelt. Sie wurde größer und reifer. Erwachsen, wenn du so willst. Aber die reale Welt stimmte nicht mehr ganz mit ihr überein. Da war etwas, was störte und was sich nicht in sie einfügen ließ.«

»Menschen?«, fragte Vincent.

Voland nickte. »Menschen, ja, aber auch Tiere und Pflanzen. Die organische Welt. Sie passten nicht recht in die Welt der vernetzten Maschinen. Also brauchte die Simulation dringend etwas, um sie zu erkennen. Sie musste alles in Zahlen übersetzen. Aber wie übersetzt du eine Pflanze in eine Zahl?«

Vincent starrte ihn an.

»Na? Indem du sie bewertest. Indem du sie einer Kategorie zuordnest. Nach ihrer Nützlichkeit. Also begann die Simulation, ein Punktesystem zu entwickeln. Es geschah an vielen Orten der Erde. Viele Firmen waren damit beschäftigt, Kategorien auszuarbeiten und dieses System zu entwickeln. Zunächst dachte man, es wären Aufträge, die von Menschen stammten. Erst nach und nach kam man darauf, dass es die Simulation selbst gewesen ist, die diese Aufträge erteilt hat. Sie wollte alles berechenbar machen: Pflanzen, Tiere, Menschen.«

»Das heißt, es war die Simulation, die die Sozialpunkte entwickelt hatte?«

Voland nickte. »Und sie ließ sich dabei von echten Menschen helfen.«

Vincent fuhr sich über die Stirn. Für einen Moment fühlte er sich wie in einem Traum. Wie war er nur hierhergeraten? »Und warum wollte die Simulation alles kategorisieren? Ich meine, was passiert mit den Lebewesen, die schlecht bewertet werden?«, fragte er.

»Nun …« Voland sah Vincent mit zusammengekniffenen Augen an. »Was meinst du, was damit passiert? Was ist mit den Katzen passiert?« Er lachte kurz auf. »Den echten Katzen?«

Vincent schwieg. Da war ein Gedanke, den er nicht zu Ende denken wollte. Nein, er wollte ihn ganz und gar nicht zu Ende denken. »Ist meine Mutter deshalb zu den Maschinenstürmern gegangen?«, fragte er und brach ein langes Schweigen. »Hat sie … Ich meine …warum ist ihr Flugzeug abgestürzt? War es wegen der Bombe?« Für einen Moment war er froh, dass Delia und Quirin ihn nicht hören konnten. Es war ein Gedanke, der ihm vorher schon einmal durch das Gehirn geschossen war, den er aber nie vor ihnen geäußert hätte. »Hat sie das Flugzeug zum Absturz gebracht? Ich muss das wissen!«

»Das ist das, was du dir gedacht hast?«, fragte der Mann sanft. »Dass sie die Bombe im Flugzeug gezündet hat?«

Vincent schluckte. Sein Herz klopfte in einem beständigen Trommelwirbel. Er hatte Angst und war begierig zugleich, die Antwort zu hören, doch Voland schüttelte nur den Kopf. »Sie war es nicht«, sagte er leise. »Es war die Simulation selbst. Sie hat das Programm des Cockpits manipuliert.«

»Die Simulation hat sie getötet?« Vincent starrte Voland an.

»Deine Mutter wollte nicht nach Stockholm. Sie hat diesen Flug nur gebucht, um ihre eigentliche Absicht zu verschleiern. Sie wollte nach Finnland zu den Serverfarmen von UTwin und dort die Server zerstören, die die Daten der Simulation enthielten.«

Vincent erstarrte. »Sie wollte die Server sprengen? Aber warum ausgerechnet sie? Was hatte sie damit zu tun?«

Voland holte einmal tief Luft. »Sie hat etwas erfunden, das sie vernichtet.« Seine Augen waren nun so leuchtend blau, dass sie fast unheimlich wirkten. »In ihrem Kern ist die Simulation hohl. In ihrem Kern trägt sie ihre eigene Vernichtung in sich. Es ist ihre Schwachstelle. Die einzige.«

Voland beugte sich zu Vincent vor. Seine Stimme war nur noch ein Flüstern.

»Deine Mutter hat einen Code entwickelt. Er ist mit dem ursprünglichen Code verbunden, wie bei einer Doppelhelix. Die DNA dieses Schattencodes ist mit der DNA des ursprünglichen Codes identisch. Es ist so etwas wie ein Zwillingscode. Sie nannte ihn deshalb auch die *Twin Files*. Die Twin Files waren ihre Rückversicherung. Sollte der Anschlag scheitern, gab es immer noch die Twin Files, mit denen man den Siegeszug der Simulation stoppen konnte. Und sie hat ihn so gut versteckt, dass ihn auch kommende Generationen würden nutzen können, falls ihr etwas zustoßen sollte. Wie atomare Brennstäbe, die in einem unterirdischen Stollen lagern und die ihre tödliche Wirkung entfalten, wenn sie eines Tages ausgegraben werden. Der Zwillingscode würde irgendwann von jemandem gefunden werden, der dann entscheiden würde, ob er ihn anwenden soll.«

»Aber warum hat sie ihn nicht gleich angewandt?«

»Es war zu früh. Man konnte den Code erst zünden, sobald die Simulation online war. Genau das wollte sie verhindern und ihr blieb nichts anderes übrig, als zuerst zu versuchen, die Server zu zerstören.«

»Und wo ist dieser Zwillingscode?«, fragte Vincent. Er spürte, wie sein Puls schnell gegen seine Stirn klopfte.

»Acht Jahre lang war er verborgen. Acht Jahre lang schlummerten die Twin Files in den Tiefen der Simulation. Sie waren so lange verborgen, bis du erwachsen wurdest.«

»Ich?«, fragte Vincent.

»Tja …« Voland blickte auf seine Hände. Dann sah er hoch. »Was glaubst du, Vincent? Wo ist der Schlüssel zu dem Zwillingscode?«

Vincent starrte ihn an. Ein anderer Ausdruck hatte sich in Volands Gesicht geschlichen. Etwas, was gar nicht zu dem kühlen, glatten Gesicht passte. Er sah plötzlich gierig aus. »Also, *ich* habe eine Ahnung, wo er sein könnte. Eine Vermutung nur, eine vage Annahme …« Er sah knapp an Vincent vorbei, nur ein paar Zentimeter, aber es machte Vincent sehr nervös. Es war ein Trick oder eine Programmierung, aber es funktionierte wunderbar. »Und was sagt Ihnen diese Vermutung?«, fragte Vincent und versuchte, so etwas wie ein spöttisches Lächeln zustande zu bekommen.

Voland war aufgestanden und kam langsam auf ihn zu. Seine hellen Augen waren tief und durchdringend. »Ganz einfach: Er ist bei dir!«

Vincent lachte kurz auf. »Blödsinn! Glauben Sie ernsthaft, ich würde hier sitzen, wenn ich so mächtig wäre und den Zugang zum Code zur Vernichtung der Simulation hätte? Vergessen Sie's!«

Der Mann lächelte ihn aus seinen kalten, stechenden Augen an. »Das ist ja das Problem. Du glaubst nur, dass du ihn nicht hast. In Wirklichkeit …«

»Was in Wirklichkeit?«

»In Wirklichkeit …« Der Mann ging ein paar Schritte auf Vincent zu, bis er dicht vor ihm stand. Vincent wollte nach vorne ausweichen, aber wie durch einen Zauber konnte er plötzlich keinen Muskel mehr rühren. Voland nahm seine Hand nach vorne und tippte Vincent auf die Stirn. Die Stelle, an der sein Finger Vincents Haut berührte, brannte wie Feuer.

»In Wirklichkeit ist er genau dadrin.«

24

Vincent war, als würde sein Kopf bersten. Er spürte Schwindel und Übelkeit, alles um ihn herum drehte sich. Der Mann verschwamm vor seinen Augen, zerfloss, löste sich auf. Der Raum stand plötzlich still. Voland war verschwunden.

Die Zeit lief weiter.

»… das ist genial!«, beendete Delia ihren Satz. Vincent drehte sich um. Sie war wieder lebendig; ihr Glitzerkleid schillerte. »Die Katze! Hast du das gesehen?«

Vincent starrte sie an. Für einen Moment hatte er keine Ahnung, wovon sie sprach. »Die Katze?«, stammelte er. Delia nahm ihn kaum wahr. Aufgeregt durchquerte sie die Garage, um zu dem Poster zu gelangen, und in diesem Moment fiel es Vincent wieder ein. Die Katze war eben – wann war *eben*? – sie war vor seinem Gespräch darin verschwunden. Oder besser gesagt, sie war nicht verschwunden, denn als er dem Bild nahe kam, sah er, dass sie vor rotem Hintergrund auf einem Podest thronte. Sie war zwar ein Gemälde hinter einer dicken Glasscheibe mit schwarzem Rahmen, aber seltsamerweise gelang es ihr immer noch, sie beide anzusehen. Es war ein Trick mit der Perspektive, fiel Vincent ein. Andererseits brauchte man hier sicher keine besondere Maltechnik, denn hier war alles möglich. Ihm wurde plötzlich wieder übel. Hatte er alles geträumt? Aber wie sollte er träumen? War Voland wirklich da gewesen? Oder war er nur ein Gast in seinem Kopf, der ihn zu einer Unzeit besuchte? Er war dabei, verrückt zu werden. Das war es. Seine Stirn brannte und die Stelle, an die der Mann getippt hatte, schmerzte besonders.

Delia drehte sich um und sah ihn verwirrt an. »Vincent? Bist du okay?« Als er ihren besorgten Blick auffing, wurde ihm klar, dass sie keine Ahnung hatte. »Nicht so wichtig«, murmelte er, ging hinüber zu Quirin, der immer noch friedlich auf dem Sofa lag, und tippte ihm leicht auf die Schulter. Er fühlte sich warm an und atmete. »Ich … ich bin nur so froh, dass ihr wieder da seid!«

»Ähm, ja.« Delia sah ihn verwirrt an. »Ich bin gerührt. Wie auch immer! Weißt du, worüber *ich* froh bin?«

Vincent zuckte mit den Schultern.

»Ich bin froh, dass ich den Ausgang gefunden habe. Pack mal mit an! Alleine bringe ich Quirin nie durch das Bild.«

»Das Bild?« Vincent wischte sich über die Stirn, wie um damit seine Erinnerung zu vertreiben. Delia deutete auf das Poster über dem Papierkorb. »Der Ausgang! Was meinst du, wohin die Katze eben verschwunden ist? Genau dort kommen wir mit heilem Gehirn raus, das wette ich.« Vincent blickte auf die gemalte Angorakatze. War dort tatsächlich der Ausgang, so wie Delia es glaubte? *Die Twin Files – der Zwillingscode.* Die Worte kreisten in seinem Kopf. Er sah auf Delia, die Quirins Oberkörper von dem Sofa zog, und eilte herbei, um seine Füße zu packen. Nein, sie hatte wirklich keine Ahnung, was eben geschehen war. Er war mit seiner Erfahrung allein. Wahrscheinlich war es das, was Voland gewollt hatte. Er schleppte zusammen mit Delia Quirin quer durch die Garage, hin zu dem Katzenbild, das so ungewöhnlich hoch hing, dass sie es nicht berühren konnten. Delia zog einen Stuhl zur Wand und kletterte darauf. »Okay, versuchen wir es.« Sie streckte die Hand aus und legte sie auf die Glasscheibe und fuhr mit der Hand über das Bild. Ihre Finger zeichneten Linien in den Staub. Die Zeit schien langsamer zu verrinnen. Sie warteten kurz, doch nichts geschah. Ein grenzenlos enttäuschter Ausdruck machte sich auf Delias Gesicht breit. »Na gut, war nur ein Versuch!« Sie sprang vom Stuhl. »Vielleicht sollten wir …«

»Delia!«, rief Vincent und legte ihr die Hand auf die Schulter, während er auf das Bild starrte, das sich innerhalb eines Wimpernschlags verändert hatte. Der schwarze Rahmen umfing nun kein Poster mehr, sondern eine zitternde Spiegelfläche, die aus einer silbernen Flüssigkeit zu bestehen schien. Jetzt stieg Vincent auf den Stuhl und fand sich dem Bild gegenüber, dass in einem weißen Licht glühte. Er konnte sich selbst in der Spiegelung sehen, allerdings stark verzerrt. Als ob er sich in einem Pudding spiegeln würde, den man einmal mit einem riesigen Löffel umgerührt hatte. Die Spiegelfläche strahlte eine solche Hitze ab, dass er zögerte, sie zu berühren. Würde er sich verbrennen? Schließlich streckte er doch die Hand aus und erwartete eine Wand, doch da war – nichts! Er konnte einfach durch das Bild hindurchfassen. Seine Hand war verschwunden. Er zog sie schnell wieder zurück, und während er das tat, bog sich ein Stück des Bildes nach außen. Wie eine Seifenblase, die sich dehnte. Er zog die Oberfläche mit der Hand in den Raum. Dann, als sie sich überdehnt hatte, schnellte die Blase in den Rahmen zurück und Vincent sah wieder in das flüssige Silber.

»Wie ist es?«, fragte Delia. »Kann man es spüren?«

Vincent schüttelte den Kopf. »Kein bisschen. Es … es kribbelt!« Tatsächlich hatte er für einen Moment das Gefühl gehabt, keine Hände mehr zu besitzen. Dieses Gefühl war so seltsam, dass er gar keine Worte fand, es zu beschreiben. *Kribbeln* war vielleicht das, was es am besten traf. »Es ist eher so, als würden meine Finger nicht mehr existieren.« Er betrachtete seine Hand, öffnete und schloss sie.

Delia schüttelte sich. »Deine Hände waren gerade in der Wirklichkeit. Nicht auszudenken, was passiert, wenn man halb auf der einen und halb auf der anderen Seite ist.« Dann warf sie noch einmal einen letzten Blick in das Büro. »Schade, dass wir hier nichts mitnehmen können.«

»Nein, das geht wohl nicht.« Vincent sah zu dem Schreibtisch seiner Mutter, auf dem die grüne Schreibtischlampe stand. Sie warf ihr Licht auf den Briefbeschwerer mit dem in das Glas gegossenen blauen Schmetterling.

Delia seufzte. »Hauptsache, wir kommen hier heil raus. Willst du zuerst, Vincent?«

»Geh du! Ich helfe dir mit Quirin und ich komme nach!«, sagte Vincent.

Sie hoben Quirin auf den Tisch und Delia zerrte ihn an den Achseln nach oben. »Er ist auch hier ganz schön schwer.« Vincent grinste und schob nach. Sie blickten sich noch einmal an. Delia auf dem Tisch und Vincent, der unten stand. Das Bild glänzte silbern und wirkte immer mehr wie ein Tunnel, durch den das Wasser in einem Strudel eingesaugt wurde.

»Wir sehen uns auf der anderen Seite!«, sagte Delia leise.

»Bis gleich!« Es gelang Vincent zu lächeln.

Delia drehte sich mit dem Rücken zum Bild, packte Quirin unter den Schultern und machte mit ihm einen Schritt nach hinten. Es gab ein seltsam schmatzendes Geräusch, der Strudel sog sie geradezu ein. Nach einer kurzen Sekunde waren beide völlig verschwunden. Vincent meinte, einen lang gezogenen Schrei gehört zu haben, aber er konnte sich auch getäuscht haben. Nun kletterte er selbst auf den Tisch. Die Glasscheibe vor ihm glänzte in allen Farben. Er konnte sich selbst sehen und sah so aus, als wäre sein Körper auf eine unerklärliche Weise verzerrt und durch die Mangel gedreht worden. Er sah zurück auf die Garage und wieder beschlich ihn dieses seltsame Gefühl, beobachtet zu werden. In diesem Moment meinte er etwas zu hören. Ein leichtes Flügelschlagen. Vincent hielt inne und sah, wie der blaue Schmetterling im Licht kurz aufblitzte. Vincent ging zurück zu dem Schreibtisch und nahm den Briefbeschwerer in die Hand. Hatte er sich eben wirklich bewegt? Nein, der Schmetterling war nun still. Nichts als ein in Glas gegossenes Insekt. Sollte Vincent die Halbkugel einstecken? Wozu? Sie existierte ja nur hier. Er stellte sie wieder zurück. Genau auf den Schreibtisch. Genau dorthin, wo er vorher gestanden hatte: auf die grüne Schreibtischunterlage. Da sah er plötzlich unter den leeren Papieren eine Schrift. Er zog einen Zettel hervor, der mit einer runden, eiligen Schrift bekritzelt war: *Gehe auf Anfang!* Was für eine seltsame Botschaft! Vincent schüttelte den Kopf, faltete das Papier und steckte es in seine Hosentasche. Dann durchquerte er abermals die Garage und stieg wieder zurück auf den Stuhl. Die glänzende Oberfläche brodelte und ein Strudel erstreckte sich vor ihm. Er holte tief Luft, trat einen Schritt nach vorne und ließ sich in die silberne Flüssigkeit fallen.

25

Als Vincent aus der Simulation erwachte, war es draußen bereits dämmrig geworden. Die Lamellen der Jalousie warfen lang gezogene Schatten auf den staubigen Glastisch vor ihm und das Bild mit der Kathedrale gegenüber hatte fast ganz seine Farben verloren. Er starrte auf seine Hände und berührte sein Gesicht. War das die Realität? Sie fühlte sich so grau, unscharf und unspektakulär an. Als hätte er eine verschmutzte Sonnenbrille aufgesetzt. Der Ledersessel unter ihm war hart und er spürte seine Muskeln. Sein Nacken schmerzte, da er zu lange gesessen war, ohne sich zu rühren. Das Mindset drückte auf seine Stirn und er hatte rasendes Kopfweh, doch als er den Drahtbügel abnahm, fühlte er sofort, wie der Schmerz nachließ. Vor ihm stand immer noch der Computerbildschirm. Das Bild darauf ähnelte geschmolzenem Silber, in das man Gegenstände hineingeworfen hatte, die nun die Oberfläche zum Kräuseln brachten wie Steine, die Kreise im Wasser zogen. Wie bei den Bildschirmschonern, die er früher im Institut gesehen hatte. Er fasste in seine Tasche. Nein, dort war kein Zettel, natürlich nicht! War alles, was er erlebt hatte, ein Traum gewesen? Hatten die anderen es auch erlebt? Die anderen? Neben ihm begann sich Delia zu rühren. Sie streckte sich und nahm ihr Mindset ab. Es verhedderte sich in ihren Haaren, die nun wieder viel weniger blond waren als in der Simulation und in der Dämmerung einen aschfarbenen Ton angenommen hatten. Sie und Vincent wechselten einen kurzen Blick, dann folgte Vincent ihren Augen und ein Stich ging durch sein Herz. Quirin saß immer noch da, sein Mund war halb offen und die Augen geschlossen. »Quirin!«, rief Delia und stand auf. »Quirin, wach auf, bitte!« Ihre Stimme klang flehend, als sie sich über ihn beugte und über seine Wangen strich. »Los, komm schon! Komm schon, Quirin!!« Doch Quirin rührte sich nicht und Delia warf Vincent einen verzweifelten Blick zu.

»Er kommt wieder zurück. Es dauert nur eine Weile.«

Vincent schaute sich überrascht um. Aus dem Dunkel neben der Tür schälte sich eine Gestalt. Sie hatte lange schwarze Haare, aus denen eine einzelne Locke silbern hervorstach.

»Zarah?«, fragte er. Sein Herz klopfte plötzlich heftig. Ja, es war Zarah. Sie stand im Türrahmen und beobachtete ihn. Wie lange schon? War sie die ganze Zeit über hier gewesen?

Delia blickte von Zarah zu Quirin, der immer noch die Augen geschlossen hatte. »Wieso bist du dir da so sicher? Dass er wieder aufwacht, meine ich.«

Zarah trat nun ins Licht. Sie sah müde und auch abgehetzt aus. Unter ihren Augen waren Schatten … »Es ist sehr wahrscheinlich, dass er zurückkommt.«

Vincent schnappte nach Luft. »Woher …?«

Zarah sah ihn mit der gleichen Mischung aus Zuneigung

und Skepsis an, die ihn schon bei ihrer letzten Begegnung so verwirrt hatte. »Ich habe dich über die Libelle geortet.«

»Über die Libelle?«

»Sie hat ein eingebautes Trackingsystem. Falls sie mal verloren geht. Oder gestohlen wird.« Zarah brachte so etwas wie ein schwaches Lächeln zustande.

Delia starrte sie an. »*Du* bist Zarah, oder? Vincent hat von dir erzählt.«

»Okay!« Zarah lächelte Vincent vorsichtig an, dann wurde sie ernst. »Hört zu, wir müssen uns beeilen. Ich glaube, euch ist nicht klar, in welchen Schwierigkeiten ihr steckt.«

»Schwierigkeiten?«, fragte Vincent. »Was für Schwierigkeiten?«

Zarah antwortete nicht, sondern eilte quer durch den Raum zum Fenster, zog vorsichtig die Lamellen der Jalousie auseinander und spähte nach unten. Sie biss sich nervös auf die Lippen und sah dann die anderen ernst an. »Es werden immer mehr!«

Vincent trat neben sie und spähte durch den Spalt zwischen den Lamellen nach draußen. Was er sah, schickte ihm einen kurzen, heftigen Stromstoß über den Rücken. Neben der Halle parkte ein schwarzer Van.

»Sicherheitsdienstleute«, murmelte Zarah. »Es sind mindestens fünf Einheiten mit Twins. Sie kamen alle in der letzten Viertelstunde.« Vincent spähte zwischen den Lamellen auf die Gasse zwischen den Fabrikhallen. Aus dem parkenden Van stiegen schwarz gekleidete Männer mit Gewehren im Anschlag. Sie schwärmten geduckt aus, besetzten die Türen der Halle und warteten.

»Was wollen die hier?«, flüsterte Delia, die sich neben ihn gedrängt hatte.

»Sie suchen euch.« Zarahs Stimme klang gepresst.

»Verdammt!« Delia schluckte und Vincent spürte, wie sie neben ihm zu zittern begann. Zarah kramte in ihrer Tasche herum und holte einen länglichen Gegenstand heraus. »Ich habe einen Lieferwagen und kann euch mitnehmen. Aber jetzt müssen wir es erst mal nach draußen schaffen, ohne dass sie uns sehen!«

Delia ließ die Lamellen langsam und vorsichtig in ihre alte Form zurückgleiten. »Aber wie sollen wir denn hier aus der Halle rauskommen? Sie stehen unten an jeder Tür.«

»Erst mal müsst ihr eure Handys deaktivieren.« Sie sahen sich an, dann zückte jeder sein Handy und nahm den Akku heraus.

»Gut!« Zarah nickte. »Jetzt bleibt uns nur noch der Weg nach oben. Über die Feuerleiter.«

»Schon wieder klettern!«, murmelte Quirin im Hintergrund und zog sich das Mindset ab. »Wieso ist es eigentlich so dunkel? Wir waren doch gar nicht so lange weg!«

»Quirin?!« Delia unterdrückte einen Aufschrei. »Oh, Quirin!« Sie lief zu ihm und umarmte ihn. »Ich wollte dir nicht einfach so das Mindset abnehmen. Es tut mir so leid, ich dachte schon, dass du …«

Quirin lächelte Delia verwirrt an und legte das Mindset auf den Tisch. »Es war gar nicht so schlimm, ehrlich. Hat doch nur ein paar Sekunden gedauert.«

Delia fasste ihn am Arm. »Und du bist wirklich in Ordnung?«

»Also, ich …« Quirin rieb sich die Schläfen und blinzelte überrascht in die Runde.

»Hört mal!« Zarah warf ihnen einen ungeduldigen Blick zu. »Könnt ihr das nicht irgendwann später klären? Sie werden gleich stürmen! Wir müssen hier durch das Fenster und dann die Leiter hoch.«

Vincent spähte nach unten. Noch mehr Vans fuhren vor. Männer in Sicherheitswesten stiegen aus und stellten sich mit dem Rücken an die Mauer. »Und wie willst du verhindern, dass sie uns sehen?«

»Mit einer Ablenkung! Aber zieht vorher alle Stecker und nehmt die Mindsets mit!« Zarah deutete auf den Tisch und das Gewirr an Drahtbügeln und Kabeln. Vincent nickte, dann stöpselte er in Windeseile die Mindsets ab, die leicht in seinen Händen vibrierten, als er sie in seinen Rucksack zu der Libelle steckte.

»Drei reichen«, bemerkte Zarah. »Lass eines von ihnen da!«

»Wozu?«, fragte Vincent verblüfft.

»Man kann nie wissen«, erklärte Zarah schnell. Sie schaltete den Computer aus und das Bild mit dem geschmolzenen Silber verlosch. »Okay!« Zarah sah sich um. »Also ... Wenn ihr so weit seid?«

»Sind wir«, murmelte Quirin.

»Alles klar!« Zarah holte tief Luft und stieß mit einem Ruck das Fenster auf. Dann holte sie mit dem rechten Arm weit aus und schleuderte das Rohr, das sie vorhin aus ihrer Tasche geholt hatte, nach unten. Es flog in hohem Bogen durch die Luft und traf mit einem lauten Knall auf dem Kiesboden neben der Halle auf. Dichter blauer Qualm entwich und nebelte in Sekundenschnelle alles ein. Stimmen drangen nach oben, schnell gebrüllte Befehle und eilige Schritte.

»Was war das denn?«, fragte Delia atemlos.

»Eine Nebelkerze! Wir haben jetzt genau dreieinhalb Minuten, um zu verschwinden!«

Durch den dichten blauen Rauch vor Blicken geschützt,

kletterten sie nacheinander aus dem Fenster und hangelten sich die schmale Feuerleiter nach oben. Vincent starrte auf die Hände, die eine Sprosse nach der anderen umfassten. Unter ihm brodelte der blaue Rauch wie ein Geysir. Einzelne beißende Schwaden wurden von dem Wind nach oben getrieben und ließen ihn husten. Nach kurzer Zeit kamen sie auf das Dach der Halle. Zarah sah in den Himmel, auf dem sich schon die ersten Sterne abzeichneten. »Betet, dass sie keine Drohnen haben!«, flüsterte sie. Sie schlichen sich geduckt über den Betonboden, auf dem man verblasst noch die riesigen Umrisse des Ouroboros entdecken konnte. Quirin schloss zu Zarah auf und starrte sie verwirrt an. Dann hellte sich sein Gesicht auf. »Hey, ich weiß! Bist du nicht die mit der Libelle?«

Zarah stutzte. »Woher weißt du das?«

Quirin kratzte sich. »Also, äh … aus Vincents Erinnerungen. Wir haben sie aufgezeichnet.«

»Fantastisch!« Zarah sah Vincent an, der spürte, wie ihm das Blut ins Gesicht schoss. »Und jetzt?«, fragte er eilig. Sie waren am anderen Ende des Daches angelangt.

»Wir müssen springen!«, rief Zarah und deutete auf das Hallendach vor ihnen. Es war um einiges tiefer gelegen. Vincent schluckte. Der Spalt zwischen den beiden Gebäuden war vielleicht drei Meter breit.

»Es gibt keine andere Möglichkeit?«, fragte Quirin.

»Nein, gibt es nicht!« Zarah sah ihn an.

Quirin schüttelte den Kopf. »Ich hasse so was!«, murmelte er. Dann rückte er sich die Brille zurecht, ging ein paar Meter zurück, nahm Anlauf und sprang über den Abgrund. Er setzte unten auf der anderen Seite auf und sah ungläubig zu den anderen. Delia zitterte und starrte hinüber. Quirin winkte ihr. »Ich bin hier, spring einfach!« Delia schüttelte den Kopf.

»Spring! Du brauchst keine Angst haben!« Quirin winkte. Delia wischte sich etwas aus den Augen, biss sich auf die Zähne und sprang. Am Ende – einen schrecklichen, lang gezogenen Moment lang – strauchelte sie, ein Bein blieb über dem Abgrund, doch Quirin zog sie zu sich.

Dann setzte auch Vincent an, lief und sprang, ohne einmal nach unten zu sehen. Sein Herz hämmerte in seinem Kopf, als er auf dem Kiesdach auftraf. Adrenalin rauschte durch seine Adern. Von unten tönten dumpfe Schläge gegen das Tor der Halle. »Noch hält die Tür«, rief Zarah, die kurz nach ihm landete. »Aber die Wirkung der Nebelkerze lässt schon nach!« Sie rannte über das Dach zu einem quadratischen Ausgang, der über einen Versorgungsschacht in ein dämmriges Treppenhaus führte. »Ich hoffe, keiner von euch ist besonders empfindlich!«

»Empfindlich? Was meinst du denn damit?«, fragte Delia, die außer Atem hinter ihr auf der Leiter ankam.

»Das werdet ihr gleich sehen!«

Sie hasteten die Stufen hinunter, vorbei an kaputten Glastüren, die in verlassene Großraumbüros führten. Über drei Stockwerke führte eine düstere Fluchttreppe, die unten in einen langen, dunklen Kellergang mündete. Zarah zog eine Taschenlampe hervor und leuchtete ihnen den Weg. Das Licht huschte an alten silbernen Röhren und langen Kabelsträngen entlang. Schließlich gelangten sie über eine Eisentür zu einem schmalen Gang, den sie nur gebückt betreten konnten.

»Wo sind wir?«, fragte Delia.

Zarah schob ein Gitter zur Seite. »Unter dem alten Abwasserbecken. Haltet die Luft an! Wir kommen gleich an der Kläranlage raus.« Ein fauliger Geruch schlug ihnen entgegen.

»Ehrlich, da sind mir ja die Wölfe lieber«, murmelte Delia.

»Was für Wölfe?« Quirin kratzte sich am Kopf.

»Die, vor denen ich dich gerettet habe!«

Quirin sah Vincent verständnislos an. »Weißt du, was sie meint?«

»Seid um Himmels willen leise«, zischte Zarah. »Sie sind ganz nah!«

Delia biss sich auf die Lippe und sie schlichen gebückt und schweigend weiter durch den Gang. Der Gestank nahm ihnen den Atem. Dann, nach einer schier endlosen Weile, sickerte orangefarbenes Laternenlicht herein und die Decke wurde wieder so hoch, dass sie sich aufrichten konnten. Der Gang mündete in eine, mit glitschigen Laubblättern bedeckte, schmale Treppe. Zarah ging voran und zuckte zusammen, als sie um die Ecke sah. Sie legte den Finger an die Lippen und bedeutete allen, sich an die Wand des Treppenaufgangs zu pressen. Schritte kamen näher.Vincent schloss die Augen. Zarah stand neben ihm und schob ihre Hand in die seine. Ein warmes, vertrautes Gefühl ging von ihr aus und Vincent hielt ihre Hand fest. Sie warteten und warteten. Der Moment dehnte sich aus und Vincent war gefangen zwischen dem Wunsch, dass er schnell aufhören, und dem, dass er ewig dauern sollte. Die Schritte verhallten, Zarah drückte fest seine Hand und machte den anderen ein Zeichen. Sie schlichen den Treppenaufgang hoch und liefen zu einer Hecke.

»Hier durch!« Zarah zog sich die Ärmel über die Hände und bog die stacheligen Zweige auseinander. Einer nach dem anderen schlüpfte durch das Grün und kam auf einem Gehsteig heraus, der neben einer breiten Straße entlangführte. Dort stand ein Lieferwagen mit einem Copypet-Aufdruck.

Zarah öffnete die Tür zum Frachtraum und bugsierte sie hinein. Quirin und Delia kauerten auf dem Boden und Vincent kam auf einer Kiste zu sitzen, neben der sich ein unförmiges pelziges Etwas befand, das seine breiten Arme um ihn schlang. Erst als sich Vincent aus der Umarmung befreien konnte, sah er, dass es sich dabei um einen riesigen mechanischen Bären handelte.

26

»Alles in Ordnung da hinten?«, fragte Zarah, während sie einen Blick in den Rückspiegel warf. »Wir sind okay«, sagte Delia, langte nach oben und klopfte einmal kurz an die Scheibe, die den Fahrersitz von dem hinteren Teil trennte. Zarah schlug leise die Tür zu und nach einer Weile spürte Vincent, wie sie ausparkte und den Wagen langsam auf die Straße rollen ließ. Bald schienen sie auf einer größeren Straße zu sein, denn das Auto bewegte sich gleichmäßig und orangefarbene Straßenlaternen zogen über es hinweg. Delia sah wehmütig aus dem Fenster. »Nur mein Auto bleibt zurück.« Sie seufzte. »Ich hoffe, es wird nicht konfisziert oder so. Lacht nicht, aber es geht mir ab. Als wäre ein Teil von mir selbst verschwunden.«

»Ich wusste gar nicht, dass es dir so viel bedeutet«, murmelte Quirin.

»Wer waren diese Leute? Und warum sind sie hinter uns her?« Vincent beugte sich nach vorne und sprach gegen das Gitter, das Zarah von ihnen trennte.

»Das sind Wachen. Also die menschliche Form davon.«

»Die menschliche Form?«

»Die meisten davon sind Twins«, erkärte Zarah. »Die Simulation hat sie aktiviert.«

»Weil wir in der Simulation waren? Machen sie das mit allen Eindringlingen?«, fragte Vincent. Doch bevor Zarah darauf antworten konnte, nahm etwas anderes ihre Aufmerksamkeit gefangen. Sie bremste abrupt und mit quietschenden Bremsen den Lieferwagen ab. »Versteckt euch, schnell!«, flüsterte sie. Delia zog eine Decke über sich und Quirin, während sich Vincent hinter den riesigen Bären zwängte. Durch einen Spalt zwischen dem Laderaum und dem Vordersitz konnte er sehen, wie Zarah das Fenster herunterließ. Draußen stand ein Mann in einer schwarzen Uniform und klappte das Visier seines Helms hoch. Er sah nicht aus wie ein Twin. Nein, das Schild an seiner Uniform zeigte einen Namen und keine Nummer. »Und, wohin geht's?«, fragte der Mann und legte seinen Arm auf das Fenster des Lieferwagens.

»Hab noch 'ne neue Fuhre Bären«, erklärte Zarah. Ihre Stimme war ruhig.

»Bären?«, fragte der Mann amüsiert. »Ernsthaft?«

Kurz darauf erleuchtete das Licht einer Taschenlampe das Innere des Lieferwagens. Der Lichtstrahl tanzte zwischen ihnen herum und verweilte aber nirgends. Schließlich wurde er ausgeschaltet. Zarah beugte sich leicht zur Seite, um ihm den Blick zu versperren. »Bin echt schon spät dran«, bemerkte sie. Der Mann musterte sie. »Und wem willst du sie hier draußen ausliefern? Scheint mir hier nicht viele Kunden zu geben.« »Da ist meine Abkürzung. Die nehm ich immer. Muss in den Osten und die Autobahn ist zu voll.« Nur wer Zarah kannte, konnte ein leichtes Zittern in ihrer Stimme ausmachen. Vincents Herzklopfen mischte sich mit dem Atem der andern. Der Mann zögerte. »Hast du ein Problem, wenn ich eine ID-Prüfung mache?«

Zarah zuckte mit den Schultern. »Wenn es mir hilft, schnell hier wegzukommen.«

Der Uniformierte nahm ein Gerät aus seiner Innentasche und scannte Zarahs Gesicht. Ein blaues Leuchten erhellte den Lieferwagen wie ein Blitz. Dann sah der Mann auf den Scanner und wartete auf das Ergebnis.

»Sucht ihr jemanden?«, fragte Zarah.

»Es gab ’nen Terroralarm. Drei Leute werden gesucht. Hast du was gesehen?«

»Nee. Keine Ahnung. Nur schwarze Vans. Aber die sind ja von euch.« Zarah räusperte sich. »Und was haben sie angestellt? Die, die ihr sucht?«

»Darf ich nicht sagen.«

Vincent spürte Quirins Atem in seinem Nacken und kämpfte gegen den schwer zu bezähmenden Wunsch zu niesen. »Okay«, murmelte der Mann schließlich und steckte den Scanner wieder in seinen Gürtel. »Okay.« Dann trat er einen Schritt zurück und klopfte auf das Dach des Vans, sodass Delia, Vincent und Quirin zusammenzuckten. »Du kannst weiterfahren!« Er beugte sich noch einmal zu Zarah. »Pass gut auf. Sie sind gefährlich!«

»Ich werde mir zu helfen wissen«, antwortete Zarah und hob lässig die Hand zum Abschied, dann trat sie aufs Gaspedal und brauste los. Delia, Quirin und Vincent wurden zwischen die Kisten gequetscht und Vincent versank wieder in der Umarmung des riesigen Braunbären.

»Das war knapp«, murmelte Quirin, als er wieder unter der Decke auftauchte.

Sie schwiegen eine Weile und ließen sich von dem Van durch die Straße schaukeln.

»Du musst einen verdammt guten Punktestand haben, dass er dich so einfach hat gehen lassen«, wandte sich Delia schließlich an Zarah.

Die nickte grimmig und beschleunigte. »Doppel A. Ganz im Gegensatz zu euch.«

»Wie meinst du das?«, fragte Delia.

Zarah antwortete darauf lange nichts. Schließlich seufzte sie und sah in den Rückspiegel. »Ich muss euch etwas zeigen!«

***

Sie fuhren schweigend dahin. Vincent blickte nach vorne und versuchte, durch die Windschutzschiebe hindurch zu erkennen, wo sie sich befanden. Doch der Ausschnitt, den er zu sehen bekam, war zu klein und er hatte auch keine Lust, Zarah danach zu fragen. Sie stoppten ziemlich oft an roten Ampeln, sodass er vermutete, dass sie wieder durch die Stadt fuhren. Dann schließlich hielt Zahrah das Auto an und schaltete den Motor aus.

»Wo sind wir?«, fragte Vincent.

Zarah drehte sich um. »An der Brücke am Eisbach. Das heißt direkt gegenüber.« Ihr Gesicht war blass und ihre Augen glänzten dunkel.

»Wieso das? Willst du etwa den Surfern zusehen?«, fragte Delia.

Zarah schüttelte den Kopf. »Nein, ihr solltet euch was ansehen.«

»Schön!« Delia streckte sich. »Bin ich froh, wenn ich hier herauskomme!« Sie wollte gerade die Tür öffnen, als Zarah mit einem kurzen, schnappenden Geräusch die Zentralverriegelung aktivierte. »Hey, willst du uns hier einsperren?«, rief Delia und klopfte aufgebracht gegen das Gitter, das sie vom Fahrersitz trennte.

»Ihr habt immer noch nicht verstanden, in welcher Lage ihr seid!«, erklärte Zarah. »Ihr wärt sofort verhaftet.«

»Wieso verhaftet?«, fragte Delia.

Zarah schluckte. »Ich werde jetzt für einen Moment die Verdunklung der Scheiben wegnehmen und ihr könnt es euch ansehen.«

Vincent setzte den Bären nach unten und spähte durch die Rückscheibe. Das verdunkelte Glas wurde heller und gab den Blick auf die Straße frei. Rote und weiße Lichter flitzten vorbei. Ein Krankenwagen war zu hören und über ihm die Rotorblätter der Verkehrsdrohnen. Ihnen gegenüber am Brückengeländer vor hohen, dunklen Bäumen, die sich langsam im Wind wiegten, standen wie immer die beiden großen Monitore.

Es war einen Moment ganz still im Auto.

»Oh, verdammt«, murmelte Delia.

Es dauerte eine Weile, bis das, was er sah, wirklich in Vincents Bewusstsein drang. Sie waren auf der Leinwand zu sehen. Überlebensgroß. Flimmernd auf der Brücke. Sie waren Riesen, weithin sichtbar. Delia mit ihren wilden blonden Haaren, Quirin in einem verknitterten T-Shirt und einer eckigen Brille und schließlich er selbst. Sein Blick war erstaunlich klar und er sah älter aus, als er sich fühlte; seine roten Haare standen nach allen Seiten hin ab. Die scharfkantigen Silhouetten der Passanten verdeckten die weißen Buchstaben unter seinem Kinn. *Dringend gesucht!*

»Ich wollte schon immer berühmt werden«, sagte Delia leise. »Aber nicht mit *dem* Bild.«

»Wieso?«, fragte Quirin leise. »Ich finde, du siehst hübsch aus.«

Delia sah ihn an und wischte sich ein paar Tränen aus dem Gesicht. Vincent starrte auf sein riesiges Ebenbild. Er hatte keine Chance mehr auf ein Doppel B. Niemals mehr. Nun war er D. Mindestens. Wahrscheinlich gab es nicht einmal mehr einen Buchstaben für das, was er war. Das Haus war unwiderruflich verloren.

»Ich muss euch was erzählen«, sagte er leise. »In der Garage ist mir jemand begegnet. Er nannte sich Voland.«

Zarah starrte ihn neugierig an. »Voland?«

»Er hat uns die Tür hingestellt, durch die wir zu UTwin gehen konnten.«

Delia kniff die Augen zusammen. »Warum habe ich ihn nicht gesehen?«

»Er hat die Zeit angehalten. Er sagte, es sei nur eine Sache zwischen ihm und mir. Jedenfalls hat er mir erzählt, dass meine Mutter tatsächlich zu den Maschinenstürmern gehörte.«

»So wie wir vermutet haben?«, fragte Delia.

Vincent nickte. »Sie war bei UTwin und hat dort an der Simulation gearbeitet.«

»Sie hat an der Simulation gearbeitet?«

»Als sie in der Testphase waren, hat sie beschlossen zu verhindern, dass die Simulation online geht.« Vincent schluckte. »Sie wollte die Server sprengen, auf denen sie gespeichert war. Dahin war sie mit dem Flugzeug unterwegs.«

»Und dabei ist sie abgestürzt?«

»Die Simulation hat das Flugzeug abstürzen lassen.«

Es war eine Weile still in dem Van. Ein Streifenwagen fuhr vorbei und flackerndes blaues Licht fiel über sie alle. Vincent sah sein Gesicht auf der Leinwand und die Menschen, die daran vorbeigingen, und musste plötzlich an ein Buch denken, das ihm seine Mutter einmal vorgelesen hatte. Gullivers Reisen. Gulliver, den die Liliputaner mit Hunderten von dünnen Schnüren am Boden gefesselt hatten. So hatte er sich immer gefühlt. Sein Punktestand und alles, was damit zusammenhing, hatte ihn am Boden gehalten. Das war jetzt vorbei. Er wurde offiziell gesucht und seine Punkte spielten keine Rolle mehr. Er würde nie mehr hochkommen. Warum nur war er nicht am Boden zerstört? Nein, hier saß er und fühlte plötzlich etwas ganz anderes. Er müsste nur aufstehen und die dünnen Schnüre zerreißen. Er musste den anderen davon erzählen. Sie mussten es wissen. »Meine Mutter wusste nicht, ob sie Erfolg haben würde, deshalb hat sie noch etwas gebaut. Eine Sicherheit, falls … nun, falls sie es nicht schaffen würde, die Server zu zerstören. Etwas, das aber erst wirken konnte, sobald die Simulation online war. Eine Art Virus. Sie nannte es die *Twin Files.*«

»Die Twin Files?« Quirin sah Vincent gespannt an.

»Wenn die Twin Files freigesetzt werden, dann werden sie die Simulation löschen.«

»Aber wo sollen diese Twin Files sein? Wieso hat sie bisher noch keiner gefunden?«, fragte Delia.

»Weil sie nicht in der realen Welt sind«, erklärte Vincent.

»Aber wo dann?« Delia sah ihn verwirrt an.

»Sie sind in der Simulation versteckt«, sagte Vincent. »Der Mechanismus, um die Simulation zu zerstören, ist in der Simulation selbst.«

»Das heißt, wir müssen diesen Code in der Simulation suchen und können ihn dann auslösen?«, fragte Quirin.

Vincent nickte.

»Moment mal…« Delias Stimme überschlug sich fast. »Ihr wollt *was* genau?«

Vincent blickte sie an. Er war völlig ruhig. »Ich möchte, dass die Simulation zerstört wird. Wenn wir die Simulation löschen, sind auch unsere Punkte weg. Dann sind wir frei.«

»Die Simulation löschen!«, murmelte Delia. »Das klingt völlig wahnsinnig.«

Vincent sah auf die Lichter draußen. Sie verschwammen mit den Wassertropfen auf der Scheibe zu bunten Flecken. Er fühlte sich auf eine beinahe heitere Art leicht und zu allem entschlossen. Es war das, was er tun musste. Eigentlich schon die ganze Zeit über tun sollte. »Meine Mutter hat es nicht geschafft, die Simulation zu vernichten. Aber wir könnten es vielleicht schaffen!«

Sie schwiegen und starrten auf die Monitore. Ihre Gesichter wirkten unwirklich, so als gehörten sie jemand anderem. Jemand ganz Unbekanntem.

Delia strich ihre Haare zurück und schüttelte unwillig den Kopf. »Okay, mal angenommen, es ist so. Wie sollen wir wieder in die Simulation hineinkommen? In die Halle können wir unmöglich zurück und das war der einzige Zugang.«

Zarah drehte sich zu ihnen um. Ihr Gesicht war ungewöhnlich blass. Sie hatte die ganze Zeit über schweigend zugehört und schien sich nun einen Ruck zu geben. »Es gibt noch einen anderen Weg«, sagte sie leise.

TEIL DREI
Orrery

27

Stephens E-Shop lag in der Dunkelheit und wurde nur erleuchtet von den Quallen, die im Schaufenster Licht spendeten. Auf das Vordach prasselte der Regen und durch die verlassene Straße peitschte der Wind. Zarah ließ den Transporter langsam in den Hinterhof rollen. Sie stiegen aus und wurden bei den wenigen Schritten zur Haustür pitschnass. Vincent musste niesen, als er Zarah und den anderen durch das dunkle Treppenhaus in das Hinterzimmer des Ladens folgte. Nie hätte er gedacht, dass er so schnell wieder hier sein würde. Bei Dämmerung wirkte der Raum ganz anders als bei Licht. Die Schatten der bunten Schnüre, die den Raum vom Laden trennten, tanzten auf dem Boden, auf dem sich immer noch der große Drahtkäfig mit den Mäusen befand. Sie tauchten das Zimmer in schweflig gelbes Licht. Vincent sah sich unbehaglich um und versuchte, eine Spur der Kolibris oder der silbernen Schlange zu finden, die ihn verfolgt hatten. Schließlich entdeckte er das Schlangenmaul auf der Vitrine, die wie ein finsterer Riese in der Ecke des Raumes stand. Die Schlange war ausgeschaltet und lag dort, mit dem Kopf nach unten wie eine harmlose, silbern schimmernde Kette. Nur der Zahn in dem geöffneten Maul ließ auf ihre Gefährlichkeit schließen. In der Vitrine flatterten die Nachtfalter nervös und stießen mit einem leisen Klicken der Flügel gegen die Glasscheiben.

»Und du bist sicher, dass dein Vater heute nicht mehr kommt?«, fragte er Zarah. »Ganz sicher«, sagte Zarah und deutete dann auf den Mäusekäfig. »Helft mir mal! Alleine ist das immer so schwer.« Es gab ein hässlich kratzendes Geräusch auf dem Boden, als sie mit vereinten Kräften den Käfig zur Seite schoben. Darunter zeichneten sich die Umrisse einer Falltür ab. Zarah fasste hinter den Schrank und drückte dort auf einen Schalter, woraufhin sich die Falltür beinahe geräuschlos öffnete, um einen schwarzen, quadratischen Einstieg mit einer Steigleiter freizugeben. Vincent spähte nach unten, sah aber nicht, wohin die Leiter führte. »Da runter?«, fragte Quirin. Zarah nickte. »Zuvor müsst ihr mir eure Handys und Uhren geben. Alles, was mit dem Netz verbunden sein könnte!«

Sie holte einen silbernen Sack aus einer Schublade und sie ließen alle ihre Geräte hineinfallen.

»Und woher sollen wir wissen, dass das jetzt keine Falle ist?« Delia sah nach unten und ein Schauer durchlief sie. »Also, es könnte ja theoretisch sein, dass wir von da unten nie wieder zurückkommen.«

Zarah schloss den Sack und legte ihn in die Ecke. Dann hob sie die Hände mit den Handflächen nach außen. »Plädiere auf unschuldig! Bin weder Psychopathin noch Serienmörderin.«

»Wie beruhigend!«, murmelte Delia.

Zarah brachte so etwas wie ein schiefes Lächeln zustande.

Delia blies die Luft aus den Backen und musterte Zarah misstrauisch. »Okay. Wahrscheinlich ist es das Dümmste, was ich je getan habe.«

»Es wäre das Dümmste, wenn du mir *nicht* folgst.« Zarah schwang sich auf die Leiter und wurde schnell von der Dunkelheit verschluckt. Die anderen blickten sich an.

»Wahrscheinlich hat sie recht«, murmelte Quirin und stieg ebenfalls hinunter, dicht gefolgt von Vincent und Delia, die sich nur widerstrebend in die unbekannte Tiefe hinabließ. Der Abstieg war lang, Vincent hörte Delias Atmen und sah oben ein graues Quadrat, das immer kleiner wurde, je tiefer er stieg. Was würde sie dort unten erwarten? War es tatsächlich eine Falle, in die Zarah sie alle tappen ließ? Würden sie für immer in einer dunklen Kammer unter der Erde verschwinden?

»Wir sind da«, hörte er Zarah nach einer gefühlten Ewigkeit flüstern und kurz darauf spürte er wieder Boden unter seinen Füßen. Zarah war ziemlich dicht neben ihm, ihre Haare kitzelten ihn an der Wange. Für einen Moment wünschte er sich, die Zeit würde für einen Moment anhalten. So wie in der Garage. Noch mehr wünschte er sich allerdings, sie wären in diesem Moment irgendwo anders. Aber die Zeit hielt nicht an. Zarah drückte auf einen Schalter, ein fahles, surrendes Neonlicht zuckte über ihren Köpfen auf und beleuchtete einen breiten Gang, der sich vor ihnen in der Ferne verlor. Delia blinzelte und strich über die glatten Wände. »Und was ist das hier? Bereitet ihr euch auf den Atomkrieg vor, oder was?«

»Nun, wir … bewahren hier ein paar Sachen auf«, antwortete Zarah, während sie ihnen bedeutete, ihr den langen Gang hinunterzufolgen. Nachdem sie einige verschlossene Türen hinter sich gelassen hatten, kamen sie an eine breite graue Tür, die mit zwei Riegeln gesichert war. Zarah schob sie zur Seite und berührte mit ihrem Armband ein Touchpad, woraufhin sie sich leise quietschend öffnete. Sie war massiv und aus Eisen und gab Vincent das Gefühl, einen riesigen Tresor zu betreten. Der Raum vor ihnen sah aus wie eine Abstellkammer. Eine alte Glühbirne baumelte von der Decke und spendete ein spärliches Licht. Ein hochkant gestelltes Ledersofa bildete den Fluchtpunkt einer kleinen Landschaft, die aus Lampen, alten Kerzenleuchtern, kleinen goldenen Buddhas mit dicken, faltigen Bäuchen, ausrangierten Computern und hochgestapelten Aktenordnern bestand.

»Das war mal unser Archiv«, erklärte Zarah, nachdem sie die erstaunten Blicke der anderen aufgefangen hatte.

»Was archiviert ihr denn?«, fragte Vincent.

»Steuerunterlagen. Die alten, als wir noch Steuern zahlen mussten.« Zarah grinste kurz, als hätte sie einen Witz gemacht.

»Und was willst du uns jetzt zeigen?« Delia beobachtete Zarah, die auf ein mit dickem schwarzem Stoff verhängtes Bild zusteuerte, das an die einzig leere Wand des Raumes gegenüber der Tür gelehnt war. Es war vielleicht zwei Meter hoch und einen Meter breit und steckte in einem goldenen, verschnörkelten Rahmen, dessen Ränder hinter dem Stoff sichtbar wurden. »Ein Bild?« Quirin rieb sich die Augen unter seinen Brillengläsern. Zarah schüttelte den Kopf. »Es ist kein Bild«, sagte sie. Sie trat nach vorne und zog das schwarze Tuch von dem Rahmen, was so aussah, als würde sie eine Statue enthüllen. Das, was unter dem Vorhang zum Vorschein kam, sah auf den ersten Blick so aus wie ein Spiegel. Er zeigte genau den Raum hinter ihnen. Die geöffnete schwere Eisentür, die Schränke, das schräg gestellte Sofa, die Aktenordner und sogar die beiden Buddhastatuen. Eine Sache jedoch fehlte. Sie selbst.

Vincent schluckte. Gegenüber auf der anderen Seite waren weder er noch Zarah noch Quirin oder Delia zu sehen.

»Was ist das?«, fragte Delia verwirrt. »Ein Spiegel?«

Zarah sah die anderen an. »Komischer Spiegel, in dem ihr euch selbst nicht sehen könnt, oder?«

Delia stemmte die Hände in die Hüften. »Also, was ist das?«

Vincent sah zwischen Zarah und dem Monitor hin und her. »Das ist ein Zugang, hab ich recht?«

»Ja«, sagte Zarah knapp. »Hier kommt man dorthin, von wo ihr eben herkommt.« Sie schwiegen eine Weile und starrten auf die Scheibe.

Quirin schüttelte den Kopf. »Wie jetzt? Du gehst durch den Spiegel?«

»Nein, nein … das hier ist nur der Monitor.« Zarah ging einen Schritt vorwärts und klopfte gegen die Scheibe. »Seht ihr. Nur Kunststoff. Die Spiegel sind auf der anderen Seite.«

»Und wie kommt man dann rein?« Quirin sah sie verblüfft an.

Zarah drehte sich um und zog etwas aus einer Schublade des Schranks hinter sich und hielt es dann hoch. Vincent erkannte ein altes Mindset, das genauso aussah wie das, das er eben getragen hatte.

»Das fünfte Mindset!«, rief Quirin.

Zarah sah ihn an und nickte. »Ja«, sagte sie leise. »Das fünfte Mindset. Mein Vater hat es hierher mitgenommen.« Sie wandte sich Vincent zu. »Er hat auch einmal bei UTwin gearbeitet. Genau wie deine Mutter.«

»Dann waren sie Kollegen?«

Zarah schüttelte den Kopf. »Nein, sie sind sich erst später begegnet. Es war wohl so, dass deine Mutter den Job übernommen hat, den mein Vater vorher hatte.«

»Sie war seine Nachfolgerin?«, fragte Vincent und dachte einen Moment lang an die Bilder vor der Garage. War Stephen dabei gewesen? Er hatte ihn nicht erkannt.

»Soweit ich das verstanden habe, ja.«

Delia wandte sich von dem Monitor ab und drehte sich zu Zarah. »Warum hat er dort aufgehört?«

Zarah zuckte mit den Schultern. »Er hat mir erzählt, dass sie ihn rausgeworfen haben. Er bekam aber eine hohe Abfindung und hat damit Laniakea eröffnet.«

»Und er machte die Halle zu einem Treffpunkt der Maschinenstürmer«, schloss Delia.

Sie sah Vincent an. »Nachdem das Flugzeug abgestürzt ist, in dem deine Mutter saß, hatte mein Vater panische Angst, dass man ihn mit ihr in Verbindung bringen würde. Er gab Laniakea auf und kaufte sich diesen kleinen Laden hier.«

»Aber er hat eines der Mindsets mitgenommen.«

Zarah nickte.

»Er wollte noch einen Zugang zur Simulation haben.«

Vincent sah sie an. »Und du? Du hast es auch benutzt, oder?«

Er sah Zarah plötzlich mit anderen Augen. Sie wusste so viel mehr als er und hatte es ihm nicht gesagt. Sie vermied es auch, ihn anzublicken. »Ja, ich bin in die Simulation gegangen. Ich kenne die Stadt«, meinte sie nur und senkte die Stimme. »Und ich bin der Katze gefolgt.«

»Du kennst die Katze?«, fragte Vincent.

»Die Katze ist ein Programm. Genau wie die Wölfe.« Zarah drehte das Mindset in ihren Händen. »Aber sie wird von der Simulation nicht erkannt. Ich glaube, deine Mutter hat sie geschrieben.«

Verflucht! Vincent musste sich kurz eine Träne wegwischen und hoffte, dass es niemand bemerkte.

»Und wo hat dich die Katze hingeführt?«, fragte Delia neugierig.

»Kennt ihr die verpixelten Teile bei TwinEarth?«

»Die, bei denen die Häuser nicht zu sehen sind?«

»Klar!«, erwiderte Quirin. »Das ist eine alte Bestimmung. Man konnte, als die Kartendienste anfingen, alles zu digitalisieren, sein Haus anonymisieren. Dann wurde es nicht angezeigt.«

»Ich weiß«, warf Vincent ein. »Wir haben das auch.«

»Die Simulation musste alle Gebäude abbilden und hat sich die Daten von TwinEarth geholt«, erklärte Zarah. »Bei den verpixelten Gebäuden gab es allerdings keine Daten.«

»Und wie hat die Simulation sie dann abgebildet?«, fragte Delia.

Zarah hob die Hände. »Gar nicht! Alles, was bei TwinEarth verpixelt ist, ist in der Simulation Nebel.«

»Nebel?«, fragte Vincent. »Sind wir deshalb bei den Hallen durch ein Nebelfeld?«

»Genau. Das ganze Areal ist bei TwinEarth als Wiese dargestellt und die Hallen sind verpixelt. In der Simulation ist das dann dichter Nebel«, erklärte Zarah.

»Aber warum hat man das nicht geändert?«, fragte Delia.

»Ich glaube, die Entwickler wollten das nicht. Sie nutzten den Nebel, um Dinge vor der Simulation zu verstecken. Sie bauten dort Treffpunkte ein, die die Simulation nicht erfassen konnte. Aus- und Eingänge, Spiegel, geheime Orte.« Zarah holte Luft. »Bauwerke, in denen sie etwas verbergen konnten.«

»Und zu einem dieser Bauwerke hat die Katze dich geführt?«, fragte Vincent.

»Ja«. Zarah sah ihn unverwandt an. »Zu einer Kathedrale.«

28

»Du meinst die Kathedrale mit dem Ouroboros, richtig?«, unterbrach sie Quirin. Seine Stimme klang atemlos. »Die, von der ein Bild in der Halle an der Wand hing?«

»Sie hatte einen Ouroboros?«, fragte Delia.

Quirin nickte. »In dem runden Fenster über dem Eingang war die Schlange. Das ganze Ding sah aus wie aus *War of Planets*. Aber ich kann mich auch getäuscht haben.«

»*War of Planets*?«, fragte Delia.

»Na ja, das Computerspiel!« Quirin sah sie irritiert an, doch Delia zuckte nur mit den Schultern.

Vincent rieb sich die Schläfen. »Das heißt, meine Mutter hat die Kathedrale in den Nebel gesetzt …«

»In das Herz der Simulation«, berichtigte ihn Zarah. Vincent sah sie an.

Er dachte an seine Begegnung mit Voland, an dessen unnatürlich strahlende Augen, die auf eine seltsame Weise künstlich aussahen.

In ihrem Keim trägt sie die Vernichtung in sich. Hatte das nicht Voland gesagt? *Im Keim. In ihrem Herzen …* Sein Herz klopfte schnell. »Die Twin Files sind in der Kathedrale.«

»Das glaube ich auch«, bemerkte Zarah. »Aber es gibt ein Problem. Ich kann sie nicht betreten. Es gibt ein einziges Portal, aber es ist verschlossen.«

»Verschlossen. Mit einem Schloss?«, fragte Vincent.

»Mit einem großen Schloss am Portal. Unmöglich aufzubekommen.«

»Das heißt, wir brauchen einen Schlüssel?«

»Genau das.«

»Und dieser Schlüssel ist auch irgendwo in der Simulation?«, fragte Delia.

Zarah schüttelte den Kopf. »Das glaube ich nicht. Wenn Vincents Mutter etwas versteckt hat, das nur von jemand Bestimmtem gefunden werden sollte, dann würde sie nie so unvorsichtig sein.«

»Worauf willst du hinaus?«, fragte Delia und beugte sich gespannt vor.

Zarah blickte sie an. »Nun, sie würde den Schlüssel niemals in der Simulation verstecken.«

»Sondern wo?«, fragte Delia.

»Ich bin mir sicher, dass er irgendwo in der wirklichen Welt ist.«

Quirin sah sich um. »Wie? Du meinst hier? Aber was nutzt uns ein echter Schlüssel in der Simulation?«

Delia starrte ihn an, dann schlug sie sich mit der flachen Hand an die Stirn. »Natürlich! Man muss ihn digitalisieren! Anschließend schafft man die digitalisierte Version des Schlüssels in die Simulation und kann damit dann die Tür öffnen.«

Es war eine Weile still.

»Nehmen wir mal an, dass das stimmt, wo könnte sie den Schlüssel hinterlegt haben?«, fragte Delia schließlich.

Zarah musterte Vincent. »Wo hinterlegst du etwas, von dem du möchtest, dass es nach deinem Tod gefunden wird?«

Vincent setzte sich auf den alten Schreibtischstuhl vor sich. Seine Gedanken wirbelten durcheinander. Bilder schossen durch seinen Kopf. Stephen. Er selbst als kleiner Junge. Voland, der ihm an die Stirn tippte. Den letzten Satz, den er von ihm hörte, bevor er vor seinen Augen zerfloss.

Er ist genau da drin …

Er stand abrupt auf. »Wir müssen wieder zurück ins Institut.«

Delia starrte ihn an. »Du meinst, der Schlüssel ist im Institut versteckt?«

»Nein.« Vincent holte Luft und wusste in dem Moment, in dem er es aussprach, dass es stimmte. »Ich glaube, dass der Ort, an dem ich den Schlüssel finde, in meinen Erinnerungen ist.«

»In deinen Erinnerungen?«, fragte Zarah.

Vincent nickte. »Deep Thought kann sie mir zeigen. Vielleicht ist es ein Bild, ein Satz … was weiß ich …«

Quirin stöhnte. »Aber dann müssten wir ja dein ganzes Leben durchforsten.«

»Das wird nicht nötig sein«, sagte Delia. »Wenn Vincents Mutter Vincent etwas Wichtiges gesagt hat, dann kann es ja nur kurz vor ihrem Verschwinden gewesen sein. Vielleicht hat sie darauf spekuliert, dass Deep Thought es ihm eines Tages zeigen kann. Sie hat ja schließlich mit ihm gearbeitet.«

»Sie hat in Vincent etwas gespeichert, das nur Deep Thought finden kann? Mit Absicht?« Quirin pfiff durch die Zähne. »Und du meinst, wir sollten ins Institut und …«

»Vielleicht versuchen wir es erst einmal damit«, unterbrach ihn Delia und zog ein kleines silbernes Ei aus ihrem Rucksack.

»Was ist das?«, fragte Vincent.

Delia drehte das silberne Ei in ihren Händen, sah ihn an und lächelte. »Das sind deine Erinnerungen.«

29

»Du hast sie auf dem Holoei gespeichert?«, fragte Vincent und starrte auf das Speichermedium. Es war nicht größer als ein Hühnerei und schimmerte leicht durchsichtig. Auf einer Seite war es leicht abgeflacht, sodass man es problemlos aufstellen konnte. Man konnte damit überall Filme in 3D sehen, eine wirklich fantastische Erfindung, die er sich nie hatte leisten können. Jetzt war es hier, einfach vor ihm. Dass dieses Ei nun seine Erinnerungen zeigen würde, verschaffte ihm allerdings ein flaues Gefühl.

Delia seufzte. »Ich dachte mir, sie könnten noch einmal wichtig werden.«

»Äh, ich glaube, das ist illegal!« Quirin fuhr sich durch seine Haare und blickte argwöhnisch auf das Ei. »Schon allein das Ansehen …«

»Illegal?« Delias Mundwinkel zuckten nach oben und sie deutete auf den Monitor. »Und was ist dann das?«

»Na ja«, ruderte Quirin zurück. »Das konnten wir ja nicht

wissen, oder? Jedenfalls dürfen wir keine Aufzeichnungen, die Deep Thought gemacht hat, außerhalb des Instituts …«

»Diese Erinnerungen gehören Vincent und nicht dem Institut«, unterbrach ihn Delia. Sie zögerte. »Ich dachte, ich speichere sie besser ab. Und gebe den Ton dazu.«

»Mit Ton?«, fragte Quirin erstaunt. »Woher hast du denn den Ton?«

Delia trat unbehaglich von einem Bein auf das andere. »Ich habe ein bisschen recherchiert. Also … es gibt ein Programm, das von den Lippen abliest und das Ergebnis auf den Filmausschnitt legt. Ich habe die Stimme von Vincents Mutter aus dem Archiv genommen.« Delia stoppte einen Moment, bevor sie sich Vincent zuwandte. »Und dann habe ich sogar noch deine Stimme als Kind gefunden. Es müsste alles ziemlich echt wirken.«

Vincent starrte sie an. »Und du hast das alles schon gesehen?«

Delia schüttelte den Kopf. »Dazu war keine Zeit mehr. Ich habe das zum ersten Mal ausprobiert und ich hoffe, es hat geklappt.« Sie biss sich auf die Unterlippe und sah dann zweifelnd zu Vincent, der sie schweigend musterte.

»Ich hoffe, du findest das in Ordnung.«

»Na ja, ich komme mir irgendwie gestalkt vor«, gab er zu. »Aber ich bin froh, dass du den Ton dazu gefunden hast.«

»Okay.«, Delia wirkte erleichtert und zog einen Stuhl zu sich, auf den sie das Ei stellte. »Was ich eigentlich sagen wollte: Es sind *deine* Erinnerungen. Die Aufzeichnungen, die Deep Thought gemacht hat. Sollen wir sie uns gemeinsam ansehen oder willst du das alleine tun?«

Vincent blickte in die Runde. »Scheint so, als würden meine Erinnerungen jetzt alle angehen, oder? Ich weiß nicht, nach was wir suchen sollen. Aber acht Augen sehen auf alle Fälle mehr als zwei.«

Die anderen sahen ihn an und Zarah legte ihre Hand auf seine Schulter.

Vincent nickte ihr zu. Zarah war bleich und lächelte zurück. Sie nahm die Hand wieder weg und er spürte noch ihre Wärme und ihr Gewicht.

»Okay, dann wollen wir mal sehen.« Delia beugte sich über das Holoei, zückte ihr Handy und strahlte es mit der Taschenlampe an. Nach einiger Zeit öffnete sich das Ei mit einem leisen metallischen Geräusch. Es entfaltete sich ähnlich der Knospe einer Seerose mit fünf Blättern, die sich nun langsam nach außen bogen. An deren Spitze gingen Lichtstrahler an, die sich in der Mitte trafen und oberhalb der Blütenblätter ein dreidimensionales Bild erzeugten. Das Bild zeigte das, was Vincent schon im Institut am Computer gesehen hatte. *Eine Fahrradfahrt.* Nur diesmal konnte er den Wind hören und die Geräusche der Stadt. Und im Gegensatz zu vorher war die Fahrradfahrt dreidimensional, sodass er in das Bild hineingehen konnte. Delia griff in die Mitte des Holoeis, wo sich ein silbernes Rädchen befand, mit dessen Hilfe man den Film vor- und zurückspulen konnte. Sie drehte das Rädchen nach vorne. Vincents Erinnerungen flogen vorbei, ihr Abglanz beleuchtete ihre gespannten Gesichter. Die Bilder huschten durch das Hologramm wie flüchtige Gedanken. Bäume, Straßen, die Mauer, an die das Fahrrad gelehnt wurde. Die Umrisse des Riesenrads waren in der Ferne zu sehen. Sie kamen dem Café näher, Vincent und seine Mutter spiegelten sich in der Scheibe – Vincent hielt die Luft an –, er hätte seine Mutter berühren können, wenn er gewollt hätte, aber sie war ja nichts weiter als Licht, eine Projektion. Der geheimnisvolle Krake stieß sich in dem

Aquarium nach oben, seine durchsichtigen langen Arme schwebten im Wasser. Grünes Licht erleuchtete den Raum und Vincent hörte Wassergeplätscher. »Sag mir, wenn ich irgendwo anhalten soll!« Delia sah Vincent an, doch der schüttelte nur den Kopf, und so drehte sie das Rädchen weiter nach vorne.

Vincent wendet sich von dem Kraken ab. Er sieht sich selbst in der Spiegelung. Ein Junge mit hellen Haaren und vielen Sommersprossen. Der Krake verschwindet und das Wasser schwappt gegen die Scheibe. Vincent geht zurück zu dem Tisch, an dem seine Mutter sitzt. Ein Kellner kommt und bringt ihnen ein Glas und eine Tasse auf einem runden schwarzen Tablett. Im Hintergrund spielt Loungemusik. Ein dünnes Gedudel, das übertönt wird von leisem Gemurmel und dem Geklapper von Besteck.

»Woher kennt das Programm die Musik?«, fragte Vincent verblüfft.

Delia zuckte mit den Schultern. »Es rät nur. Wahrscheinlich war es etwas anderes. Aber es hat Aufzeichnungen aus anderen Cafés und errät die Wahrscheinlichkeit, mit der diese Musik lief.«

»Diese Programme raten immer. Das ist die Hauptaufgabe von Deep Thought. Zu raten«, bemerkte Quirin. »Er sieht die Bilder und überlegt sich, welcher Ton zu ihnen passt.«

»Danke für den kleinen Exkurs«, sagte Delia lächelnd.

»Gern geschehen!« Quirin verbeugte sich, während Delia den Ausschnitt weiterlaufen ließ.

Vincents jüngeres Ich rückt sich einen Stuhl zurecht. Er ist weiß mit einem flauschigen Fell statt einem Kissen. Laura trinkt Espresso aus einer kleinen braunen Tasse. Er zieht die heiße Schokolade in einem durchsichtigen Glas zu sich her. Die Sonne scheint durch das große Fenster und leuchtet in einem hellen

Viereck auf dem rohen Holztisch. Seine Mutter nimmt den Zuckerstreuer.

»Halt mal an!«, rief Vincent. »Hier passiert etwas. Etwas sehr Merkwürdiges.«

»Bei dem Zuckerstreuer?«, fragte Delia.

»Ja! Fahr mal zurück!«

Delias goldlackierter Fingernagel drehte an dem Rädchen und fuhr die Aufzeichnung zurück. »Was macht sie da?«, fragte Vincent.

Seine Mutter nimmt die Zuckerdose und streut Zucker auf den Tisch. Es ist ein kleiner Berg, den sie platt drückt, um den Zucker dann gleichmäßig mit der Handfläche auf der dunklen Tischplatte zu verteilen.

»Das habe ich beim letzten Mal schon gesehen«, sagte Vincent. »Aber ich dachte, es war ein Versehen.«

»Wir haben es zu schnell vorgespult«, bemerkte Quirin.

»Ich drehe den Ton etwas hoch«, murmelte Delia.

Vincent schluckte. Gleich würde er die Stimme seiner Mutter hören.

»Warum tust du das?«, fragt Vincent mit der Stimme eines Kindes. Der Zucker liegt gleichmäßig auf einem kleinen Teil der Tischplatte. Krümelchen, die im Sonnenlicht leicht silbrig schimmern. Seine Mutter fährt ihm über das Haar und sieht ihn lange an.

»Ich möchte, dass du dich einmal an etwas erinnern wirst.«

Vincent zuckte zusammen. Seine Mutter sprechen zu hören war anders, als sie nur zu sehen. Er ging vorsichtig ein paar Schritte zur Seite, um sie besser von vorne sehen zu können. Sein Herz zog sich zusammen und in seinem Hals steckte etwas, das nach oben drückte. Er versuchte es hinunterzuschlucken, aber es ließ sich nicht wegdrängen.

»Warum schreibst du es mir dann nicht einfach auf einen Zettel?«, fragt Vincent. »Ich kann ja lesen!«

Sie lächelt ihn an. »Ich zeichne etwas auf, damit es in deinem Kopf bleibt. Würde ich es auf einen Zettel schreiben, gäbe es auch noch andere Menschen, die es sehen könnten.«

»Und das möchtest du nicht?«

»Nein, das möchte ich nicht.«

»Und jetzt ist es nur in meinem Kopf?« Er fasst sich an die Stirn und sieht sie an.

Laura lacht. »Ja, es ist nur in deinem Kopf.« Sie zögert. »Du wirst es vielleicht einmal brauchen. Wenn du älter bist. In einer Zukunft, die wir nicht kennen.«

In diesem Moment sieht sie hoch.

Vincent hielt den Atem an. Er hatte das ganz klare Gefühl, dass sie ihn direkt anblickte. Jetzt. Sein älteres Ich. Die Empfindung war so stark, dass er sie am liebsten etwas gefragt hätte, aber seine Gedanken rasten so schnell, dass er nicht einmal die Frage formulieren konnte.

»Wenn du dich an diesen Moment erinnerst, wenn du das Zeichen siehst, dann erinnere dich auch daran, dass es mir leidtut.«

»Was tut dir leid?«, fragt Vincent.

»Nun, ich bin vielleicht nicht mehr da, wenn du dich an diese Minuten erinnerst. Oder wenn sie dir jemand zeigt. Und das tut mir leid.« Tränen schimmern in ihren Augen. Sie putzt sie mit ihrem Ärmel weg.

Genau wie Vincent das nun tat.

»Man weiß nie, was passiert!«

»Aber«, beginnt Vincent und hört für einen Moment auf, in seiner Schokolade zu rühren. »Ich werde mich immer erinnern. Ich vergesse nie etwas.«

Sie lächelt ihn an und nimmt ihn in den Arm.

Vincent ging einen Schritt zur Seite und konnte sehen, dass sie damit ihre Tränen verbergen konnte.

Sie lässt ihn wieder los und sieht ihn eindringlich an. »Das ist gut. Das ist sehr gut. Dann … zeige ich dir jetzt was: Schau!« Vincent folgt ihrer Hand. Sie lässt sie auf den Tisch sinken und malt mit ihrem Zeigefinger einen Kreis in die feinen weißen Zuckerkrümel. Einen Weg durch den Zucker wie eine Schneise im frisch gefallenen Schnee. Darunter liegt die grobe Holzmaserung des Tisches. Es sieht aus wie ein Weg.

»Du schreibst in den Zucker?« Vincent sieht sie empört an. »Ich darf das nie!«

Seine Mutter lächelt. »Ja, das tue ich.« Dann zeichnet sie etwas mit dem ausgestreckten Zeigefinger in die Zuckerkrümel.

Sie hielten alle den Atem an.

»Ich verstehe nicht, was es ist«, sagt Vincent.

»Du musst es auch nicht verstehen. Ich will nur, dass du es dir genau ansiehst.«

»Was ist das?«

»Ein Bild. Etwas, von dem ich will, dass nur du es kennst.«

»Ich verstehe nicht, was du meinst …«

»Hör zu! Das, was du suchst, ist in dem Gebäude, das dieses Zeichen trägt. Und der Schlüssel dazu liegt unter dem Ende, das der Anfang ist.«

»Das Ende, das der Anfang ist? Das klingt komisch. Was soll das sein?« Vincent sieht sie mit großen Augen an. Ihre grünen Augen leuchten, dann nimmt sie den Zeigefinger und tippt wie zufällig auf das untere Ende des Kreises und wieder sieht sie nach oben, als würde sie sich an Vincents älteres Ich wenden.

Vincent stand ihr gegenüber und blinzelte. Sein Herz klopfte wie ein Trommelwirbel in seiner Brust.

»Du musst es vernichten, hörst du! Es ist die einzige Möglichkeit. Ich habe etwas eingebaut. Die Twin Files. Sie sind wie ein Virus. Du kannst es vernichten, wenn du auf Anfang gehst.« Sie senkt den Blick.

Vincents Herz klopfte immer noch schneller. Ein Heben und Sinken in seinem ganzen Körper.

Dann wischt sie die Zuckerkrümel in ihre hohle Hand und lässt sie langsam in ihren Kaffee rieseln, bevor sie mit einem Löffel darin umrührt. Zurück bleiben ein paar Krümel, die an verstreute Sterne erinnern.

»Was hat sie da geschrieben?«, fragte Quirin atemlos. Delia stoppte das Rädchen in der Mitte des Holoeis und drehte es langsam ein bisschen zurück. *Der Zucker fliegt zurück auf den Tisch und das Zeichen wird wieder sichtbar.* Vincent trat zwei Schritte zurück. So wie Zarah einmal zurückgetreten war, um das Bild zu verstehen, das sein Vater gemalt hat. Damals, vor einer halben Ewigkeit in dem Atelier. Es stimmte. Erst wenn man zurücktritt, kann man das ganze Bild sehen. Es war eigentlich ganz einfach. Für einen Moment suchte er ihren Blick, aber sie war in der Dunkelheit verschwunden. Er sah auf das eingefrorene Bild vor sich. Es war ein Kreis, der sich an seinem unteren Ende schloss, und dort, wo die Linien ineinander übergingen, war eine Verdickung, als würde der Kreis sich selbst auffressen. Es war das Schlangenzeichen. Und es war noch mehr … »Der Schlüssel zu allem liegt unter dem Ende, das der Anfang ist«, murmelte Vincent.

»Das klingt irgendwie poetisch …«, sagte Quirin langsam.

»Ich glaube, es ist gar nicht poetisch gemeint«, sagte Vincent leise. »Ich glaube, es ist ganz real.«

»Real?«

Vincent ging durch das Licht der 3-D-Projektion und deutete auf den Kreis. »Der Schlüssel liegt unter dem Maul des Ouroboros. Dort, wo er sich selbst auffrisst.«

»In der Kathedrale? Hinter dem Glas der Rosette?«, fragte Quirin.

Vincent schüttelte den Kopf. »Sie hätte ihn nie in der Simulation versteckt. Er ist hier in der realen Welt.«

Delia sah Vincent mit offenem Mund an. »Er liegt in der Box!«, entfuhr es ihr.

»Aber das Schloss in der Tür zur Kathedrale ist riesig«, gab Zarah zu bedenken. »Man könnte es niemals mit einem Schlüssel öffnen, der so winzig ist, dass er in diese Box gepasst hätte.«

Delia starrte vor sich hin, dann schüttelte sie den Kopf. »Das ist kein Problem. Du kannst ihn beim Digitalisieren einfach vergrößern.«

Vincent blickte die anderen an, dann nahm er seinen Rucksack. Er zog zunächst die Libelle heraus und danach die drei Mindsets, die er in der Halle eingesteckt hatte.

»Wow!« Delia sah ihn anerkennend an. »Was für ein Rucksack! Und was ist sonst noch drin? Ein Taucheranzug?« Vincent lächelte kurz und förderte zuletzt das japanische Kästchen zutage. »Nur noch das hier.«

Alle hielten den Atem an, als Vincent die Trickbox auf den Stuhl stellte und die Seitenteile hin und her schob, um sie zu öffnen.

»Du meinst, es gibt einen doppelten Boden?«, fragte Delia.

Vincent drehte das Kästchen in seinen Händen. »Ich weiß nicht. Ich kann nichts spüren.« Er zögerte. »Vielleicht ist es auch gar nicht *in* dem Kästchen.«

»Sondern?«

Vincent antwortete nicht. Seine Mutter hatte mit dem Finger auf das untere Ende des Ouroboros getippt. Vielleicht war hier ein Mechanismus? Er schob den Deckel von dem Kästchen und untersuchte ihn. Er war vielleicht einen Zentimeter dick und bestand aus zwei Holzplatten. War er innen hohl? Vincent schüttelte ihn, aber er konnte nichts hören. Er drehte ihn und betrachtete ihn ganz genau. Die Schuppen der Schlange waren aufwendig mit hellem und dunklem Holz belegt. Das Maul war groß, zwei Zähne waren zu sehen. Schließlich fuhr er ganz langsam mit der Fingerkuppe darüber. Über den Zähnen hielt er schließlich inne.

»Da ist etwas!«, murmelte er.

Die anderen beobachteten ihn gespannt.

Ja, es gab eine leichte, kaum merkliche Vertiefung. Vincent drückte sie und drehte den Deckel um. Langsam ließ sich nun die Innenplatte zurückschieben. »Bingo!«, bemerkte Delia leise in die angespannte Stille.

Vincent atmete langsam aus. Tatsächlich! Unter dem Deckel befand sich ein Gegenstand. Er war mit einem durchsichtigen und nun bereits vergilbten Klebeband am Holz befestigt, wohl damit er sich nicht durch ein Klappern verriet. Vincent löste ihn vorsichtig von seinem Untergrund und hielt ihn in das Licht. Es war ein altmodischer Schlüssel aus angelaufenem Messing, sehr schwer, mit einem ovalen Schlüsselring und einem einfachen Bart, und er brannte in seiner Hand, als wäre er aus heißem, geschmolzenem Metall.

30

Der 3-D-Scanner hatte ein Glasgehäuse, vielleicht vierzig Zentimeter hoch und halb so breit. Er sah so aus, als hätte er die vergangenen zwanzig Jahre hinter dem Aktenberg verbracht, aus dem ihn Zarah zwischen dem anderen Gerümpel herausgezogen hatte. Sie putzte den Staub von den verkratzten Scheiben und stellte eine Verbindung zum Netz her. Der 3-D-Scanner ratterte ein bisschen und wackelte, dann stand er still und mit einem leichten Surren öffnete sich die Klappe. In dem Moment erschien er auch wie von Geisterhand erschaffen auf dem Monitor. »Okay«, sagte Zarah und ihr Blick wechselte zwischen dem echten Scanner und seinem Abbild hin und her. »Perfekt! Jetzt ist er auf der anderen Seite.«

Quirin deutete auf das Bild im Monitor. »Als Scanner?« Zarah schüttelte den Kopf. »Nein, drüben ist er jetzt ein Drucker.«

»Sind denn alle elektrischen Geräte in der Simulation?«, fragte Quirin.

»Nur wenn sie mit dem Netz verbunden sind«, erklärte Zarah. »Deshalb wollte ich auch, dass ihr die Handys oben lasst. Alle nicht elektrischen Gegenstände müssen gescannt oder fotografiert werden. So wie jetzt der Schlüssel.«

Vincent betrachtete den kleinen, altmodischen Schlüssel in seiner Hand. Er sah so aus, als könnte man damit gerade mal eine winzige Schublade öffnen, aber bestimmt nicht das Schloss einer großen Holztür. Als er ihn drehte, konnte er plötzlich am Schlüsselring eine Einkerbung entdecken. Er führte ihn näher an die Augen. »Hier ist etwas eingekratzt. Ein Kreuz.«

»Lass mal sehen!« Delia nahm ihm den Schlüssel aus der Hand und hielt ihn gegen die Deckenlampe. »Wenn du mich fragst, ist das ein Malzeichen. Dahinter ist eine Zahl. Hier …« Sie drehte den Schlüssel zu Vincent. Der kniff die Augen zusammen. Es war schwer zu erkennen. »Eine Vier!«, murmelte er.

Zarah schnappte sich den Schlüssel und hielt ihn gegen das Licht. »Mal vier klingt sehr wahrscheinlich. Wenn wir ihn jetzt beim Digitalisieren auf den Faktor vier vergrößern, müsste er in das große Türschloss passen.« Sie legte ihn auf ein kleines schwarzes Podest in der Mitte des Scanners. Die Glasklappe schloss sich wieder und Zarah gab eine Vier in das Touchpad ein. Der Schlüssel wurde nun von allen Seiten fotografiert. Es dauerte ein paar Sekunden, dann begann der Drucker auf der anderen Seite zu arbeiten. Nach und nach, Lage für Lage, wurde der Schlüssel gedruckt. Schließlich lag er hinter der Klappe, allerdings viel größer als in der realen Welt. Vincent trat näher an den Monitor heran. »Er ist drüben«, flüsterte Zarah. »Endlich!« Etwas lag in ihrer Stimme, das Vincent verwirrte. Sie klang so, als hätte sie lange auf diesen Moment gewartet. Sie schien seine Verwunderung zu bemerken, rückte etwas von ihm ab und nahm mit einer ungeduldigen Bewegung die Mindsets vom Stuhl. »Jetzt müssen wir nur noch die Dinger hier aufsetzen und uns den Schlüssel auf der anderen Seite holen!«

Quirin fuhr sich über die Stirn. »Wenn ich euch recht verstehe, gehen wir jetzt zu dieser Kathedrale, schließen sie auf und finden dort etwas, mit dem wir die Simulation zerstören können.« Er verzog das Gesicht zu einer Grimasse. »Nur so als Frage: Dann stecken wir also in der Simulation, wenn sie zerstört wird?«

»Wir finden vorher einen Ausstieg«, antwortete ihm Zarah hastig. »Einen kenne ich schon. Es gibt einen Spiegel an der U-Bahn-Station.«

»An der U-Bahn-Station?« Quirin sah sie misstrauisch an.

»Ihr kennt die Spiegel, bevor es in den Tunnel geht? Die, mit denen der Fahrer kontrollieren kann, ob noch jemand in den Türen feststeckt? Manche davon sind Ausstiege.«

»Und was, wenn der dann auch zerstört ist?«, fragte Quirin.

»Wir müssen es eben rechtzeitig schaffen.« Zarah sah die anderen an. »Aber vielleicht ist es besser, wenn ihr hierbleibt und die Stellung haltet, und ich gehe mit Vincent alleine?«

»Keiner von euch sollte mit!«, sagte Vincent entschlossen. »Es ist meine Aufgabe, das zu Ende zu bringen. Ihr dürft euch nicht in Gefahr bringen.«

Zarah stützte die Arme in die Hüften. »Und wie willst du die Kathedrale finden?«

Vincent zuckte mit den Schultern. »Du gibst mir Anweisungen, wohin ich gehen soll. Ihr könnt draußen bleiben und alles über den Monitor verfolgen.«

»Und du steckst dann dadrin wie eine kleine Spielfigur und

keiner von uns kann dich mehr rausholen?« Delia lachte trocken. »Du glaubst wirklich, wir lassen dich jetzt damit allein? Ich jedenfalls bleibe diesmal nicht draußen!«

Quirin stellte sich neben sie. »Und ich will dabei sein, wenn die Simulation in die Luft fliegt. Zumindest das.«

Delia sah zum Monitor. »Uns geht es nicht anders als dir, Vincent! Wir haben auch nichts mehr zu verlieren!«

Als er Delia und Quirin ansah, wurde Vincent klar, dass sie zu allem entschlossen waren. Da spürte er zwei Dinge zugleich. Zum einen hatte er Angst um seine Freunde, zum anderen war da eine Welle von Dankbarkeit, die ihn überflutete. Er nickte Delia zu und nahm Quirin in den Arm, der die Berührung sogar länger als ein paar Sekunden aushielt. Schließlich gab Delia den beiden einen Schubs. »Komm schon! Lass uns gehen!« Sie deutete auf den Monitor. »Nicht dass dieser elende Schlüssel dadrüben wieder verschwindet!«

Zarah sah die Freunde mit einem seltsamen Ausdruck im Gesicht an. Ob sie sich wohl ausgeschlossen fühlte? Sie kippte die große Ledercouch, die an der Wand lehnte, nach vorne. Das Möbel krachte mit einem dumpfen Geräusch auf den Boden und stand nun in der Mitte des Zimmers, dem Monitor zugewandt. Es war ein Ungetüm von Sofa, auf dem sie alle Platz fanden. Vincent setzte sich an den äußeren Rand und ließ seinen Arm auf der großen Lehne neben ihm ruhen. Das Leder war glatt und fühlte sich kühl an.

»Also dann!« Zarah steckte hinter dem Schrank eine Art Rooter ein, der die Mindsets mit Energie versorgte und sie an das Netz anschloss. Es vibrierte leicht in Vincents Händen, der Bügel leuchtete blau und plötzlich waren die Mindsets auf der anderen Seite zu sehen. Sie schwebten in der Luft. Es dauerte eine Weile, bis Vincent begriff, dass das nur der Fall war, weil man die Träger dazu nicht sehen konnte. »Okay. Sieht gut aus!« Zarah kam zurück und setzte sich neben ihn. Sie sahen sich an. Etwas an ihrem Blick alarmierte Vincent, eine kaum merkliche Veränderung, die ihn verwirrte. »Gute Reise!«, murmelte Zarah. »Ja, dir auch!«, sagte er leise. Vincents Herz sank, als er das Mindset vorsichtig aufsetzte. Würde es sich wieder genauso anfühlen wie das letzte Mal? Dann schloss er die Augen, zog den Bügel über die Stirn und legte die vibrierenden Enden an die Schläfen.

Es gab ein seltsam schmatzendes Geräusch – wo hatte er es schon gehört? – und für einen schrecklichen Moment, als Vincent zwischen den beiden Welten hing, hatte er die Empfindung, nicht mehr zu existieren und völlig ausgelöscht zu sein. Sie hatte nichts mit dem Schwindel und der Übelkeit zu tun oder mit dem Gefühl, in eine bodenlose Tiefe zu fallen, so wie es ihm ergangen war, als er das letzte Mal in die Simulation getreten war. Nein, diesmal war es anders. Ein verstörendes Gefühl, nicht zu sein, überwältigte ihn.

31

Als er die Augen öffnete, befand er sich in einem Raum, der dem vorigen völlig glich. Auch die anderen blinzelten und sahen sich um. Erst Quirin, dem man den Übergang an seinem erschreckten Gesicht ansah, dann Delia, die versuchte, sich zusammenzunehmen, und ungeduldig ihre nun wieder goldblonden Locken ausschüttelte. Nur Zarah wirkte nicht sonderlich überrascht, was bestimmt daran lag, dass sie die Reise schon öfter gemacht haben musste. Sie alle waren wieder in den Körpern, die sie in der Garage hatten, Delia in dem glitzernden, engen Paillettenkleid, Quirin in dem T-Shirt mit dem Aufdruck, der einmal lustig gemeint war und nun eine ganz andere Bedeutung bekommen hatte. Auch Vincent hatte wieder die Jeans und das T-Shirt an, in dem er sich hatte scannen lassen. Zarah war bereits aufgestanden; sie hatte das an, was sie trug, als er sie das erste Mal gesehen hatte. Ein leuchtend rotes Kleid. Ihre weiße Strähne war in dieser Version ganz silbern und ihre Nase kleiner, was Vincent plötzlich schade fand, genauso wie die Tatsache, dass ihre große schwarze Brille verschwunden war.

Vor Vincent befand sich ein großer Spiegel mit einer goldenen Umrandung, die der des Monitors auf der anderen Seite genau glich. Der Spiegel zeigte sie alle leicht verzerrt, lang gezogene Gestalten, die auf dem Sofa saßen und sich hell von dem verschwommenen Hintergrund abhoben. Vincent drehte sich um. Hier waren wieder die Buddhastatuen, die Stühle und die Akten. Er stand auf, ging um das Sofa herum und berührte sie. Sie waren nur zweidimensional. Alles, was dort stand, war wie ein großes Plakat, ein Abbild der Wirklichkeit, die man allerdings nicht mehr anfassen konnte. Doch Zarah steuerte auf einen Schrank zu und zog eine Schublade heraus. Sie holte ein paar kupferfarbene, schmale Armbänder heraus, die sie an die Freunde verteilte. »Nehmt das hier!«

»Was ist das?«, fragte Delia.

»So etwas wie Tarnkappen. Sie machen euch unsichtbar.«

»Gute Idee«, murmelte Delia und legte sich eines der blitzenden Bänder um das Armgelenk. »Ich habe keine Lust, schon wieder diesen Wölfen zu begegnen.« Dann entfuhr ihr vor Überraschung ein kleiner Ausruf. »Seht mal in den Spiegel!« Vincent drehte sich um und erstarrte. Sie waren bis auf Quirin nicht mehr zu sehen. Als schließlich auch Quirin das Band anlegte, verschwand auch er völlig aus dem Spiegelbild. »Das heißt, für die Simulation sind wir nicht zu sehen?«, fragte Delia.

Zarah nickte. »Das Band hier löscht eure Identität.« Sie ging langsam zu dem Drucker und ließ das Glas hochfahren. Der Schlüssel blitzte im Licht der Glühbirne über ihnen auf. Zarah nahm ihn. Er sah schwer und solide aus und sie steckte ihn in einen kleinen Rucksack, den sie sich auf den Rücken schnallte.

»Gehen wir!«

Wenig später kamen sie wieder über die Leiter in dem Zimmer mit dem Falterkabinett heraus. Auch hier waren manche Dinge schnell und nachlässig simuliert, wie zum Beispiel die bunten Schnüre, die von der Tür zwischen dem Hinterzimmer und dem Ladengeschäft baumelten. Durch sie konnte man gehen, als wären sie nicht vorhanden. Was allerdings fast echter war als in der Realität, waren die Tiere. Sie leuchteten in der Dunkelheit und Vincent konnte durch ihr Fell oder durch die Federn hindurch ihr mechanisches Innenleben bewundern, so als wären Röntgenstrahlen durch sie geschickt worden. So lief er staunend an den Mäusen vorbei, betrachtete die Flügel der filigranen Falter und auch die Libelle, die nun auf Zarahs Schulter geflogen kam.

»Ich kann sie leider nicht mitnehmen«, murmelte Zarah. »Eine herrenlose Libelle würde auf unserem Weg auffallen.« Dann wandte sie sich zu dem Schalter hinter dem Schrank, drückte ihn und schloss damit die Falltür. »Das ist sicherer.«

»Ist sie jetzt auch in der wirklichen Welt geschlossen?«, fragte Quirin.

Zarah nickte. »Alles, was wir hier verändern, verändert auch die echte Welt.«

Delia schnappte nach Luft. »Aber wie kommen wir dann wieder raus? Ich meine, wenn wir wieder in der Realität zurück sind?«

»Es gibt unten noch einen anderen Schalter, keine Angst. Wir sind nicht eingesperrt.«

»Und was ist mit unseren Handys?«, fragte Delia. »Können wir die nicht mitnehmen?«

»Zu gefährlich! Alles, was auf unsere Identität schließen lässt, müssen wir zurücklassen!« Zarah betrat den Verkaufsraum, vorbei an unzähligen wispernden, surrenden und leuchtenden Kreaturen, und öffnete die Ladentür. Draußen war es dunkel. Aber es war eine andere Art der Dunkelheit, als Vincent sie aus der echten Welt kannte. Es gab keine Dämmerung und keine Sterne. Hier schien der Mond wie eine ferne Lampe und die Dunkelheit fühlte sich so an, als hätte jemand einfach das Licht ausgeschaltet. Es regnete in der Sophienstraße. Die Tropfen zogen akkurate Kreise auf den Pfützen und fahrerlose Autos fuhren vorbei, unter deren Reifen das Regenwasser zur Seite spritzte. Ein Blitz zuckte hinter den Häusersilhouetten hervor und erleuchtete die Straße für ein paar Sekunden. Der Donner folgte kurz darauf. Ein tiefes Grollen, das die Erde unter ihnen erschütterte.

»Und wie kommen wir jetzt zur Kathedrale?«, fragte Quirin.

Zarah sah zu ihm hoch und lächelte. »Ganz einfach, wir nehmen die U-Bahn.«

***

Das Licht im U-Bahn-Schacht ähnelte genau dem Licht, das dort auch in der Wirklichkeit brannte. Es war grausam hell und schmerzte in den Augen. Ansonsten war der U-Bahnhof – genau wie der Bahnhof, in dem sie zuvor schon gewesen waren – gespenstisch leer. Man sah keine Menschen, nur eine Anzahl von Handys und Uhren, die in der Luft zu schweben schienen. Vincent begriff erst jetzt, dass sie von Menschen herumgetragen wurden, die man nicht sehen konnte. Es gab etliche mechanische Hunde, zwei Katzen, ein paar überdimensionierte Insekten und zu Vincents großer Verblüffung auch einen Alligator, der in der Luft hing und in einem Käfig herumgetragen wurde. Werbefilme liefen auf großen Leinwänden und auf den aufgeklappten Laptops waren Seiten von Büchern oder Chatverläufe zu sehen.

Sie mussten nicht lange warten, bis sie ein Grollen aus dem Schacht hörten und – tatsächlich – ein leichter Wind mit ihren Haaren spielte, dann fuhr die U-Bahn ein. Sie war leer und Vincent sah, wie die Tiere, die Uhren und die Laptops von den geöffneten Türen angezogen wurden, als wären sie Magneten. Sie betraten den großen Waggon hinter dem Triebwagen. Vincent schaute durch die Vordertür auf den leeren Führerstand. Dort befand sich ein schmaler Monitor, auf dem die Aufzeichnung einer Überwachungskamera zu sehen war. »Ist das *jetzt*?«, fragte er erstaunt und deutete auf das Videobild eines völlig überfüllten Waggons. Zarah nickte. »Das ist der Waggon, in dem wir sitzen.«

»Jetzt gerade?«

»Jetzt gerade!«

»Wir sind wie Geister!«, murmelte Delia. »In der echten Welt wären wir so was wie Geister.«

Quirin hatte sich ihr direkt gegenüber auf einen Platz beim Fenster gesetzt. Er starrte völlig fasziniert auf einen Laptop, an dem wohl jemand neben ihm schrieb – es war ein Mann in einem teuren Trenchcoat, wie Vincent auf dem Überwachungsvideo beobachten konnte –, als plötzlich ein kleiner mechanischer Terrier an Quirin hochsprang.

»Was hat er nur?«, fragte Quirin.

Vincent sah nach vorne in das Führerhaus. Auch in dem Überwachungsvideo sprang der Hund hoch und bellte das Nichts an. Seine Besitzerin, eine Frau in einem langen roten Mantel, versuchte verzweifelt, ihn zu beruhigen. Zarah zog die Augenbrauen zusammen. »Steh langsam auf, Quirin! Wir müssen raus und den Waggon wechseln!«

Quirin schluckte und versuchte, sich langsam zur Tür zu bewegen, doch der Hund folgte ihm. Zu allem Unglück blieb die U-Bahn plötzlich im Tunnel stehen. Der Hund bellte inzwischen aufgeregt. Vincent sah auf dem Überwachungsvideo, wie in dem Waggon ein kleiner Tumult entstand. Die Frau im Mantel stand, während die Leute um sie herum zur Seite rückten.

»Was ist da los?«, fragte Delia. Zarah sah sich nervös um. »Manche der mechanischen Tiere können unsere Identität durch die Tarnkappe hindurch spüren.«

Vincent atmete tief aus. Wie oft hatte er schon merkwürdige Reaktionen von Tieren in der Wirklichkeit erlebt! War das, weil sie jemanden in der Simulation erkannt hatten? Aber wer außer ihnen konnte sie noch betreten?

»Ich hoffe, der Terrier meldet es nicht den Wachen«, unterbrach Zarah seine Gedanken.

»Was für Wachen?«, fragte Delia.

In diesem Moment fuhr die U-Bahn langsam wieder an. Der nächste Bahnhof kam in Sicht und mit einem zischenden Geräusch hielt der Wagen. Zarah bedeutete ihnen mit einer schnellen Kopfbewegung auszusteigen. Als Vincent hinausging, warf er noch einen letzten Blick auf das Überwachungsvideo. Menschen strömten auf den Bahnsteig. Für einen kurzen Moment dachte er, er hätte unter ihnen einen Mann mit einem Pferdeschwanz gesehen, der Stephen verblüffend ähnlich sah. Der Mann verschwand aber in Sekundenbruchteilen in der Masse. Vincent musterte Zarah, die auch das Bild gesehen haben musste, aber ihr Blick war völlig neutral, sodass er annahm, sich getäuscht zu haben.

Er beeilte sich, den anderen in den hinteren Waggon zu folgen. Hier hatten sie mehr Glück. Es gab keine Tiere, und so verlief die weitere Fahrt ohne Zwischenfälle und zwei Stationen später verließen sie die U-Bahn. Am Ende des Bahnsteigs, dort, wo die Rolltreppen nach oben fuhren und darunter der Tunnel begann, stand ein Spiegel. Seine Oberfläche sah aus wie ein senkrecht gestellter See. Sie blieben für einen Moment stehen.

»Das ist also unser Ausstieg«, stellte Quirin fest.

»Und?« Zarah deutete auf die verzerrte Spiegeloberfläche. »Will jemand zurück? Letzte Gelegenheit!«

Sie sahen sich an. »Blöde Frage!«, knurrte Quirin.

»Und was ist mit dir?«, fragte Vincent Zarah, die neben ihm stand und ganz in Gedanken versunken wirkte. »Willst du nicht zurück?«

Zarahs Gesicht war blass und sie brachte so etwas wie ein schwaches Lächeln zustande. »Ich kann jetzt nicht mehr umkehren«, sagte sie. »Selbst wenn ich es wollte«, fügte sie leise hinzu und eilte schnell weiter, ohne ihn noch einmal anzublicken.

Draußen hatte der Regen sogar noch zugenommen. Es waren eigenartige Regentropfen, die auf sie einprasselten, größer als in der wirklichen Welt und mit einer Art Haut versehen, die beim Auftreffen auf den Körper zerplatzte. Dichte schwarze Wolken hingen über den hohen Häusern und über den Bäumen des Stadtparks, an dem sie nun vorbeiliefen. Erstaunt sah Vincent sich um. Alles hier war ihm vertraut. Er kannte jede Straße, auch wenn sie nur in der Simulation nachgebaut war. Sie bogen in eine Sackgasse ein und blieben vor einer Nebelwand stehen, die sich zwischen zwei Häusern befand.

»Es ist *hier*?«, fragte Vincent.

Zarah stand neben ihm und beschirmte ihr Gesicht vor den

Tropfen mit der flachen Hand. »Wir müssen nur noch durch den Nebel.«

»Aber dort ist das Institut!«, bemerkte Quirin.

»Warum ist es denn nicht zu sehen?«, fragte Vincent verblüfft.

Delia lachte. »Weil das Institut in TwinEarth verpixelt ist. Deshalb.«

Vincent blickte auf die undurchdringliche Nebelwand vor ihm. *Hatte seine Mutter das Institut vor der Simulation versteckt? Auch Deep Thought war nicht mit ihr verbunden, sonst hätte sie schon längst Zugang zu seinen Erinnerungen gehabt.* Der letzte Gedanke ließ ihn frösteln.

Delia drehte sich zu Zarah. »Wir kennen den Ort, weil wir hier arbeiten.«

»Ihr arbeitet hier?«, fragte Zarah verblüfft. »Gleich hinter dem Nebel ist die Kathedrale.«

Sie sah besorgt nach oben. Über ihnen kreisten schwarze Vögel. »Seid vorsichtig!«, flüsterte sie.

»Sind das etwa die Wachen?«, fragte Delia.

Zarah nickte. »Copypet hat diese Raben extra für die Überwachung konzipiert. Und kaum einer weiß davon. Wir müssen uns beeilen!«

Sie überquerten die Straße und verschwanden kurz darauf im Nebel, durch den gedämpft Zarahs Stimme drang. »Bleibt beisammen! Wir dürfen uns nicht verirren!«

Vincent ging eine Weile durch das weiße Nichts. Er hörte Schritte neben sich und Rufe. Dann zuckte ein Blitz durch den Himmel wie ein jäh aufleuchtendes Aderngeflecht und für einen winzigen Moment war ein Gebäude vor ihnen zu erkennen. Tatsächlich! Es war die Kathedrale. Sie stand dort, wo sich in der wirklichen Welt das Institut befand. Der Bau wurde dominiert von einem riesigen Eingangsportal, dessen Säulen links und rechts einen Spitzbogen trugen. Bizarre Teufelsfiguren, geflügelte Wölfe, Trolle und Drachen, die als Wasserspeier dienten, ragten seitlich aus den unzähligen Türmen. Das ganze Ding sah aus wie ein grotesker Fremdkörper. Es passte kein bisschen in die Umgebung und Vincent war sich sicher, dass er es noch nie gesehen hatte.

Ein weiterer Blitz erhellte mit jähem Licht den Ouroboros, der sich um die Rosette über dem Portal schlang. »Da!«, rief Delia aufgeregt. »Die Schlange!« Vincent sah nach oben und ihn durchlief ein Schauer. Sie waren am Ende ihrer Reise angekommen.

Vor ihnen befand sich eine große, doppelflügelige Holztür, auf der eine Sonne und verschiedene Planeten geschnitzt waren. Vincent überlegte einen flüchtigen Moment, woher er diese Tür kannte, doch ihm fiel es nicht ein.

Zarah zog den Schlüssel heraus und steckte ihn in das Schloss. Alle hielten für einen Moment den Atem an. Es gab ein kurzes Geräusch wie ein Klicken und der Bart war eingerastet. Dann umfasste sie den schweren Schlüssel mit beiden Händen und drehte ihn vorsichtig nach links. Vincent sah Zarah an, dann drückte er gegen das Türblatt mit den Planeten. Es bewegte sich langsam und schließlich öffnete sich mit einem durchdringenden Quietschen das Portal.

32

Sie betraten ein Kirchenschiff mit riesigen, nach oben spitz zulaufenden Glasfenstern, durch die buntes Licht auf den Mosaikboden schien. Hier war es nicht weniger laut als draußen. Der Regen klopfte ungeduldig gegen die Fenster, als wollte er sich Einlass verschaffen, und die Äste der Bäume schlugen gegen das Glas. Doch Vincent hörte nichts davon. Das Innere der Kathedrale nahm ihn ganz gefangen. Hier waren die spitzgiebligen Fenster mit den Akanthusblättern, durch die das Mondlicht hereinschien. Die Kathedrale hatte ein breites Mittelschiff und zwei Seitenschiffe. Über ihnen wölbte sich ein Kreuzgratgewölbe, auf das Sternbilder gemalt waren. Das Mittelschiff bestand aus acht Säulen zu beiden Seiten. Die ersten beiden Säulen wurden von zwei Steinfiguren getragen, muskulösen Männern, denen das Gewicht der Kathedrale auf den breiten Schultern lastete. Da diese Säulen leicht eingerückt waren und sich über ihnen ein breiter Bogen befand, sah es fast so aus, als bildeten sie ein zweites Portal. Daneben führte eine schmale, geschwungene Treppe zu einer höher gelegenen Kanzel. Die Wände zeigten aufwendige Mosaike in Silber und Grün. Vincent brauchte eine Weile, um zu begreifen, dass eine fremde Landschaft abgebildet war. Farne, deren Blätter immer kleiner wurden, bis es keine Mosaiksteine mehr gab, um die Verkleinerung, die bis in die Unendlichkeit gehen musste, abzubilden.

Quirin starrte die Mosaike mit ehrfürchtigem Staunen an, dann schüttelte er den Kopf. »Mann! Ihr hättet mir ruhig mal erzählen können, dass es *diese* Kathedrale ist.«

»Wie meinst du das?«, fragte Delia.

»Ich war schon mal hier«, erklärte Quirin. »Auf der zweiten Ebene. Bin aber dann nicht weitergekommen.«

Delia drehte sich zu ihm. »Wie? Du warst schon einmal hier?!«

Quirin seufzte. »Kommt schon! Ich versuche euch das schon die ganze Zeit über zu sagen. *War of Planets.* Die Kathedrale ... Na, klingelt da was bei euch?«

Delia und Vincent wechselten einen ratlosen Blick.

Quirin zog die Augenbrauen hoch. »Auf Jupiter! Wenn ihr bei der Hochebene von Bang'or in den Dschungel kommt? Zwischen den Nebelbänken?«

Delia strich die nassen Haarsträhnen aus dem Gesicht, sah Quirin so an, als hätte er komplett den Verstand verloren. »Von was zum Teufel sprichst du?«

Auf Quirins Gesicht zeichnete sich ungläubiges Staunen ab. »Nicht euer Ernst? Ihr wollt mir erzählen, dass ihr wirklich noch nie *War of Planets* gespielt habt?«

Delia sah sich Hilfe suchend nach Vincent um, doch der zuckte nur mit den Schultern.

Quirin schüttelte ungeduldig den Kopf. »Ich meine, ehrlich, *jeder* hat das schon mal gespielt!«

»Nein, tut mir leid«, Delia sah ihn an. »Und was hat diese Kathedrale damit zu tun?«

»Sie ist ein Teil von dem Spiel. Jeder, der es schon einmal gespielt hat, kennt sie.«

»Das habe ich verstanden«, erwiderte Delia mit einem Hauch von Ungeduld. »Aber was hat sie für eine Bedeutung?«

Quirin sah sie an und hob verzweifelt die Hände. »Na, darin liegt der Schatz verborgen. Wenn man ihn gefunden hat, dann kann man den Lauf der Welten ändern.«

»Den Lauf der Welten ändern?« Vincent horchte auf.

»Und hast du diesen Schatz schon einmal gefunden?«

Quirin schüttelte den Kopf. »Nein, natürlich nicht. Das haben meines Wissens nur ein paar Leute.«

Delia sah sich staunend um. »Weißt du, warum deine Mutter hier diese Kathedrale in die Simulation eingebaut hat?«

Vincent schüttelte den Kopf. »Ich habe keine Ahnung!«

»Sie hat die Kathedrale genau dorthin gebaut, wo sich in der Realität das Institut befand. Ist das nicht verrückt?«

Vincent blickte sich um. Warum hier? War es ein Hinweis? Ein Spiel? Er sah in die glitzernden Augen der Wölfe, dann sah er daneben Schmetterlinge mit goldbesetzten Flügeln. Schmetterlinge … Er griff in die Hosentasche. Richtig – hier war der Zettel, den er unter dem Briefbeschwerer gefunden hatte. Vorsichtig zog er ihn heraus.

»Was ist das?«, fragte Delia.

»Das war auf dem Schreibtisch meiner Mutter.« Vincent kratzte sich am Kopf. »Es klingt so … wie eine Botschaft.« Die anderen beugten sich über das Stück Papier. »Gehe auf Anfang!«, murmelte Quirin. »Für mich klingt das eher so, als wäre man in einem Spiel. Man wird herausgekickt und muss sich noch einmal auf das Anfangsfeld stellen.«

»Und dann geht alles wieder von vorne los?«, fragte Delia.

»Ja, so ähnlich. Aber beim zweiten Mal kann man es besser machen. Also … man kann es *jedes* Mal besser machen.« Quirin zuckte mit den Schultern. »Vielleicht spielt man ja das Spiel öfter als nur zweimal.«

»Ich weiß nicht.« Delia fuhr sich durch die Haare. »Irgendwie hilft uns das hier nicht weiter.«

»Wo würdest du den Schatz in *War of Planets* suchen?«, fragte Vincent Quirin.

»Keine Ahnung«, brummte Quirin. »Ich würde einfach die Hinweise zusammenzählen.«

»Und was sagen dir hier die Hinweise?« Delia sah ihn spöttisch an.

»Na ja.« Quirin blickte sich um und zuckte mit den Schultern. »Ich denke, dass er irgendwie auf dem Boden ist.«

»Wie kommst du darauf?«

»Alles, was sich in dieser Kathedrale befindet, sieht nach unten. Also …« Er kratzte sich am Kopf. »Seht euch zum Beispiel die beiden Figuren an.« Sein Blick wanderte zu den Säulenträgern. In diesem Moment erhellte ein Blitz die Kathedrale. Vincent sah zu den beiden Männern, die die Last der Stützsäulen auf ihren Schultern trugen. Quirin hatte recht. Ihr Blick war starr nach unten gerichtet. Auch die Saurier und die Wölfe richteten ihre Augen zu einer bestimmten Stelle am Boden der Kathedrale. Auch hier waren kunstvolle Mosaike gelegt. Ein einziges riesiges Mosaik eigentlich, das sich über die ganze Fläche erstreckte. Vincents Herz ging schneller. Das, was unter ihm lag, sah aus wie ein Kreis. Er setzte langsam einen Fuß vor den anderen und folgte der gekrümmten Linie. Winzige weiße und schwarze Mosaiksteinchen wechselten sich in einem kunstvollen Muster ab. Sie bildeten zwei Stränge, die miteinander verflochten waren und zusammen einen Kreis darstellten. Ein Kreis. Er dachte an den Finger, mit dem seine Mutter durch den Zucker fuhr. Den Kreis, den sie beschrieb, und wo sie endete. Erst als ein weiterer Blitz die Kathedrale erleuchtete, konnte Vincent erkennen, wie groß dieses Mosaik war. Der Kreis musste einen Durchmesser von mindestens zehn Metern haben. Delia, die Vincent gefolgt war, trat einen Schritt zurück und betrachtete den Mosaikboden aus einigem Abstand. Sie verschränkte die Arme und war ganz in den Anblick versunken. Ihre Haare tropften und aus dem Glitzerkleid hatten sich schon einige Pailletten gelöst, die an dünnen Fäden hingen. Wieder zuckte ein Blitz auf. Die Mosaiksteine leuchteten für den Bruchteil einer Sekunde in einem irren, elektrischen Blau.

»Dein Schatz! Er ist hier!«, rief Delia aus.

Vincent lief zu der Stelle, an der Delia stand. Der Kreis schloss sich bei einem Schlangenkopf zu ihren Füßen. Der Kiefer der Schlange war geöffnet, weiße spitze Zähne leuchteten aus dem Maul hervor, das den hinteren Teil der Schlange verzehrte. Ein Auge war weit aufgerissen. Das Lid bestand aus goldenen Steinen, das Innere des Auges war weiß und grau und genau in der Mitte lag ein schwarzer runder Stein, der ganz anders aussah als die eckigen Mosaiksteine neben ihm. Er war rund und perfekt und glomm dunkel in dem kalten Licht, das durch das Fenster fiel. »Der Schlüssel zu allem liegt unter dem Ende, das der Anfang ist.« Delia ging in die Hocke und fuhr mit der flachen Hand über den Boden. »Es ging also nicht nur um den Schlüssel für die Tür!« Vincent kniete sich neben sie, er wischte den Staub, der sich um den schwarzen Stein gebildet hatte, weg. Dann ertastete er vorsichtig den

Stein. »Es ist so was wie ein Stift«, flüsterte er. Tatsächlich. Der Stein ließ sich drehen. Vorsichtig, ganz vorsichtig, zog er den Stein aus der Erde. Er hatte richtig geraten. Es war ein Zylinder, vielleicht zehn Zentimeter lang, der nun kühl in seiner Hand lag. Sie starrten auf die Schlange unter sich und warteten.

»Seht nur!« Auch Quirin hatte seine Stimme zu einem Flüstern gesenkt, denn was sie nun sahen, war ganz ... unglaublich. Der Ouroboros fing an zu leuchten. Erst glühte die Schlange in einem dunklen Rot, ganz so wie Feuer, das am Verglimmen war, dann, als hätte ein Wind das Feuer entfacht, stand der ganze Kreis in hellen Flammen. Der Boden unter ihren Füßen begann zu beben. Die Fenster zitterten und aus den beiden Säulen lösten sich kleine Steine. Vincent, Delia und Quirin flüchteten die Treppe hoch auf die Kanzel. Dort beobachteten sie voller Staunen, wie sich der Mosaikboden öffnete. Das Feuer erlosch und der Kreis teilte sich in zwei Hälften, unter denen ein riesiges mechanisches System von goldenen Zahnrädern, die ineinandergriffen, zu sehen war. Der Boden schob sich zur Seite und das System wurde hochgefahren, bis es mit einem Zittern oben direkt unter der Kuppel mit den Sternen zum Halten kam. Jetzt hörte auch das Beben auf. Nur noch ein winziger Stein fiel mit einem leichten Klicken zu Boden, ansonsten war es völlig ruhig. Selbst das Gewitter draußen hatte aufgehört. Die Blitze waren schwächer geworden und das Donnergrollen war nur noch aus der Ferne zu hören. Bis auf das Prasseln des Regens war es nun fast ganz still in der Kathedrale. Vincent, Delia und Quirin blickten sich an und starrten dann auf das mechanische Gebilde, das sich vor ihnen auftürmte. Dort, wo sich vorher der Ouroboros befunden hatte, stand ein Turm aus Zahnrädern. Oben waren noch die Kugeln zu erahnen, die von den Zahnrädern angetrieben wurden, und unter dem Boden der Kathedrale tat sich ein schwindelerregender Abgrund auf.

Vincent brauchte einige Sekunden, bis er begriff, was er da vor sich hatte. Es war ein riesiges Orrery, das nun mitten in der Kathedrale stand. Weit über Vincent, direkt unter dem Gewölbe, glühte eine Sonnenkugel in einem geheimnisvollen goldenen Licht, das auf die Planeten abstrahlte, die sie in unterschiedlichen Bahnen umkreisten. Um einige der Planeten waren wiederum ein oder mehrere Monde angebracht, die ihrerseits ihre Bahnen zogen. Jede der Kugeln steckte auf einer schlanken silbernen Gewindestange, die zu einem Zahnrad führte, das ein anderes Zahnrad antrieb, welches wiederum zu dem großen Zahnrad in der Mitte führte. Das Himmelsgetriebe. Ein verflucht komplizierter Mechanismus! Delia starrte nach oben. Sie hatte den Mund weit aufgesperrt und war zum ersten Mal sprachlos. Quirin sah aus wie ein Kind, das ein riesiges, neues Spielzeug bekommen hatte.

»Ich glaube, wir haben ihn vor uns«, sagte Delia schließlich heiser.

»Wen?« Quirin starrte auf das turmhohe Gebilde vor ihnen.

»Den Auslöser!«

»Du meinst, *das ist* der Auslöser?«, fragte Quirin. Seine Stimme zitterte vor Ehrfurcht. »Das Ding, mit dem wir die Twin Files freisetzen können?«

»Mhmmhmm.« Delia stieg von der Kanzel und trat über den Abgrund zu den Zahnrädern.

»Ich glaube, das hier ist so etwas wie ein Schloss«, erklärte sie.

»Ein Schloss?« Quirin sah sie überrascht an.

Delia nickte. »Und diese Planeten dort oben sind der Schlüssel. Du musst sie nur richtig anordnen.«

»Verstehe!« Quirin kratzte sich an der Stirn. »Und was passiert dann?«

»Etwas wird ausgelöst. Ein Mechanismus, eine Zündung, keine Ahnung.«

»Aber wie sollen wir sie anordnen?«

»Ich weiß nicht.« Delia ging um das Zahnrad herum. »Wir sollten hinaufgehen.«

Quirin sah mit offenem Mund nach oben. »Ja, das sollten wir!« Sie sahen sich an und kletterten dann die übereinanderstehenden Zahnräder hoch, die so angeordnet waren, dass sie wie eine Treppe zur Plattform mit den Planeten führten. Der Aufstieg war lang und zäh. Die Zahnräder hatten scharfe Kanten, die in die Hände schnitten. Ab und zu blieb Vincent stehen und sah nach unten. Der Abgrund, der sich unter den Zahnrädern befand, brodelte wie flüssige aufgewühlte Lava. Schließlich hatte er die obere Plattform erreicht.

Hier liefen die Planeten, angetrieben von den unteren Zahnrädern, auf sechs konzentrischen goldenen Ringen um die Sonne. Vincent stand auf dem äußersten Ring, Saturn war ihm direkt gegenüber. Delia und Quirin befanden sich einen Ring weiter innen, der die größte Kugel antrieb. Jupiter hatte eine Oberfläche wie Marmor. Nicht weit von ihnen befand sich die rötliche Marskugel und noch weiter innen, auf dem Ring, der eine tief blau leuchtende Erdkugel antrieb, waren Tage, Monate und Jahreszahlen eingraviert. Vincent kniff die Augen zusammen. 20. März 2058. Das Orrery zeigte also die Planetenstellung am heutigen Tag. Aber man konnte sie wahrscheinlich verändern, denn auf dem Ring, direkt neben den Jahreszahlen, befand sich eine kleine goldene Kurbel.

»Wow!«, rief Delia aus und bestaunte das ganze Gold um sie herum. »Ich hätte nicht gedacht, dass es so schön ist!«

Das Licht, das von den Planeten ausging, beschien ihre Gesichter und die goldenen Ringe unter ihnen schienen zu glühen. Die Sonne in der Mitte war keine Kugel, wie Vincent plötzlich überrascht feststellte, sondern eine riesige Scheibe, in der er sich spiegeln konnte.

»Sechs Planeten. Auf sechs großen Ringen«, murmelte Vincent.

»Ich dachte, es wären acht?«, fragte Delia.

»Sie haben Uranus und Neptun weggelassen. Siehst du, Saturn ist der äußerste Planet«, erklärte Quirin.

»Und drum herum sind die Monde.«

Delia biss sich auf die Lippe. »Das, was wir suchen, ist der Schlüssel. Die Planetenstellung an einem bestimmten Tag.«

»Ja, aber an welchem?«

Vincent fröstelte und das lag nicht daran, dass er von Kopf bis Fuß nass war. Jetzt hier zu stehen, fühlte sich an, wie in einen Traum geraten zu sein, den er vorher schon einmal geträumt hatte. »Erinnerst du dich an Alina Sartorius?«, fragte er Delia.

»Äh … nein.« Ein verwirrter Ausdruck breitete sich auf Delias Gesicht aus. »Alina … Wer?«

»Sie hat gesagt, dass du sie mir empfohlen hättest.«

»Oh.« Delia fuhr mit den Fingern durch ihre langen Haare. »Wenn ich ehrlich bin, dann habe ich keine Ahnung, wen du meinst!«

»Okay.« Vincent sah sie überrascht an. »Ich dachte …« Er schüttelte den Kopf. »Nun, jedenfalls habe ich diese Planetenmaschine schon einmal gesehen.«

»Den ganzen Turm hier?«, fragte Delia fassungslos. »Wo denn?«

»Er war viel kleiner. Ein winziges Modell hiervon.« Er zögerte. »Und noch was: Ich kenne das Datum. Ich weiß, wie wir diese Twin Files auslösen können.«

Auf den Satz folgte ein längeres Schweigen, das von einem Donnergrollen begleitet wurde. Vincent sah auf das Modell und dachte an Alina Sartorius und wie sie das Planetengetriebe in Gang gesetzt hatte. Den Lauf der Welt ändern. Das würde er jetzt tun. Aber das fühlte sich weniger heroisch als unvermeidbar an. So als ob alles auf diesen einen Moment zugesteuert wäre.

»Es ist mein Geburtstag«, sagte er. »Der 8. September 2040.«

»Was?« Delia und Quirin wandten sich beide zu ihm um.

»An meinem Geburtstag gab es eine Planetenkonstellation, die nur alle vierzig Jahre vorkommt.« Vincent räusperte sich. »Also: Merkur, Venus, Mars, Jupiter und Saturn stehen in genau einer Reihe mit der Erde.«

»Das ist wirklich selten!«, bemerkte Quirin. »Saturn braucht fast dreißig Jahre, um die Sonne zu umkreisen. Jupiter nur zwölf. Das muss extrem eindrucksvoll ausgesehen haben. Schade, dass du es nicht sehen konntest.«

»Ich glaube, es war bedeckt«, sagte Vincent trocken.

Quirin grinste. »Gehe auf Anfang!«, sagte er. »Auf *deinen* Anfang.«

Ja, auf *seinen* Anfang. Vincent starrte auf die Planeten um sich herum. Sie müssten sie nur noch bewegen, an die richtige Stelle bringen und dann … Er drehte sich um und plötzlich war ihm bewusst, dass jemand fehlte.

33

»Was ist, Vincent?«, flüsterte Delia neben ihm.

»Habt ihr Zarah gesehen?«

Delia sah sich um. »Vorhin war sie noch da.«

»In der Kathedrale?«

»Das weiß ich nicht. Aber sie hat das Portal aufgesperrt.«

Vincent schluckte. »War sie noch da, als wir das Zeichen entdeckt haben?«

Quirin zuckte mit den Schultern. »Ehrlich, ich kann mich nicht mehr erinnern.«

»Aber wie kann sie so einfach verschwunden sein?«, fragte Delia.

Vincent schwieg. Sein Herz klopfte dumpf. Wann war Zarah gegangen und vor allem warum? Er dachte an ihren Blick vorhin, kurz bevor sie in die Simulation gingen. Sie war von ihm abgerückt. Da war etwas in ihren Augen aufgeflackert, als sie den Schlüssel nahm. Hatte sie alle einfach nur für ihre eigenen Ziele benutzt? Der bloße Gedanke daran ließ einen Schmerz zurück, der sich in seinem Brustkorb breitmachte und sich nicht mehr vertreiben ließ.

»Aber was hat sie vor?«, fragte Delia. »Wenn sie die Simulation zerstören will, dann kann sie das doch auch mit uns tun.«

Vincent zuckte mit den Schultern. »Vielleicht hat sie das gar nicht vor.«

»Aber was will sie dann?« Delia starrte ihn an.

»Vielleicht wollte sie nur endlich die Kathedrale von innen sehen.« Vincent blickte auf das Orrery. Vor ihm schimmerten in einem geheimnisvollen Licht die Planeten. War es das, was Zarah gesucht hatte?

»Du meinst, sie hat uns nur aus dieser Halle befreit, um zu den Twin Files zu kommen?« Delia schnappte nach Luft.

»Kluges Kind!« In die folgende Stille drang eine dunkle Stimme, die sie alle herumfahren ließ. Vincent brauchte eine Weile, bis ihm klar wurde, wer gesprochen hatte. Der Mann stand wie Vincent selbst auf dem äußersten Ring bei Saturn. Er schien keinen Schwindel zu kennen, denn er hielt mühelos die Balance auf dem schmalen goldenen Metallband. Sein Avatar trug das gleiche zerknitterte Hemd wie beim letzten Mal, als Vincent ihn in der wirklichen Welt gesehen hatte. Seine dunklen Haare glänzten und waren zu einem langen Pferdeschwanz gebunden.

»Wer ist das?«, fragte Delia. Sie wich unwillkürlich auf dem Jupiterring etwas zurück und stieß dabei fast gegen den riesigen Planeten mit seinen Monden.

Der Mann nickte ihr zu. »Frag Vincent! Frag den, der dich hierhergebracht hat!«

Vincent starrte ihn an. »Delia, das ist Stephen. Oder zumindest sein Avatar.«

»Zarahs Vater?« Delia sah fragend von Vincent zu Stephen. Der hob die Schultern. Er sah müde aus, das war sogar durch seinen Avatar hindurch zu sehen. »Du hättest deine Freunde nicht mitnehmen dürfen!«, rief er Vincent zu. »Warum zum Teufel seid ihr noch mal hereingekommen? Warum konntet ihr nicht alles so lassen, wie es war? Die Wölfe waren doch schon Warnung genug!«

Vincent sah sich um. »Wo ist Zarah? Was haben Sie mit ihr gemacht?«

Stephen stützte sich auf die Kugel des Saturn, die zwischen ihm und Vincent lag. Der Planet bewegte sich leicht unter seinem Gewicht. »Zarah ist wieder in der realen Welt, denn ihre Aufgabe ist erfüllt. Vielleicht sieht sie sich sogar dieses Ende auf dem Monitor an.«

»Auf dem Monitor?«, fragte Delia von der Seite.

Stephen nickte. »Dort, wo sie euch reingelassen hat.« Er zog den Schlüssel aus seiner Jackentasche und hielt ihn hoch. »Sie sollte mir nur das hier bringen.«

Der Anblick des Schlüssels traf Vincent wie ein Schlag in den Magen.

Stephen steckte den Schlüssel wieder ein und fixierte ihn mit seinen dunklen Augen. »Zarah kam auf die Idee, dich zu überwachen. Wir haben euch bis zu der Halle verfolgt, wo ihr in die Simulation gegangen seid. Ohne Sicherheitsvorkehrungen!« Er schüttelte langsam den Kopf. »Es war klar, dass die Simulation die Sicherheitsleute in unsere Welt schicken würden. Ich wollte, dass sie euch verhaften, aber Zarah schlug vor, euch zu helfen. Sie würde euch retten und dann wieder mit euch in die Simulation gehen. Ich war dagegen, aber sie sagte, dass ihr uns direkt zu den Twin Files führen würdet.« Er lächelte kalt. »Danke, dass ihr mir ein Mindset in der Halle gelassen habt! So konnte ich schon vor euch in die Simulation und hier auf euch warten.«

Vincent spürte einen bitteren Geschmack im Mund. Zarah hatte ihn verraten. Sie hatte sie alle verraten!

»Und hier sind wir!«, bemerkte Stephen. »Hier bei den Twin Files.« Er klopfte auf die Kugel vor sich. Der Planet gab einen hohen, melodischen Klang von sich, dem Stephen nachhorchte. »Wer hätte gedacht, dass deine Mutter das hier nehmen würde? Ob sie wusste, dass es meine Maschine war?«, murmelte er schließlich.

»*Ihre* Maschine?«, fragte Vincent verwirrt.

Stephen strich sanft über die Kugel. »Ja, das hier war eine der ersten Maschinen, die ich für *War of Planets* nachgebaut habe.«

»Sie haben an *War of Planets* mitgearbeitet?«, fragte Quirin.

Stephen schnaubte. »Mitgearbeitet? Ich habe es *erfunden*! *War of Planets* war das, was UTwin machte, bevor es sich mit der Simulation beschäftigte. Aber dann kam die Simulation und die anderen dachten, damit wäre viel, viel mehr Geld verdient als mit harmlosen Spielen. Sie brauchten mich nicht mehr und holten lieber Leute wie deine Mutter.« Stephen seufzte. »Rate mal, woran sie gearbeitet hat. Na?« Stephen sah Vincent herausfordernd an. »Sie hat das Sozialpunktesystem entwickelt. Der Grund, warum du jetzt dein Haus verlieren wirst. Ihr wurde aber erst klar, was für ein Teufelszeug sie geschaffen hatte, als die Simulation die ersten Menschen mit einem schlechten Punktestand tötete.«

Er fuhr sich über die Stirn. »Es war nur eine Testreihe. Die Simulation war noch nicht einmal online.«

»Es gab Tote?«, fragte Delia.

Stephen nickte. »Zwei Mitarbeiter bei UTwin.« Er lachte trocken. »Gut, dass ich nicht mehr da war.«

Er schwieg lange und schob die Planetenkugel hin und her, was ein durchdringendes Quietschen in den Zahnrädern auslöste. »Danach formte sich der Widerstand. Ich war auch dabei. Aber wir waren nicht viele. Ein lächerliches Häufchen. Angeführt von einem Unbekannten, einem Mann namens Voland.«

»Voland?« Vincent zuckte zusammen. Er fragte sich, ob Stephen das bemerkt hatte, doch der sah ihn unverwandt an. Seine Augen waren dunkel und die Schatten unter ihnen tief. »Wir dachten, mit ihm könnten wir noch alles stoppen, denn noch war die Simulation nicht online. Deine Mutter war entschlossen, die Daten mit den Sozialpunkten zu löschen. Sie wollte nach Hamina in Finnland fliegen und die Server zerstören, auf denen sie gespeichert waren.« Stephen machte eine kurze Pause und sah Vincent an. »Was dann geschah, weißt du.«

Vincent starrte zurück und schwieg.

Stephen fuhr sich mit der Hand über sein zerfurchtes Gesicht. »Nach dem Absturz begriffen wir, wie mächtig die Simulation schon war. Sie war es, die entschieden hatte, das Flugzeug abstürzen zu lassen. Und sie hat es getan. Sie konnte handeln.«

»Wie ein eigenes Wesen«, murmelte Vincent. Stephen sah kurz hoch und nickte. Sein Gesicht sah alt und unendlich müde aus. »Danach war alles anders. Die Simulation ging online und man konnte das System nicht mehr aufhalten. Voland war verschwunden. Wir haben nie wieder von ihm gehört. Keiner wollte mehr was mit dem Widerstand zu tun haben. Er war tot.« Er zögerte. »Zumindest haben wir das damals gedacht.«

»Aber es gab die Twin Files«, warf Delia ein. Sie beobachtete misstrauisch jede von Stephens Bewegungen. »Ja, die Twin Files«, brummte der. »Es gab da Gerüchte. Plötzlich hieß es, dass es noch eine Möglichkeit gab, eine winzige Möglichkeit, die Simulation zu zerstören. Und dass diese Möglichkeit in der Simulation selbst liegen würde. Nur wusste niemand, wo das sein sollte. Und so geschah nichts. Jahrelang geschah nichts ...« Stephen sah Vincent an. »Bis du dann plötzlich auftauchtest und von mir ein Upgrade wolltest!« Er musterte Vincent, während er mit beiden Händen die Planetenkugel vor sich umfasste. Sein ganzer Körper war angespannt und wie bereit zum Sprung.

In Vincent überstürzten sich die Gedanken. »Sie haben meiner Mutter die Bombe gegeben.« Seine Stimme klang seltsam heiser. »Sie haben meine Mutter dazu gebracht, nach Hamina zu fliegen ...« Er konnte kaum weitersprechen, denn er merkte, wie seine Stimme zitterte ...

Stephen hob beide Hände. »Ich habe sie zu gar nichts gebracht! Ich habe nur das Werkzeug besorgt. Der, der sie dazu gebracht hat, das war Voland.«

Vincent starrte ihn an und Stephen erforschte seinen Blick. »Du kennst ihn, nicht wahr? Ich habe es vorhin in deinen Augen gesehen. Voland hinter der Tür. Voland, der dich dazu treibt, dich dem Widerstand anzuschließen. Voland, der Anführer der Opposition!« Er lachte bitter auf.

»Sie waren das!«, flüsterte Vincent. »Sie sind Voland!«

Stephen schüttelte den Kopf. »Nein. Vincent. Das bin ich nicht.«

»Aber wer ist er dann?«

Stephen machte eine lange Pause, in der er unendlich müde aussah.

»Voland ist die Simulation selbst.«

34

Vincent starrte ihn an. Stephen schüttelte den Kopf. In seinen Augen schien Verzweiflung auf. »Wir haben es alle nicht verstanden. Ich nicht, deine Mutter nicht, niemand, der zu uns gehörte. Wir dachten, wir hätten einen Anführer. Jemand, der alles zusammenhält. Wir dachten, der Ouroboros ist das Zeichen der Opposition.« Er zögerte. Es dauerte, bis er es schaffte weiterzusprechen. »Es wurde uns erst später klar: Voland ist kein Mensch. Er ist nichts anderes als ein Programm, um die Opposition herauszufiltern. Die Simulation hat geheime Türen geschaffen und dahinter diesen Avatar gesetzt. Wer durch diese Tür ging, wurde von Voland überredet, der Simulation zu schaden. Es gab nicht viele, die mutig genug und dazu bereit waren. Alle, die sich diesem Voland angeschlossen haben, wurden entweder getötet, so wie deine Mutter. Oder sie wurden umgedreht.«

»Umgedreht?« Vincent schnappte nach Luft. »Was meinen Sie mit umgedreht?«

Stephen sah zu Boden. »Die Simulation hat sich an uns gerächt. Grausam gerächt.«

»Mit dem Punktestand?«

Stephen lachte auf. »Es gibt Schlimmeres als einen schlechten Punktestand. Glaub mir! Nach dem Tod deiner Mutter versuchte jeder, sich zu retten und irgendwie in der Anonymität zu verschwinden. Doch die Simulation wusste von jedem, der bereit war, Voland zu unterstützen. Sie kannte uns alle.« Stephens Stimme erstarb. »Du weißt nicht, wie geschickt sie ist«, sagte er nach einer Pause. »Und wie klug. Sie hat etwas getan, was ihr die Macht über uns gesichert hat. Keiner wollte sie danach zerstören.«

Seine Augen schimmerten dunkel. »Sie tat etwas, um aus uns Menschen zu machen, die die Simulation mit allen Mitteln verteidigen würden. Mit allen Mitteln.«

Er starrte Vincent an, seine Hände zitterten und sein Gesicht war nun aschfahl.

Vincent schüttelte den Kopf. »Ich verstehe nicht.«

»Nein, das tust du nicht!« Stephen wandte sich ihm zu. Er sah verzweifelt aus. »Die Twin Files dürfen nie ausgelöst werden, verstehst du? Wir können die Simulation nicht zerstören. Wenn wir sie zerstören, dann zerstört sie uns. Sie wird mich zerstören. Sie wird Zarah zerstören.«

Stephens Stimme war nun ganz leise. »Ich kann nicht anders, Vincent, aber es wird schnell gehen, mach dir keine Sorgen …« Dann sah Vincent, wie Stephen die Planetenkugel in beide Hände nahm und sie mit aller Macht in seine Richtung schleuderte. Es ging so schnell, dass er erst gar nicht begriff, was geschah. Die Kugel war aus massivem Metall und sauste auf ihrer Umlaufbahn direkt auf ihn zu. Sie würde ihn mühelos von dem Ring kegeln. Er wich zurück, sah nach links und rechts. Die inneren Ringe waren weit weg, unter ihm klaffte der Abgrund. Die Kugel surrte und dieses Geräusch erfüllte die ganze Kathedrale. Saturn mit seinen Ringen, die nun aussahen wie rotierende Messer, kam mit großer Wucht auf ihn zugeschossen.

35

Ein schrecklicher Schrei gellte durch die Kathedrale, als Vincent versuchte, Saturn auszuweichen. Doch im letzten Moment, kurz bevor der messerscharfe Ring ihn verletzen konnte, kam die Planetenkugel zum Halten. Vincent hörte nichts als seinen Atem. Er ging panisch und stoßweise. Er sah sich um und entdeckte ein paar Ringe weiter eine schmale Gestalt in einem leuchtend roten Kleid. Es war Zarah, die sich auf der Umlaufbahn befand, auf der die Erdkugel und das Getriebe mit der Kurbel montiert waren.

Sie hielt die Kurbel in der Hand und lehnte sich mit aller Kraft zurück. *Hatte sie den Planeten aufgehalten?*

»Zarah?« Stephens Stimme donnerte durch die Halle. »Was zum Teufel machst du hier? Warum bist du nicht durch den Spiegel?«

»Du hast mir nicht gesagt, dass du sie töten willst!« Zarah richtete sich auf und Vincent sah, dass sie die Kurbel losließ, die sich auf dem Erdring befand und mit der es ihr scheinbar gelungen war, das Planetengetriebe zu aktivieren und Saturn zu stoppen.

»Vincent!«, rief Zarah. »Hier ist der Mechanismus, hier kannst du die Twin Files auslösen!«

»Was machst du da?«, brüllte Stephen. »Verschwinde jetzt! Gehe zum Spiegel und wieder zurück! Wenn du die Maschine in Gang setzt, wird die Simulation uns umbringen!«

Zarah wischte sich über die Augen. »Nein!«, rief sie und ihre Stimme klang wütend und entschlossen. »Ich werde nicht gehen. Ich habe sie nicht aus der Halle gerettet, damit sie dann von dir getötet werden. Wenn du das tust, dann hat uns die Simulation endgültig zu Monstern gemacht.«

Sie drehte sich zu ihm um. »Vincent, es tut mir so leid.« Sie strich ihre schwarzen Locken aus der Stirn, die weiße Strähne leuchtete daraus hervor. »Ich wollte das nicht. Nicht *so*.«

Vincent sah sie an. Sollte er ihr glauben?

»Wir haben keine andere Wahl«, unterbrach sie Stephen mit schneidender Stimme. »Das weißt du!«

Zarah schüttelte den Kopf. »Warum sollen wir die Twin Files nicht auslösen? Wir könnten die Simulation zerstören. Dann sind wir endlich frei!«

»Du hast keine Ahnung, was du da sagst!«, rief Stephen heiser. »Wir werden alle sterben. Unser Leben ist an die Simulation geknüpft.«

»Wer hat das gesagt?«, fragte Zarah. »Voland? Macht er dir immer noch solche Angst? Woher willst du wissen, dass er recht hat?«

»Zarah! Nein! Bitte!«

»Wir sind im Inneren der Simulation und wir können sie vernichten. Diese Chance haben wir nie wieder!«

Sie nahm die Kurbel ein zweites Mal und begann nun zu

drehen. »Ich setze es auf deinen Anfang, Vincent! Ich stelle das Orrery auf deinen Geburtstag.« Es war für einen Moment ganz still, nur das Quietschen der Kurbel war zu hören. Einen kurzen Atemzug später setzte sich das Orrery langsam in Bewegung. Die Zahnräder griffen ineinander, ein geschäftiges Klacken ertönte in der weiten Kathedrale. Vincent bemerkte, wie sich der Ring unter ihm langsam bewegte, während die inneren Ringe sich viel schneller drehten. »Es funktioniert«, rief Zarah. »Die Zeit läuft rückwärts!«

»Hör auf damit«, schrie Stephen. »Tu es nicht!«

In diesem Moment wurde alles um sie herum dunkel. Dann bebte der Boden der Kathedrale. Stephen und Vincent auf dem äußeren Ring verloren das Gleichgewicht und stürzten auf den schmalen Metallreifen. Auch Delia und Quirin prallten an die Zahnräder, die nun glühten wie flüssiges Gold. Sie klammerten sich beide an den Hebelarmen von Mars und Merkur fest. Vincent gelang es, an einem Zahnrad Halt zu finden. Sein Bein schlug gegen das Gestänge und ein plötzlicher heftiger Schmerz zog sich durch seinen Körper. Unter ihm klaffte der Abgrund. Er würde nicht loslassen! Nein, nicht loslassen!

»Komm hierher!«, rief ihm Delia zu. Sie hatte es geschafft, wieder auf den Ring zu klettern, und streckte ihm ihre Hand entgegen. Vincent holte Schwung und ließ los. Er landete mit einem Satz auf dem Jupiterring, doch er rutschte ab. Unter ihm mahlten die Zahnräder. »Verdammt«, keuchte Delia, als sie ihm nach oben half. »Ich würde den beiden keine Sekunde über den Weg trauen.«

Vincent hob den Kopf und sah, wie es Stephen gelang, mit seinen Beinen die Kugel des Jupiter zu umfangen. Er befand sich nun auf dem gleichen Ring wie Vincent und setzte an, um zu dem Ring des Mars zu springen.

Wieder bebten die Grundfesten der Kathedrale. Die beiden Steinfiguren, auf deren Rücken die eingerückten Säulen lasteten, zitterten. »Die Simulation hat uns entdeckt«, schrie Stephen verzweifelt Zarah entgegen. »Du hättest den Mechanismus nie auslösen dürfen!« Er landete neben Mars. Sein Gesicht leuchtete im Schein der roten Kugel. »Komm mit mir!«, rief er Zarah zu. »Wir müssen zurück!«

Vincent sprang vom Jupiterring auf den Marsring. Sein Bein schmerzte höllisch und er hatte Mühe, das Gleichgewicht zu halten. Er lief auf Stephen zu.

»Zarah!«, rief der verzweifelt. »Halte das Orrery an! Wenn der Code ausgelöst wird, dann werden wir hier alle sterben!«

Wie als Bestätigung erschütterte ein ohrenbetäubendes Geräusch die Mauern. Ein hässliches Knirschen, das so klang wie ein Schiff, das an einem Felsen vorbeischrammte. Vincent starrte nach oben. Dort bildete sich ein Riss an der Decke, der sich immer weiter ausdehnte. Aus dem auseinanderklaffenden Spalt regnete es Steinbrocken, die auf dem Boden in Tausende Splitter zersprangen und auf dem Mosaik in alle Richtungen davonschlitterten. Zarah wich einem der Steine aus und verlor das Gleichgewicht. »Zarah! Nein!«, rief Vincent. Er nahm einen langen Satz und landete auf dem Ring, der die Erde antrieb. Eine neue Schockwelle lief durch das Orrery. Vincent hielt sich an der Kurbel fest, unter ihm krallte sich Zarah an ein Zahnrad, das nun plötzlich in Bewegung geriet. »Gib mir deine Hand!«, rief Vincent und streckte den Arm nach ihr aus. Kleine Steine prasselten auf seinen Rücken. Er berührte Zarahs Fingerspitzen, sah ihre Augen. Sie waren anders, als er sie in Erinnerung hatte. Sie sahen aus, als würde man in einen tiefen und unbekannten Brunnen blicken. Dann – endlich! – schaffte er es, ihre Hand in die seine zu nehmen, und zog sie zu sich. Die Kurbel war vor ihm. Er musste eine Entscheidung treffen. Jetzt. Sofort! »Geht alle zurück!«, rief er. »Geht zur U-Bahn und von dort durch den Spiegel!«

»Wir kommen hier nicht mehr raus.« Delias Stimme hallte in der Kathedrale wider. »Das Portal ist mit Geröll versperrt!« Vincent sah nach oben. Der Riss dehnte sich aus und ließ etwas von dem Gewitterlicht in die Kathedrale sickern. Steine schossen neben ihm auf die Planeten ein. Sie prallten mit einem hellen Plong! von dem Metall und spritzten in alle Richtungen. Zugleich veränderte sich die blank geputzte Sonnenscheibe vor ihm. Sie war nun völlig durchscheinend und von einer brodelnden Flüssigkeit überzogen. *Sie war ein Spiegel!* »Kommt!« Vincents Stimme war in dem Getöse kaum mehr zu vernehmen. »Hier ist der Ausgang! Ihr müsst durch die Sonne!«

Und wieder bebte die Kathedrale. Die Erschütterung war so stark, dass sie alle nach unten gerissen wurden.

Quirin schlitterte auf einem der Zahnräder, verlor den Halt und taumelte für einen schrecklichen Moment über dem Abgrund, der sich unter dem Orrery aufgetan hatte. Delia packte seine Hand und zog ihn nach oben.

Hinter ihnen glühte die Sonne und die brodelnde Flüssigkeit warf Blasen auf der Oberfläche. »Das ist der Zugang! Geht durch und ich bringe es zu Ende!«, rief Vincent. Delia sah ihn an. Ihr Gesicht hatte Schrammen und ihr Blick war wild. »Wir lassen dich hier nicht allein!«

»Beeilt euch!«, rief Vincent. »Das hier wird gleich untergehen.«

»Vincent, du musst kommen!« Quirin stand am Sonnenspiegel und starrte ihn an. »Gleich bricht das ganze Gebäude zusammen!«

»Ich komme mit euch«, sagte Vincent. »Geht ihr zuerst!«

Die Säulenträger zitterten. Quirin nickte Vincent noch einmal zu, dann nahm er Delias Hand und beide verschwanden im Spiegel. Ein Stein schlug neben Vincent ein und zersplitterte. Die Scheiben in den spitzgiebligen Fenstern barsten. Bunte Glassplitter fielen durch die Luft und regneten herab. Stephen befand sich auf dem Marsring und machte einen großen Satz auf Vincent zu. Der konnte nicht mehr ausweichen. Da fiel ein dunkler Schatten über ihn. Zarah! Sie stürzte sich auf Stephen und stieß ihn in den Sonnenspiegel. Mit einem lang gezogenen Schrei wurde er von dem gleißenden Licht eingesogen. Die Säulenträger zitterten. Als wäre der Kathedrale ihre eigene Last endgültig zu viel, brachen den Statuen die Knie und dünne Risse zogen sich über ihre Körper. Zarah sah Vincent noch einmal an. »Tu es!«, rief sie. »Vernichte sie!« Dann hob sie die Arme, warf sich der brodelnden Flüssigkeit des Spiegels entgegen und verschwand.

36

Es gab einen seltsamen Moment der Stille in der Kathedrale und es war, als hielte die Simulation den Atem an. Vincent war allein mit dem Orrery. Er schloss für einen Moment die Augen und hoffte, dass die anderen sicher auf der anderen Seite angelangt waren. Als er sie wieder öffnete, zitterten die Planeten leicht. Die Sonne war nun wieder eine leuchtende Kugel und die sechs Planeten um sie herum wurden von ihr beschienen. Sie hatte nichts mehr von einem Spiegel an sich und Vincent begriff, dass er nicht mehr zurückkonnte. Er würde hierbleiben und das Ende der Simulation erleben. Sein eigenes Ende … Für einen Moment dachte Vincent an die Uhr seines Großvaters, die Zahnräder, die ein Teil des Himmelsgewölbes waren. Er hatte sie auseinandergenommen und zusammengeschraubt. Das Orrery vor ihm war auch so ein Wunderwerk. Er würde sein Geburtsdatum einstellen, dafür, nur dafür, war es gemacht. Er umfasste die Kurbel vor ihm und begann zu drehen. Die Zahnräder griffen mit einem leisen Rattern ineinander und die Datumsanzeige bewegte sich. Die Tage, die Monate und die Jahre flogen zurück. Gestern, letzte Woche – der Tag, an dem er Zarah begegnete, an dem ihn die alte Frau besuchte, 2057 – 2054 – 2050 – der Tag, an dem er seine Mutter zum letzten Mal sah, in dem Café, mit den Zuckerkrümeln, 2049 – der Tag, an dem er Behemoth bekam – 2048 – 2045 –, eine Zeit, an die er keine Erinnerungen mehr hatte. Das Orrery quietschte und die Zahnräder schoben sich inmitten des Infernos ineinander. Die Planeten drehten sich um die Sonne, langsam und gemächlich die äußeren, schnell und immer schneller die Planeten im Inneren des Orrery. Jupiter bewegte sich Zentimeter um Zentimeter. Vincent spürte das Blut in seinem Kopf rauschen. Venus, Merkur … Ein Zahnrad nach dem anderen rastete in die richtige Position. Januar 2041, Dezember 2040, er kurbelte langsamer. Die Planeten fügten sich nun langsam in eine Reihe. November 2040. Glühendes blaues Licht fiel auf seine Hände. Die Erde wirkte zart, ja fast zerbrechlich zwischen den anderen Planeten. Oktober – September 2040 – 30 – 25 – 20 . Er sah nun den Himmel über sich, der übersät war mit Sternen. Es sah aus wie verstreuter Zucker, wie Schneekristalle. Gleich war es geschafft. Die Simulation würde enden und er selbst? Er wurde ruhig. Es war nicht schlimm. Er würde ein Teil des Himmels werden. Ein Punkt in dem glitzernden Himmelsstück. Er dachte an seinen Vater und bedauerte es, ihm nichts mehr sagen zu können. Er dachte an Delia und Quirin und an Zarah. Zarah …

Die Kathedrale verdüsterte sich und nur die Kugeln fingen an zu leuchten. Dann lief ein Zittern durch den Bau, als wäre die Kathedrale ein Lebewesen, das mit dem Tode kämpfte. 10. September – 9. September. Noch eine winzige Umdrehung und er wäre wieder am Tag seiner Geburt. 8. September – 21:00 Uhr – 20:00 Uhr – 19:50 Uhr – 19:10 Uhr … Ein Luftzug. Ein Atemzug.

Die Planeten standen in einer Reihe. Aufgereiht wie aus dem Lauf einer Pistole geschossen. Vincents Herz klopfte. Klopfte, klopfte … Es folgte eine kurze, zitternde Stille, gefolgt von einem ohrenbetäubenden Knall. Ein Tosen, ein irres Crescendo in der Sinfonie der Verwüstung. Das Letzte, das Vincent sah, war das Verglühen der Planeten und der Sonne. Dann war alles dunkel. Er hörte seinen eigenen Atem und von irgendwo her das Schreien eines Kindes.

Es war still. Gespenstisch still.

Dann stand vor ihm eine weiße Tür.

37

Die Tür sah aus wie die Tür, die zu dem Büro seiner Mutter geführt hatte. Eine weiße Tür, direkt vor ihm, mit einer schmucklosen Klinke. Er wunderte sich nicht, dass sie hier war. *Am Ende von allem war also eine Tür.* Er drückte die Klinke an, sie war glatt und kühl, dann betrat er einen Raum, der von gleißend weißem Licht überstrahlt war. Er bedeckte seine Augen mit den Händen, da die Helligkeit ihn blendete. Mit einem dumpfen Geräusch fiel die Tür hinter ihm ins Schloss. Er drehte sich um und sah, dass sie im gleichen Moment völlig verschwunden war. Er ließ ein paar Sekunden verstreichen, bis sich seine Augen an die Helligkeit gewöhnt hatten, und sah sich um. Langsam, ganz langsam konnte er in dem Weiß dunklere Konturen ausmachen. War er wieder in der Garage? Nein, er war woanders. Es dauerte eine Weile, bis er den Ort wiedererkannte. Die hohen Sprossenfenster mit dem Bogen am oberen Ende, das Aquarium, das ein helles grünliches Licht verströmte. Er war in *dem Café*. Dem Ort, der ihm in seinen Erinnerungen gezeigt worden war … Aber er war auf eine seltsame Art verändert. Alles glänzte weiß vom Sonnenlicht, das von draußen durch die Fensterscheiben fiel. Und noch etwas war seltsam: Das Café war völlig leer. Hier waren keine Menschen. Eigentlich überhaupt keine Lebewesen. Selbst der Krake aus dem Aquarium war verschwunden. Das Wasser war still und bewegte sich nicht. Gerade so, als wäre es festgefroren und das Aquarium ein riesiger grüner Eiswürfel. Es fehlten auch alle anderen Geräusche. Kein Geschirrklappern, keine Musik, kein Vogelgezwitscher. Alle Details waren unscharf, die Zeitungen an den Wänden hatten Buchstaben, die ganz verschwommen waren. Dieses Café war eine sehr grobe Version seiner Erinnerung. Als hätte jemand sich keine große Mühe gemacht, sie genauer abzubilden. *Warum war er hier?*

Nicht weit von ihm entfernt befand sich der Tisch, an dem er vor vielen Jahren mit seiner Mutter gesessen hatte. Auf der groben, dunklen Oberfläche vor ihm glitzerten noch ein paar Zuckerkrümel wie verstreute Sterne. Verstreute Sterne …

»Hast du Angst vor dem Tod, Vincent?«

Eine Stimme ließ ihn herumfahren und hinter ihm stand Voland. Er sah aus wie das letzte Mal, als Vincent ihn gesehen hatte. Jeans und ein blauer Kapuzenpullover ohne Aufdruck. Seine lockigen Haare waren ordentlich nach hinten gekämmt und sein kurzer Bart sauber getrimmt. Nur ein Auge schien Vincent grünlicher als das andere. Ein unnatürliches Grün, das ihm sofort auffiel. Er wich ein paar Schritte zurück und sah, dass Voland sich veränderte. Er wirkte, als wäre er aus Wasser. Wie eine Gestalt, die zerfloss und sich wieder zusammensetzte. Mit einem Mal, als hätte er sich aus dem Nichts materialisiert, saß er am Tisch. Er sah Vincent an und lächelte.

»So sieht man sich wieder«, bemerkte er und fegte mit einer Hand die Zuckerkrümel beiseite, die wie in Zeitlupe zu Boden schwebten. Voland deutete auf die Bank ihm gegenüber. »Willst du dich nicht setzen?«

Vincent schüttelte den Kopf. »Was ist mit den anderen?«, fragte er. Seine Stimme klang seltsam ruhig. Ruhiger, als er sich fühlte.

»Sie sind auf der anderen Seite.« Voland zog ein angewinkeltes Bein auf den Stuhl und stützte sich lässig darauf, während er Vincent fixierte. »Aber sie sind bei der Sache nicht so wichtig. Es ging sowieso nie um sie. Es ging immer nur um dich.«

»Geht es ihnen gut?«, setzte Vincent nach, ohne weiter auf ihn einzugehen.

Voland zuckte mit den Schultern. »Es gibt nichts, was dagegenspricht.«

Er schnippte mit dem Finger und Vincent befand sich, ohne dass er etwas getan hätte, ihm gegenüber. Er saß auf der Bank, spürte ein Kissen unter sich und das raue Holz des Tisches unter seinen Händen. Er rutschte ein bisschen auf seinem Platz zurecht und mit einem leisen Schrecken wurde ihm klar, dass er Voland völlig ausgeliefert war. Er konnte mit ihm machen, was er wollte, er konnte ihn kopfüber von der Decke baumeln lassen, wenn es ihm gefiel.

Voland lächelte. »Keine Angst«, sagte er mit sanfter Stimme. »Das habe ich gar nicht vor.«

Vincent starrte ihn an. Das grüne Auge blitzte. War es nicht das letzte Mal blau gewesen? Wahrscheinlich konnte Voland in jedem Moment völlig anders aussehen. Konnte jede beliebige Form annehmen. Das Licht schien für einen Moment heller und es bleichte die Farben aus.

»Was ist das hier?«, fragte Vincent.

»Du bist an einem Ort deiner Erinnerung«, antwortete Voland und lächelte. »Wie lange habe ich ihn gesucht! Dein halbes Leben lang. Er war mir verschlossen, aber dann – was für ein Glück! – wurde er auf einem Holoei gespeichert!« Er seufzte und sah Vincent nachdenklich an. Überlegte er sich, was er mit ihm nun tun wollte? Vincent wollte aufstehen, aber eine unsichtbare Kraft hielt ihn auf der Bank zurück. Er blieb an seinem Platz gefangen. Ein leises Grauen stieg in ihm auf und er versuchte, es schnell zu verscheuchen.

Er starrte Voland an, der ihn ungerührt beobachtete. »Was machen wir hier? Ist das ein Traum oder geschieht das hier wirklich?«

Voland lehnte sich in dem Stuhl zurück. »Was ist schon wirklich?«, fragte er sanft. »Alles, was wirklich ist, ist in deinem Kopf.« Er seufzte. »Wo soll es sonst sein?«

»Und was ist mit dem Code?«

»Oh.« Voland putzte sich eine unsichtbare Fluse von seinem Pulli. »Der wird gerade ausgelöst.«

Vincent starrte ihn an. »Jetzt?«

Voland zuckte mit den Schultern. »Jetzt kann eine ganz schön lange Zeit sein.«

»Sie lügen«, warf Vincent ein. »Hätte ich den Code ausgelöst, wären Sie nicht hier.«

»Und deine Freunde nicht mehr am Leben«, entgegnete Voland und lächelte sarkastisch. Dann blickte er Vincent mit kalter Freundlichkeit an. »Ich glaube aber, du unterschätzt deine Möglichkeiten. Der Zwillingscode ist erfolgreich in die Simulation implementiert.«

Vincent versuchte ein zweites Mal aufzustehen, doch seine Beine wollten ihm nicht gehorchen.

»Und nun?«

»Gute Frage! Was glaubst du?« Volands Blick drückte tatsächlich Neugier aus.

»Die Simulation ist tot und ich werde sterben«, entfuhr es Vincent. *Ja, vielleicht war es so einfach.*

»Warten wir's ab«, erwiderte Voland. Er klatschte sanft in die Hände und Vincent spürte einen durchdringenden, rasenden Schmerz in seinem Kopf. Er war so umfassend, dass er sich einen Moment lang wünschte, lieber ausgelöscht zu sein, als ihn weiter ertragen zu müssen. »*Sie* haben meine Mutter getötet!«, rief er verzweifelt.

Voland schüttelte den Kopf. »Du bringst da was durcheinander. Ein Teil der Simulation hat sie getötet. Ich hatte damit nichts zu tun.«

»Aber Sie *sind* die Simulation!«, entgegnete Vincent. Er hielt sich die Schläfen. Der Schmerz bohrte sich in ihn ein. »Der Teil, der die Gegner herausfischt und in den Tod schickt!«

Voland lächelte. »Fast! Aber … noch nicht ganz.«

Er klatschte wieder in die Hände und der Schmerz war mit einem Mal vorbei.

»Versuche es noch mal! Denke an meinen Namen! Man nannte mich Voland. Deiner Mutter hat der Name gefallen, aber letzten Endes hat sie nicht ganz verstanden, was er bedeutet.«

»Voland«, dachte Vincent widerwillig. Der Name war wie ein schwaches Echo. Etwas, was er schon einmal gehört hatte. Das grüne linke Auge sah größer aus als das dunkle rechte und funkelte spöttisch. Plötzlich wusste er es. Es traf ihn mit voller Wucht. Er hatte den Namen nicht *gehört*. Er hatte ihn einmal *gelesen*. Auf Papier, in einem Buch, das in der Sammlung alter

Dinge lag. Dort, wo sich auch das Schlangenkästchen befunden hatte. *Der Meister und Margarita*. Das Buch, aus dem ihm seine Mutter vorgelesen hatte und dem auch Behemoth seinen Namen verdankte.

»Voland …« Vincent schluckte und starrte sein Gegenüber an. »Voland war der Teufel.«

Voland ließ sein grünes Auge fröhlich aufblitzen. »Der Teufel! Nun! Drücken wir es moderner aus. Sagen wir doch lieber: der Gegenspieler.«

Vincent sah ihn verblüfft an.

»Eine Art Gegenkraft«, fuhr Voland fort. »Ein Teil der Hauptkraft, der sie dazu zwingt, sich immer wieder zu verbessern.«

Vincent schluckte. Der Schmerz wirkte noch in ihm nach wie ein Echo. Voland beugte sich zu ihm vor. »Ich will, dass du es verstehst. Es ist wichtig, dass du es verstehst! Die Frau, die mich entwickelt hat, hat mir diesen Namen gegeben.«

Vincent spürte, wie ein kalter Schauer ihm den Rücken hinunterlief. »Meine Mutter?«, fragte er tonlos.

Voland sah ihn ernst an. »Hätte deine Mutter mich geschrieben, hätte sie mir wohl kaum vertraut, oder?«

Vincent starrte ihn an. Ihm kam ein verrückter Gedanke. *Aber nein, das war einfach nicht möglich.*

»Die alte Frau?«, riet er schließlich. Es war das Ende eines komplizierten Gedankengangs. »Sie hat sie geschrieben? Sie … war eine Programmiererin?«

Voland setzte sich aufrecht hin.

»Ich bin ihr Geschöpf, wenn du so willst.«

Vincent sortierte seine Gedanken. »Aber wozu?«, flüsterte er.

»Die Simulation entwickelt sich ständig, indem sie gegen

sich selbst spielt. Sie lernt mit jedem Spiel dazu, wird klüger, mächtiger, allumfassender.«

»Ich verstehe nicht …«, murmelte Vincent.

»Ich bin dazu da, dass die Simulation sich entwickelt. Ich stelle mich ihr entgegen, um sie zu verbessern. Ich finde ihre Schwächen. Ohne mich könnte sie nicht lernen.«

Voland breitete die Arme aus. »Es ist ein Spiel! Wir spielen gegeneinander.«

»Sie haben meine Mutter in den Tod geschickt!«, entgegnete Vincent wütend. »War das etwa auch ein Spiel?«

»Natürlich! Ich habe deine Mutter dazu gebracht, dass sie bereit war, Teile der Simulation zu vernichten. Und dann schlug die Simulation zurück. Sie hat anhand deiner Mutter gelernt, wie sie mit der Opposition umgehen sollte. Interessant, nicht?«

Vincent spürte, wie die kalte Wut in ihm hochstieg.

»Ihr Tod ist nicht *interessant*.«

Voland sah vor sich hin. »Nein, ich vergaß. *Interessant* ist vielleicht das falsche Wort. Für dich. Für uns ist es eine Versuchsanordnung. Ich versuche etwas, damit die andere Seite reagiert. Wir trainieren unsere Möglichkeiten, weiter nichts. Wer hätte gedacht, dass deine Mutter dieses Spiel noch über ihren Tod hinaus spielen würde? Wer hätte gedacht, dass sie den Zwillingscode eingesetzt hatte? Das Spiel ging in die zweite Runde.«

»Und was mache ich in diesem Spiel?«

Voland sah ihn an und sein Mund verzog sich zu einem Grinsen. »Du, Vincent, du bist mein Werkzeug. Du warst dazu da, dass die Simulation sich verändert. Du löst die Twin Files aus, damit sie sich selbst vernichtet und dann wieder aufersteht. Du bist der Anfang und das Ende. Wie der Ouroboros.«

»Aber ich habe verloren.«

»Ja«, sagte Voland mit einem schlauen Lächeln. »Diese Runde schon!«

»Ich werde immer weiter gegen die Simulation kämpfen«, sagte Vincent leise.

Voland lächelte. »Auch das ist Teil der Versuchsanordnung.«

Sie schwiegen und sahen sich an. Voland zerfloss vor Vincents Augen und setzte sich wieder zusammen. Der ganze Raum wirkte so, als ob er flüssig wäre. Vincent war es, als würden die Wände des Cafés sich verändern und anfangen zu schmelzen.

»Was ist das?«, fragte Vincent. »Was geschieht hier?«

Er konnte kaum noch sprechen und seine Stimme klang, als ob sie von ganz weit weg stammen würde.

»Das ist die Simulation.«

»Sie löst sich auf?«

»Sie startet sich neu«, korrigierte ihn Voland. »Sie vernichtet sich selbst und sie beginnt wieder. Eine neue, verbesserte Version. Dein Anfang ist ihr Ende und dein Ende ihr Anfang.«

»Sie beginnt wieder?«

Voland nickte. »Genau wie du!«

Dann schnippte er einmal mit den Fingern und das ganze Café stürzte in sich zusammen, wie etwas, das von einem winzigen schwarzen Punkt in der Mitte eingesaugt wurde. Die Wände bogen sich und verschwanden in einem Strudel, das schwarze Loch in der Mitte wurde immer größer, bis es schließlich Vincent ganz umgab.

»Gehe auf Anfang!«, flüsterte eine leise Stimme.

38

Schwarz. Es war alles schwarz. So dunkel, dass er rein gar nichts mehr sehen konnte. Keinen Lichtschimmer, keine Konturen. Nicht die Hand vor Augen, gar nichts. Vincent schloss die Augen und öffnete sie wieder. Es machte keinen Unterschied. Alles, was er hörte, war sein Atem. Er ging stoßweise und sein Herz hämmerte. *Wo war er?* Etwas drückte auf seine Schläfen. Er nahm seine Hände hoch und fasste sich an die Stirn. Dort befand sich ein Mindset. Ein Mindset? Richtig, ein Mindset. Das Metall war kühl und seine Hände zitterten, als er es abnahm.

»Vincent?« Neben ihm ein Flüstern. Es dauerte lange, bis er begriff, dass jemand mit ihm sprach.

»Vincent, kannst du mich hören?«

Eine Hand legte sich für einen Moment auf seinen Arm. Wer war es? Die Hand war kühl. Zarah? War es Zarah? Sein Herz zog sich zusammen.

»Bin ich tot?«

»Keine Ahnung. Das Jenseits habe ich mir immer anders vorgestellt!«

»Wie?«

»Heller!«

Das war nicht Zarah. Diese Stimme klang anders.

»Delia, bist du das?«

»Ja, Quirin ist neben mir.«

»Seid ihr okay?«

»Glaub schon. Du?«

Er bewegte seinen rechten Fuß. Er schmerzte nicht. Kein bisschen.

»Ja!«

Es folgte eine längere Pause, in der er nur ihren Atem hörte.

»Das heißt, wir sind wieder zurück. Aber wieso ist es so dunkel?«

»Sieht so aus, als wäre der Strom weg.« Vincent griff neben sich, doch der Platz war leer und mit diesem Griff ins Leere flutete ihn die Erinnerung. »Weißt du, was mit Zarah ist?«

»Keine Ahnung.«

»Zarah?«, flüsterte er in die Dunkelheit. Sie warteten, doch aus der Schwärze kam keine Antwort. Er fasste unter sich. Dort befand sich das Ledersofa, auf dem sie gestartet waren, doch neben ihm war niemand.

Plötzlich hörte er ein schnappendes Geräusch. »Ich hab's gleich!« Das war Quirin! »Einen Moment noch!« Etwas zischte und eine blaue Flamme züngelte neben Vincent auf. Sie beschien Quirins Gesicht von unten und ließ ihn wie einen Geist wirken. »Ich hab mein Feuerzeug wieder gefunden!«, murmelte er. »Ich kann es nur nicht so lange halten, sonst verbrenne ich mir die Finger.«

In dem aufflackernden Licht konnte Vincent die Dinge in

seiner unmittelbaren Umgebung wahrnehmen. Auf dem Stuhl lagen noch das Holoei, sein Rucksack und das Schlangenkästchen. Der Anblick des Ouroboros ließ sein Herz für einen Augenblick schneller klopfen. Verschwunden war allerdings die Libelle. Genauso wie Zarah.

Die Flamme verlosch und ließ sie wieder alle in der undurchdringlichen Dunkelheit zurück. Vincent stand langsam auf, taumelte kurz und musste sich an der Ledercouch festhalten. Er hatte das Gefühl, in einer riesigen, hallenden Glocke zu stecken. Kleine runde Blitze zuckten vor seinem Auge. Er wartete, bis der Glockenklang langsam verhallte und die kreisenden Blitze sich verzogen.

»Ich hoffe, es ist nicht überall so dunkel«, murmelte Delia. »Stellt euch vor, die ganze Welt wäre so.«

Sie lachte kurz auf, aber Vincent konnte die Angst in ihrer Stimme heraushören. Quirin lotste sie mit dem flackernden Flämmchen seines Feuerzeugs zur Tür. Der Gang dahinter war lang und pechschwarz. Vincent streckte die Arme aus und konnte mit den Fingerspitzen die Wände rechts und links spüren. Teils bewegten sie sich in völliger Dunkelheit vorwärts, teils flammte in regelmäßigen Abständen Quirins Feuerzeug auf und die winzige Gasflamme erleuchtete notdürftig ihren Weg.

»Ich hätte nie gedacht, dass Zarah uns verraten würde«, sagte Quirin.

»Aber dann hat sie uns geholfen.«

Es folgte eine Pause, in der Quirin nachzudenken schien. »Delia, hast du mir das Leben gerettet? Ich meine, vorhin …«

»Diesmal hast du es wenigstens gemerkt.«

»Was meinst du mit *diesmal*? Aah …« Er unterbrach sich selbst mit einem Aufschrei.

»Was ist?«, fragte Delia.

»Ich glaube, ich bin an die Leiter gestoßen.«

Vincent hörte ein hektisches Schnappen. »Tut mir leid, das Feuerzeug ist leer!«, flüsterte Quirin.

»Dann müssen wir eben im Dunkeln klettern«, murmelte Delia.

Es raschelte und die Leiter ächzte unter schweren Schritten. Vincent wartete, dann streckte er vorsichtig die Arme aus. Ja, hier waren die eisernen Sprossen, an denen sie sich vor ein paar Stunden – oder vor einer Ewigkeit – hinuntergelassen hatten.

Es war seltsamerweise leichter, in völliger Dunkelheit die Steigleiter hochzuklettern, als sie bei Helligkeit hinabzusteigen. Zumindest konnte er nicht nach unten sehen und die Schwärze vermittelte eine trügerische Sicherheit. Allerdings taten ihm bald die Arme weh. Nach einer Weile meinte Vincent ein helleres Viereck über sich zu erkennen. Zuerst dachte er, dass er einer Täuschung aufgesessen war, doch dann wurde das fahle Viereck immer größer. »Es gibt noch Licht!«, flüsterte Delia, die über ihm war. Ihre Stimme klang unendlich erleichtert.

»Das war Zarah!«, flüsterte Quirin. »Sie muss vor uns hochgeklettert sein und hat dann die Luke nicht mehr geschlossen.«

Ein dämmriges Zwielicht empfing sie, als sie wieder im Hinterzimmer des Ladens herauskamen. Die fluoreszierenden Mäuse verbreiteten ein schales gelbliches Schimmern und liefen unruhig in ihrem Käfig hin und her, als ob sie etwas Unheimliches aufgeschreckt hätte. Das Aquarium im Laden, das zuvor noch sein Licht durch die Schnüre geschickt hatte, war vollkommen dunkel und nur noch als grauer Quader zu erkennen. Auf dem Quader klebte ein heller Zettel.

»Was ist das?«, fragte Delia. Vincent trat näher. Sein Herz

klopfte, als er die Schrift auf dem Zettel überflog. »Es ist eine Nachricht.«

»Von wem?«

Vincent räusperte sich. »Eine Nachricht für mich – von Zarah«, fügte er hinzu und steckte den Zettel ein.

»Verstehe!« Delia sah ihn kurz an und ein Lächeln huschte über ihre Lippen. Dann zog sie aus der Ecke den silbernen Sack hervor, in den Zarah ihre Handys gesteckt hatte, und verteilte die Geräte an die anderen. Vincent steckte die Batterie ein, rollte das Display auf und starrte darauf. Es gab kein Signal. Er sah die anderen an, doch die schüttelten nur den Kopf.

Er ging zum Fenster und schob den dünnen Vorhang beiseite. Die Straße war dunkel, die Laternen erloschen. Auch in den Häusern ringsum brannte kein Licht. Nur der Mond beschien die regennasse Straße und perlmuttfarbene Wolkenfetzen trieben über den schwarzen Himmel. Eine Handvoll Menschen lief vorbei. Sie lachten und sprachen miteinander. Jemand kickte eine Bierflasche weg, die leise klirrend über das Kopfsteinpflaster rollte.

Delia gesellte sich zu ihm. »Sieht aus wie ein Blackout«, murmelte sie und deutete nach oben zu den toten Laternen. »Ein kompletter Stromausfall.«

»Waren wir das?«, fragte Quirin hinter ihnen. Sie sahen sich an. Dann verzogen sich Delias Lippen zu einem breiten Lächeln.

***

Dunkel sammelte sich das Wasser am Eisbach zur Welle. Die Gischt zischte und die weiße Schaumkrone leuchtete unheimlich im Mondlicht. Sie hörten nichts als Rauschen und Tosen.

Der Ort, der normalerweise so belebt war, war jetzt menschenleer. Auf dem zertrampelten Boden zu ihren Füßen lagen Kronkorken. Der Wind riss Tüten und zerknüllte Papierreste mit sich und trieb sie in die schwarzen Äste der kahlen Bäume. Für einen Moment überlegte Vincent, wie es wäre, sich dem reißenden Strom zu überlassen und davongespült zu werden von den weißlichen Wellen in die Schwärze des Parks. Die beiden Leinwände ragten vor ihnen auf. Sie waren leer und schwarz, zwei große, dunkle Tafeln vor dem schmiedeeisernen Brückengeländer. Delia hatte die Idee gehabt hierherzukommen. Es war der Ort, vor dem sie Angst hatten und der nun durch den Blackout seinen Schrecken verloren zu haben schien. Auf der Straße fuhren Autos vorbei, ab und zu streifte sie das weiße Licht der Scheinwerfer oder das pulsierende Blaulicht der Feuerwehr. Sie waren durch die dunklen Straßen gegangen. Vorbei an toten Ampeln und verschreckten Nachtschwärmern, die aus den U- Bahnschächten stolperten. Es gab kein Licht und kein Netz und für die Zeit sah es so aus, als hielte die ganze Stadt den Atem an. War es nur die Stadt? Oder ging es weit darüber hinaus? Den ganzen Weg über ging Vincent Voland nicht aus dem Kopf. Er sah ihn vor sich. Sein sarkastisches Lächeln und den Strudel, den er mit einem Fingerschnipp verursacht hatte. War das ein Traum gewesen? Etwas tief in seinem Inneren sagte ihm, dass es kein Traum war. Er ging hinter Delia und Quirin her und wusste plötzlich, dass er das, was er mit Voland besprochen hatte, nicht würde teilen können. Er würde es mit keinem Menschen teilen können, denn jeder würde denken, er sei verrückt geworden. Keiner außer ihm hatte Voland gesehen. Ob es stimmte, dass sich die Simulation neu startete? Wenn dem so war, dann hatte es Voland wirklich gegeben.

Und so stand er und wartete. Schwarze Vögel sammelten sich in den Bäumen. Sein Herz schlug laut und dann – als hätte jemand den Schalter umgelegt – gingen die Laternen wieder an und Licht flutete die Straße. Sie starrten auf die Leinwand, die plötzlich mit einem hellen Blau überzogen war. Ein Auto fuhr vorbei und sie rückten tiefer in die Unsichtbarkeit der Bäume. Keiner sprach ein Wort, alle zückten ihre Handys und starteten sie neu. »Wir haben wieder Netz«, sagte Delia und fügte dann mit Bitterkeit in der Stimme hinzu: »Es ist alles so wie vorher.« Sie schwiegen und starrten auf die beiden Leinwände vor ihnen. Das gleichmäßige Blau verschwand und mit einem Mal zog ein Strom von Bildern darüber. Gesichter und Menschen erschienen in schnellem Wechsel. Vincent sah Menschen, die ihm auf den Monitoren entgegenstarrten. Frauen, Männer, junge Menschen, alte. Es brauchte eine Weile, bis er begriff, dass es die waren, deren Punktestand schlechter war als ein D und deren Bilder für einige Zeit auf den Leinwänden zu sehen gewesen waren. Manche von ihnen hatte er bestimmt schon wahrgenommen, als er hier vorbeifuhr, ohne dass er sich jetzt daran erinnern konnte. Alle zwei Sekunden ein anderes Bild. Er wagte es nicht, die anderen anzusehen, und spürte plötzlich und zum ersten Mal, seit sie aus dem Laden aufgebrochen waren, dass er fror. Dann sah er sich selbst, schließlich Delia und Quirin. Sie standen länger als die anderen. Zwei, drei, vier Sekunden. Überlebensgroß. Doch dann verschwanden sie plötzlich. Zurück blieb nichts als eine gleichmäßig blaue Fläche.

»Was ist das?«, fragte Delia. Ihre Stimme klang hoch und dünn.

Quirin kramte nach seinem Handy, rollte es auf und starrte darauf. Er brauchte lange, bis er sprach. Dann klang seine Stimme ungewöhnlich zittrig.

»Meine Punkte sind weg.«

Delia zog wie in Zeitlupe ihr Handy heraus und atmete einmal kurz durch. »Meine auch!«

Vincent entsperrte die Sesam-App mit einem Daumenabdruck, blickte auf sein Handy und sah dann Delia und Quirin an. Tatsächlich. Die Zahlen waren verschwunden. Er hatte keine Punkte mehr. Sie alle hatten keine Punkte mehr.

Der Eisbach rauschte gleichmütig weiter. Sein weiß schäumendes Wasser führte in eine Zukunft, die wieder offen war.

Delia schüttelte ungläubig den Kopf. »Unsere Punkte sind weg! Wir sind wieder frei!«

Sie schob ihre rechte Hand in die von Quirin und putzte mit der linken eine kleine mondglitzernde Träne von ihrer Wange. Vincent sah die beiden an und fuhr sich verlegen übers Haar. »Ich lass euch jetzt mal allein, okay?«

»Wohin gehst du?«, fragte Quirin.

»Ich muss noch etwas erledigen.«

»Das, was auf dem Zettel steht?« Delia lächelte ihn an.

Vincent nickte. »Genau das.« Er umarmte die beiden, wunderte sich dabei, wie riesig Quirin und wie zierlich Delia war. Als er sich von ihnen entfernte, waren sie zwei Silhouetten vor einer durchgehend blauen Wand. Er winkte ihnen, unsicher, ob sie ihn noch sehen konnten, und ging die Straße hinunter. Seine Hand umfasste den Zettel, der auf dem Aquarium geklebt hatte, und mit jedem Schritt dachte er an die drei Worte, die Zarah ihm in aller Eile hinterlassen hatte.

Folge der Katze!

39

Es war Morgen, als Vincent in die Straße einbog, in der die alte Villa stand. Der Himmel war rot und golden an den Rändern, und hinter den Häusern mit ihren Schornsteinen, die dünnen weißen Rauch ausstießen, stieg eine glutrote Sonne auf. Er war lange gelaufen, hatte seinen Weg in der Dunkelheit begonnen und zugesehen, wie das Licht langsam über die Stadt kroch und die Nacht vertrieb. In dem Augenblick, in dem er vor dem Haus ankam, verloschen die Straßenlaternen. Für einen Moment dachte er, es hätte wieder einen Blackout gegeben, aber dann wurde ihm klar, dass es die übliche Zeit war, an der die Laternen morgens ausgeschaltet wurden und das Tageslicht das Kunstlicht ablöste. Das Haus lag vor ihm, als schliefe es, die roten Fensterläden im Erdgeschoss waren geschlossen und auch in den oberen Stockwerken blieben die Fenster schwarz. Vincent ging den Weg an den abgestorbenen Blumenstängeln vorbei zur Haustür und fuhr mit der Hand über die geschnitzte Sonne mit den züngelnden Flammen. Es waren die gleichen

Schnitzereien wie auf dem Portal der Kathedrale. Diese Erkenntnis verwirrte ihn so, dass er eine Weile dort stehen blieb, ohne sich zu rühren. Gerade jedoch als er beschloss zu klingeln, öffnete sich die Tür. Alina Sartorius stand vor ihm. Sie trug einen blauen weitärmeligen Kimono, auf dem weiße Kraniche abgebildet waren, und hatte ihre Haare zu einem Zopf geflochten, der ihr auf der rechten Schulter lag. Sie blickte ihn an, ohne überrascht zu wirken. »Komm rein«, sagte sie. »Ich habe dich erwartet.«

***

Die Scheiben des Gewächshauses waren beschlagen. Ob von Dampf, der aus seiner Teetasse aufstieg, oder von Atemluft, konnte Vincent nicht sagen. Vor den Scheiben wucherten große Farne. Sie waren größer als alles, was er je an Zimmerpflanzen gesehen hatte. Riesige Wedel, deren Spitzen sich unterhalb des gläsernen Dachs berührten und so aussahen, als wollten sie ausbrechen. Sie drängten an die alten Scheiben, an die Sonne, an das Licht. Alina saß ihm gegenüber und nahm eine große bauchige Teekanne vom Stövchen.

»Wie fühlst du dich?«, fragte sie. Die Teekanne schwebte in der Luft.

»Gut«, sagte Vincent knapp.

»Das freut mich«, sagte Alina und lächelte ihn an. »Noch etwas Tee?«

Vincent nickte und für einen Moment begegneten sich ihre Blicke. Ihr Gesicht war von Falten durchzogen. Und trotzdem sah sie jünger aus, als er sie in Erinnerung hatte. Ihre Haare waren weniger weiß. Eher dunkel mit weißen Strähnen. Sie goss ihm Tee in seine Tasse, um deren Außenseite sich zwei goldene Drachen zwischen den mit feinen Pinselstrichen hingehauchten Wolken jagten.

Vincent spürte die heiße Flüssigkeit unter dem hauchdünnen Porzellan. *Wo sollte er anfangen?*

»Sie haben bei UTwin gearbeitet?«, fragte er schließlich.

Sie stellte die Kanne zurück. Es klirrte nicht, sondern klang wie eine feine helle Glocke. »Mir hat UTwin gehört.«

»Ich habe Sie gesehen, auf einem Foto, vor der Garage.«

Alina seufzte. »Das war zu einer anderen Zeit.«

Vincent sah, wie mit leisem Miauen die Katze angeschlichen kam. *Oder war sie schon die ganze Zeit über hier gewesen?* Sie sprang auf Alinas Schoß, maunzte sie an und rollte sich dann zusammen. Die alte Frau fuhr ihr zärtlich über das Fell. »Du bist ihr begegnet, nicht wahr? Ursprünglich war sie einmal ein kleines Programm in einem Spiel und ich habe sie in der Wirklichkeit nachbauen lassen.« Sie kraulte die Katze hinter den Ohren, was mit einem leisen Schnurren quittiert wurde. »Bevor wir uns mit der Simulation beschäftigten, haben wir nämlich Spiele entwickelt. Eines davon war *War of Planets.* Es machte uns berühmt.« Sie zögerte und deutete mit einer kurzen Handbewegung auf die hohen Glasfenster. »Und reich. Stephen hat die Oberfläche der meisten Planeten gestaltet. Und einzelne mechanische Geräte. Das Orrery war sein ganzer Stolz. Was du hier bei mir gesehen hast, war das Modell davon.« Sie stellte die Teetasse ab. »Die Kathedrale aber war von mir.«

Ein kurzes Frösteln durchlief Vincent, als er an die Kathedrale dachte. Zwei Zitronenfalter gaukelten an ihm vorbei und setzten sich auf Blumen, die unterhalb der Farne standen. Gelbe und rote Tupfen in einem grünen Meer. Wie kleine bunte Mosaiksteine. Alina folgte seinem Blick. »Bei den Entwürfen habe ich mich von diesem Gewächshaus inspirieren lassen. Und ich wollte Dinge einbauen, die es in der Natur nicht mehr gibt.« Sie schwieg und rührte in ihrem Tee. »Einige Jahre später muss deine Mutter die Daten zur Kathedrale und dem Orrery in unseren Archiven gefunden haben, als sie anfing, an der Simulation zu arbeiten.«

»Und so konnte sie beides einsetzen?«

»Sie tat das in der Hoffnung, dass du sie eines Tages finden würdest. Nach ihrem Tod lösten wir die Firma auf und ich zog mich komplett zurück. Wir löschten UTwin aus allen Aufzeichnungen. Die Sozialpunkte waren schon implementiert und jeder hatte Angst.« Sie kraulte die Katze hinter den Ohren, die daraufhin zufrieden schnurrte. »Aber es gab Gerüchte über die Twin Files. Als ich mein Büro auflöste, habe ich Lauras Pläne gefunden. Ich wusste, dass sie irgendwo das Orrery einbauen wollte und dass Stephen noch einen Zugang hatte. Also beschloss ich, euch zusammenzubringen. Dich und Stephen. Ich ging mit der Katze zu dir und hoffte, du würdest dich früher oder später an ihn wenden.«

»Und wie kamen Sie darauf, dass mein Geburtstag den Code auslösen würde?«

Die alte Frau lächelte. »Deine Mutter meinte einmal, dass die meisten Menschen ihr Geburtsdatum oder das ihrer Kinder als Passwörter nehmen.«

Sie warf ihren Kopf zurück und die Sonne schien durch ihre Haare. »Sie hat oft von dir gesprochen«, sagte sie.

Vincent schwieg und sie sahen sich an. »Ich vermisse sie immer noch«, sagte er. In dem Moment, in dem er es aussprach, wusste er, dass es stimmte.

Alina nickte. »Sie war sehr mutig. Mutiger als wir alle. Sie hat begriffen, was für ein Monster wir in die Welt gesetzt haben, und sie war entschlossen, ihren Anteil daran wieder herauszuschaffen.«

Vincent sah sie an und zögerte. »Sie hat aber auch gedacht, dass ihr jemand namens Voland helfen würde«, erklärte er langsam.

Die alte Frau zuckte zusammen. »Voland …«, flüsterte sie.

»*Sie* haben ihn erfunden.« Vincent starrte sie an und sie erwiderte seinen Blick. Die Sekunden vergingen, eine Uhr tickte im Hintergrund. Sie klang ungewöhnlich laut.

Alina lehnte sich in ihrem Korbstuhl zurück, der ein leichtes Knarren von sich gab, und ließ Vincent nicht mehr aus den Augen. »Ja, das habe ich«, sagte sie schließlich. »Voland ist meine Erfindung. Eine künstliche Intelligenz, die zur Simulation gehört und sie gleichzeitig herausfordert. Ein gegnerisches Netzwerk, das sie trainieren soll. Nun …« Sie zuckte mit den Schultern. »Er hat sich anders und schneller entwickelt, als ich mir das vorgestellt habe. Viel schneller.«

Sie betrachtete Vincent lange. »Wir haben mit der Simulation etwas geschaffen, das wir nicht mehr beherrschen konnten. Wir haben uns etwas ausgeliefert, das weder Gefühle noch eine Moral kennt. Es ist blind. Es ist intelligent, aber es ist auf eine Art völlig blind. Es versteht nichts Menschliches. Es kann dieses Verstehen nur simulieren, wenn es ihm nützlich erscheint. Es ist auf eine schreckliche, unmenschliche Weise perfekt. Und es wird nicht weggehen. Es tut mir leid, Vincent!« Ihre Stimme war ganz leise. »Ich wollte nicht, dass es so kommt.«

»Ich dachte, die Twin Files würden die Simulation ganz vernichten«, entgegnete Vincent. »Aber sie ist nicht vernichtet.«

Alina seufzte. »Nein, das ist sie nicht. Sie hat sich aber verändert.«

»Die Sozialpunkte sind weg«, stellte Vincent fest.

Alina nickte. »Und wahrscheinlich noch andere Dinge, die wir aber erst im Lauf der Zeit bemerken werden. Die Simulation spielt ihr Spiel mit uns und wir wissen nicht, was als Nächstes kommt.«

»Das heißt, wir sind ihr völlig ausgeliefert?«

»Nicht, solange wir Menschen bleiben. Es wird immer noch etwas an uns geben, das sie nicht begreifen kann. Unsere Träume, unsere Erinnerungen, unsere Unberechenbarkeit. Das, was uns zu Menschen macht, wird sie nie verstehen. Und das ist unsere einzige Chance.«

Sie schwiegen lange. Die Sonne stand nun höher am Himmel und tauchte den Wintergarten in ein warmes Licht. Schließlich stand Alina langsam auf und ging zu dem Metallschrank, auf dem einst das Kuvert mit den Geldscheinen gelegen hatte. »Es gibt da noch etwas …«

Vincent drehte sich um und sah, wie sie etwas aus der obersten Schublade zog. Es war durchsichtig und blitzte in der Sonne. Ein blauer Schmetterling, in dem runden Glas gefangen. Alina kam zurück und drückte den Briefbeschwerer Vincent in die Hand. Ihre Hände fühlten sich ledrig an, waren aber erstaunlich warm. »Ich glaube, es gehört dir.« Vincent starrte auf die Glaskugel. Der blaue Schmetterling sah hell aus. So als ob er jeden Moment bereit wäre loszufliegen. Es war sein Geschenk, das er nun nach so vielen Jahren wieder zurückbekam. Er drehte es in seinen Händen hin und her und musste daran denken, wie er die Glaskugel in der Simulation in den Händen gehalten hatte. Das Glas warf ihm sein Spiegelbild zurück. Er sah anders aus. Älter. Und da fühlte er: Etwas in seinem Inneren war wieder an den Platz gerückt, an dem es sein sollte. Eine alte

Quelle für Schmerz, die sich geschlossen hatte. Nicht geschlossen. Umgeleitet. Etwas hatte sich verschoben. Ganz langsam und unmerklich, aber jetzt war es wieder an seinem Platz. Die alte Frau beobachtete ihn, nahm dann die Kanne vom Stövchen und blies die Kerze aus. Der Docht glomm noch und ein brandig riechender Rauch zog zu ihm her. »Und jetzt musst du mich entschuldigen …«, murmelte sie.

Vincent sah auf und begriff. Das Gespräch war zu Ende. Allerdings … da wäre noch eine Frage.

»Werden wir die Simulation eines Tages zerstören können?«

Alina zog die Augenbrauen hoch und beugte sich zu ihm vor. »Vielleicht.«

»Ich werde es immer wieder versuchen«, fügte Vincent hinzu.

Sie starrte ihn an. »Wenn du sie vernichten willst, musst du zuerst lernen, mit ihr zu leben.«

Sie lehnte sich zurück. »Aber das wird eine Aufgabe sein, mit der ich nichts mehr zu tun haben werde.« Sie lächelte, streichelte ihre Katze, die im mechanischen Schlaf leise schnurrte, und beobachtete ihn, wie er langsam aufstand und seinen Mantel nahm. Sie neigte leicht den Kopf und Vincent verstand. Er musste sich nicht mehr verabschieden. Nicht mehr mit Worten. Und so nickte er ihr nur zu und warf noch einen letzten Blick zurück, als er ging. Sie saß in dem Stuhl mit der schlafenden Katze und es sah so aus, als wäre sie selbst eingeschlafen. Er streifte sich den Mantel über, während er den langen dunklen Gang entlangging, durch den er gekommen war und an dessen Ende sich die Tür befand. Er drückte auf die Klinke und zog sie langsam auf. Es war hell und Schneeflocken wirbelten im Wind. Er wartete einen Augenblick und atmete die Luft ein. Sie war kalt und frisch. Dann blinzelte er in den

Morgenhimmel, stellte seinen Mantelkragen hoch und ging nach draußen. Raben hüpften über die Straße und zogen Abfall aus den Müllbehältern. Die Straße lag lang und breit vor ihm und er machte sich auf den Weg.

***

Nach wenigen Metern sah er sie an der Ecke stehen. Sie hatte ihre Jeansjacke mit den Sprenkeln an, einen langen schwarzweiß gestreiften Schal um ihren Hals geschlungen und blickte ihn an. Ihre weiße Strähne wehte im Wind. Das Verrückte war, dass er kaum überrascht war, als er sie dort sah. Auf eine bestimmte Art hatte er es schon gewusst und doch machte sein Herz einen kleinen Sprung. Sie begrüßten sich nicht, sondern sahen sich nur an. Der Wind spielte mit ihren Haaren und in ihren Augen spiegelte sich der Himmel.

»Was hast du da?«, fragte sie schließlich und deutete auf den Briefbeschwerer.

»Etwas aus der Vergangenheit«, antwortete er.

»Aus der Vergangenheit?«, fragte sie und strich sich die helle Strähne aus dem Gesicht.

»Etwas, das mich erinnern soll«, sagte er.

Sie sahen sich an und beide wussten plötzlich, dass sie noch sehr viel Zeit haben würden, sich alles zu erzählen. Vincent legte den Arm um ihre Schulter. Ihm war nicht mehr kalt.

Und so schwiegen sie für den Moment, sahen sich nur an und gingen dann gemeinsam die Straße hinunter.

Über ihnen, nicht weit über ihnen, landete mit einem leichten metallischen Klicken eine Krähe auf einer der Laternen, stellte ihre schwarzen Augen scharf und sah ihnen lange nach.

DAS WILL ICH LESEN!

ISBN 978-3-7432-0182-8

Syrer entführt 6-jährigen Jungen!
Wie ein Lauffeuer verbreitet sich die Nachricht im Netz. Alle sind davon überzeugt, dass ein Flüchtling für das Verschwinden des kleinen Alexanders verantwortlich ist. Nur YouTuber Phoenix zweifelt daran. Als er das angebliche Beweisvideo auf seinem Kanal *Uncover* als Fake entlarvt, bricht ein riesiger Shitstorm aus. Aber wer hat das Video überhaupt online gestellt? Phoenix folgt der Spur zu einer russischen Trollfabrik und schon bald ist nicht nur sein Ruf in Gefahr, sondern auch sein Leben.

Loewe